I0588202

PROTEGGERE CAROLINE

Armi & Amori, Book 1

SUSAN STOKER

__Also by Susan Stoker__

__Armi e Amori__
Proteggere Caroline
Proteggere Alabama
Proteggere Fiona (Prossimamente)

__Delta Force Heroes__
Salvare Rayne
Salvare Emily
Salvare Harley
Il Matrimonio di Emily
Salvare Kassie (Prossimamente)

Matthew "Wolf" Steel non avrebbe potuto essere più orgoglioso dei suoi cinque compagni di squadra, nonché amici. Le squadre di SEAL erano note per il loro spirito di gruppo e la sua non faceva eccezione. I SEAL erano esausti. Avevano appena finito di trascorrere le ultime due settimane in un "luogo segreto", intenti a stanare il capo dei cattivi da un covo di cento altri cattivi. Era stata una missione infernale, ma alla fine c'erano riusciti.

Guardandosi attorno nell'aereo, Wolf osservò gli uomini addormentati. Avrebbe dovuto essere a terra come loro, ma aveva ancora troppa adrenalina in corpo per rilassarsi. Sapeva che, più tardi, non sarebbe riuscito a tenere gli occhi aperti, ma per il momento era sveglissimo.

Christopher "Abe" Powers fu il primo su cui Wolf

posò lo sguardo. Tra tutti i membri del gruppo, Abe era probabilmente il suo amico più intimo. Wolf credeva di essere l'unico membro del gruppo a conoscere, anche se solo in minima parte, il passato di Abe, ma era incredibile come il soprannome dell'uomo gli calzasse a pennello[1]. Abe era onesto quanto il giorno era lungo ed esigeva la stessa onestà da coloro che chiamava amici.

Wolf lo guardò cambiare posizione sul sedile per poi tornare immobile. Spostò poi lo sguardo su Hunter "Cookie" Knox. Cookie era l'ultimo acquisto della loro squadra, ma questo non significava che qualcuno avesse scarsa considerazione di lui. A differenza di molti altri ambiti, non aveva alcuna importanza se un SEAL era appena uscito dall'addestramento o faceva parte della squadra da anni: un SEAL era un SEAL.

Il gruppo doveva ancora fare appieno la conoscenza di Cookie, ma questi si era dimostrato un ottimo acquisto per la loro squadra tanto affiatata. Cookie era il miglior nuotatore di tutti loro; era simpatico, compassionevole, e non esitava mai a fare qualunque cosa fosse necessaria per portare a termine il lavoro.

Il borbottare di Faulkner "Dude" Cooper attirò l'attenzione di Wolf. Dude non si era levato nulla dell'equipaggiamento e sedeva tutto raggomitolato sul piccolo sedile dell'aereo militare. Wolf ricordava quando Dude era quasi saltato in aria mentre cercava di difendere un edificio. Nel suo ruolo di esperto di esplosivi della squadra, aveva trovato una mina M14 fissata con del nastro adesivo allo stipite di una porta nel corso di una missione. Quel genere di mina era soprannominato "scoppiadita" perché era progettato per menomare e rallentare chi entrava in una stanza, piuttosto che per ucciderlo.

Dude aveva riconosciuto subito il tipo di mina e aveva fatto per reinserire la sicura e disarmarla, ma qualcosa era andato storto e la bomba era scoppiata. La mina aveva fatto ciò che era stata progettata per fare; di conseguenza, Dude aveva perso tre dita della mano sinistra. Oltre a ciò, era coperto di cicatrici per essersi trovato troppo vicino all'ordigno al momento dell'esplosione.

Wolf sapeva che Dude era più suscettibile riguardo a quella lesione di quanto avesse mai lasciato intendere ai suoi compagni di squadra. Wolf conosceva l'espressione spenta di Dude quando una donna lo rifiutava dopo aver visto la sua mano martoriata. Anche se a volte sentiva la mancanza del vecchio atteggiamento spensierato del suo compagno di squadra, lui era grato che Dude fosse ancora con loro. Col suo finissimo istinto in materia di esplosivi, Wolf sapeva che Dude era un valore aggiunto per la squadra.

Pensare alle difficoltà di Dude con le donne spinse Wolf a riflettere su Sam "Mozart" Reed. Quello sì che era un uomo che non aveva problemi di donne. Mozart era un donnaiolo e non esitava mai a trasformare un incontro qualsiasi in un'occasione per flirtare e, magari, avere un'avventura di una notte. Ma per quanto ne sapeva Wolf, Mozart non era mai stato tentato da qualcosa di più.

Wolf era convinto che quel rifiuto a impegnarsi fosse da ricondursi al fatto che la sua sorellina era stata uccisa quando Mozart era bambino, ma lui non si impicciava mai degli affari altrui. Un uomo aveva il diritto ad avere dei segreti.

Wolf ridacchiò fra sé pensando all'ultimo membro della squadra, Kason "Benny" Sawyer. I soprannomi facevano parte della vita, nelle squadre dei SEAL. Tutti ne avevano uno e non sempre si trattava di qualcosa di macho o di desiderabile da parte di chi lo riceveva. Benny era l'esempio perfetto: aveva cercato per anni di convincere i ragazzi a cambiare il suo soprannome, ma loro si erano limitati a ridere e a ignorarlo. Uno dei loro scherzi preferiti era chiedere a Benny se avrebbe gradito questo o quest'altro soprannome nuovo, solo per poi mettersi a ridere e dire "peccato" quando Benny dichiarava che il nomignolo nuovo gli piaceva moltissimo. Benny si era meritato appieno il suo soprannome e nulla di ciò che potesse dire lo avrebbe mai cambiato.

Sentendosi stanco per la prima volta da quando era salito a bordo dell'aereo, Wolf chiuse finalmente gli occhi. Si considerava fortunato: non solo il suo era uno dei lavori più interessanti ed elettrizzanti al mondo, ma aveva la possibilità di lavorare con un gruppo di uomini fantastici. Ciascuno di loro aveva i suoi punti di forza e le sue debolezze e non c'erano segreti all'interno del gruppo. Abe, Cookie, Mozart, Benny e Dude erano compagni di squadra, ma erano anche i suoi più cari amici.

Wolf sospirò, si rilassò e cercò di mettersi comodo. Molto probabilmente, la squadra avrebbe avuto la possibilità di trascorrere un po' di tempo negli Stati Uniti prima di essere rispedita in missione, ma il riposo non era mai garantito. Wolf sapeva che, la sera dopo il ritorno, la squadra sarebbe andata nel loro bar preferito per il solito rito "post-missione" a base di alcol e cazzate sparate a volontà.

A volte, era difficile lasciarsi la missione alle spalle, ma chissà come, la tradizione di trangugiare qualche birra riusciva a far sì che la squadra abbandonasse la mentalità militare e tornasse a pensare alle priorità: amicizia e donne.

Wolf era convinto che tutti i membri della squadra sapessero che, molto probabilmente, non avrebbero conosciuto la donna della loro vita in un bar... soprattutto non in un bar vicino alla base, dove fin troppe donne erano più che disposte ad andare a letto con un SEAL solo per potersi vantare di averlo fatto. Ma questo non impediva ai ragazzi di godere di ciò che era spesso offerto loro.

Wolf ignorò la fastidiosa vocetta nella sua testa che diceva che non gli sarebbe dispiaciuto sistemarsi e trovare una persona da amare. Non poteva certo pianificarlo: avrebbe dovuto seguire la corrente. Sperava solo che succedesse prima piuttosto che poi, ma non si sarebbe certo lasciato andare alla disperazione.

Finalmente, il sonno colse Wolf come era successo al resto della sua squadra e tutti dormirono il sonno degli esausti mentre volavano verso la California diretti a casa.

CAPITOLO UNO

COME IN UNA fantasia divenuta realtà, tutte le donne presenti nel bar erano acutamente consapevoli del tavolo d'angolo pieno di uomini splendidi. Palesemente militari, costoro erano muscolosi e mostravano una circospezione dovuta alle troppe missioni all'estero. Ciascuna delle donne avrebbe dato qualunque cosa per andare a casa con uno di loro; erano *davvero* molto belli.

Il gruppo di sei commilitoni e amici si stava godendo un'ultima birra insieme prima che alcuni di loro andassero in licenza. Noto per la sua ottima scelta in fatto di birre e per essere un buon posto dove rimorchiare, il bar era un luogo in cui trascorrevano parecchio tempo, soprattutto dopo una missione. Tutti e sei erano spesso tornati a casa con una donna conosciuta lì. Fino a quel momento, nessuno di loro aveva trovato "quella giusta". Non che non *volessero* trovare una persona da amare; semplicemente, non era ancora capitato a nessuno di loro e, nel frattempo, si divertivano.

Tutti gli uomini avevano giocato al gioco del rimorchio, alla fine, ma Wolf era il meno propenso a portarsi a letto una ragazza a caso che voleva solo farsi un SEAL. Aveva imparato da giovane, guardando l'esempio dei suoi genitori, che il vero amore esisteva e poteva essere trovato. Wolf non era un santo, ma non era nemmeno ossessionato dal sesso.

"Sei pronto per andare in vacanza?" gli chiese Dude.

"Sì, cavolo! Non ricordo l'ultima volta che mi sono preso del tempo per me... diamine, che *uno di noi* si è preso del tempo per sé."

"Dov'è che andate, poi?" chiese Dude a Wolf.

"Mozart, Abe e io ce ne andiamo in Virginia a trovare Tex. Negli ultimi tempi, ci facciamo aiutare sempre di più da lui, perché ha dei contatti fantastici, che la Marina non può sperare di imitare."

Dopo aver fatto una pausa, Wolf proseguì: "Dopo aver perso la gamba in quella missione, Tex è andato in pensione, ed è da troppo tempo che non lo vediamo. Siccome tra un paio di settimane abbiamo in programma di partire da Norfolk per la prossima missione, abbiamo deciso di prenderci un po' di riposo e di andare a farci un giro."

Tutti al tavolo annuirono alla spiegazione. Anche Benny, Dude e Cookie conoscevano Tex ed erano felici che Wolf e gli altri avrebbero avuto modo di trascorrere un po' di tempo con lui.

"Mi dispiace un casino che abbia lasciato la Marina," disse Benny, "ma capisco. Se non potessi restare con voi e con la squadra, non vorrei mai essere confinato dietro una scrivania."

"Sì, ma ti immagini quanto sarebbe più duro quello che facciamo se non fosse per lui?" rispose Mozart. "Seriamente, non so come faccia Tex a procurarsi quelle informazioni, ma non credo che avremmo svolto alcune delle missioni così velocemente, senza di lui."

"Sì, fa davvero paura al computer," esclamò entusiasta Cookie. "Tex riesce a trovare tutti, non importa dove siano."

Mozart annuì. "Spero proprio che sia così. Sta lavorando per me su una cosa personale e ho proprio bisogno che ce la faccia."

Wolf diede una pacca sulla schiena di Mozart. "Sono sicuro che ce la farà. Dai a Tex un po' di tempo e lui ce la fa sempre. Ehi, siete pronti per Norfolk?"

L'umore di Mozart migliorò immediatamente alla domanda di Wolf. "Non vedo l'ora! Ho sentito dire che là, vicino alla base, ci sono dei bar fantastici e meno SEAL a farci concorrenza per le ragazze."

Tutti risero. Il gruppo sapeva quanto Mozart adorasse trovare "carne fresca" da convincere a tornare con lui alla sua stanza.

Gli uomini rimasero al bar fino a tarda sera, a parlare e a godersi il tempo insieme. Com'era tipico, la conversazione era incentrata sulle donne, l'alcol e il loro lavoro. Poiché Wolf, Abe e Mozart dovevano recarsi presto in aeroporto il mattino dopo, evitarono di fare a gara a chi beveva di più e trascorsero il tempo a rilassarsi e a fare qualche partita a biliardo.

Alla fine, mentre la serata si trasformava in nottata e la folla cominciava a farsi più fitta e più rumorosa, Abe picchiò la bottiglia vuota sul tavolo e sospirò. "Cribbio, vorrei che non dovessimo partire così presto, domani mattina. Quella tipa al bancone mi guarda da tutta la sera."

Cookie rise. "Per quanto detesti essere d'accordo con te, considerato che mi fa sembrare troppo simile a Mozart, credo che tu abbia ragione. E se non mi sbaglio, la sua amica continua a guardare *me*."

Tutti risero, perché avevano notato le due ragazze al bancone che li guardavano da tutta la sera. Era palese che alle donne non interessava davvero con quale dei due sarebbero finite, purché andassero a casa con un SEAL, ma i loro sguardi seguivano Cookie ed Abe più degli altri.

"Quella sulla destra si chiama Adelaide e quella sulla sinistra Michele," disse Mozart, con l'aria di chi la sapeva lunga.

Wolf si limitò a inarcare un sopracciglio, mentre tutti gli altri chiesero a gran voce di sapere come facesse Mozart a conoscerle.

"Vengono sempre qui. Può darsi che io le abbia conosciute mooolto bene un paio di settimane fa. Sono sicuro che saranno disposte a conoscere anche te quando tornerai, Abe."

Nessuno rimase sorpreso dalle parole di Mozart. Andare con due donne alla volta era il genere di cose che ci si aspettava da lui. Nessuno dubitava che stesse dicendo la verità e che non stesse facendo semplicemente lo spaccone. Il gruppo lo conosceva troppo bene.

"Io sono il tipo da una donna alla volta," disse ridendo Abe al gruppo. "Ma Adelaide sembra il mio tipo. Credo che verificherò se potrebbe essere interessata tra qualche settimana, quando torneremo a casa."

Tutti sapevano che stava dicendo loro di tenersi alla larga. Abe non amava i bracconieri. Gli uomini risero alla sua dichiarazione, abituati alle sue bizzarrie quando c'erano di mezzo le donne.

"Ragazzi, mi sono divertito un sacco, ma devo sgommare," annunciò Wolf al gruppo, per nulla imbarazzato all'idea di essere il primo ad andarsene.

"Anch'io," disse Mozart.

"Ci vediamo a Norfolk tra un paio di settimane," disse Abe ai suoi amici e commilitoni mentre si alzava, raggiungendo Wolf e Mozart, che si stavano preparando ad andarsene.

I tre uomini si diedero qualche bonaria pacca sulle spalle mentre salutavano il resto del gruppo e uscivano dalla porta, svanendo nella notte.

Cookie, Benny e Dude levarono le tende non molto tempo dopo.

"Ci vediamo domani mattina al PT[1]," disse Dude agli altri mentre uscivano dal bar.

"Certo che, senza gli altri, potrebbero esentarci dagli

esercizi almeno per una mattina," brontolò fintamente Cookie. Benny e Dude risero: sapevano benissimo che Cookie adorava fare esercizio e che non saltava mai il PT, a meno di non essere malato o convalescente da una ferita.

"Come no, Cookie. Lo sai che il CO^2 ha messo in calendario una corsa di dieci miglia. Sarai il primo ad arrivare."

Cookie si limitò a ridere. Gli uomini si salutarono a colpi di alzate di mento e svanirono nel parcheggio, verso le loro auto e la notte.

Una volta, un ex-comandante della squadra SEAL aveva detto a un ufficiale in visita alla base che quel gruppo di sei uomini era una delle squadre migliori che lui avesse mai comandato, non per via delle capacità che avevano acquisito durante la Settimana Infernale o per via dei loro punti di forza, ma grazie al rispetto sincero che portavano gli uni agli altri.

"Ciascuno di quegli uomini farebbe di tutto per proteggere gli altri. Sono l'epitome della parola 'squadra'. Se mai avessi bisogno di essere salvato o protetto, quelli sarebbero gli uomini che vorrei."

CAPITOLO DUE

Caroline si mosse a disagio sul sedile. Odiava volare. Non aveva volato molto, in passato, e c'era troppa gente, troppo calcata. Cercò di ignorare le persone che percorrevano il corridoio in cerca dei loro posti. Se non altro, le era toccato in sorte un posto sul corridoio e vicino al muso dell'aereo. Guardò le scarpe delle persone che passavano. Si sentiva troppo imbarazzata per guardarli negli occhi mentre la superavano con passo pesante. L'imbarco era una delle parti del volo che Caroline detestava di più... assieme all'attesa di scoprire chi si sarebbe seduto accanto a lei. Guardando con la coda dell'occhio l'uomo seduto vicino al finestrino, vide che si era già messo comodo e stava leggendo un giornale; non prestava la minima attenzione al resto dei passeggeri che camminavano vicino alla loro fila di posti.

Scarpe da ginnastica, infradito, scarpe da ginnastica,

mocassini, sandali, stivali... Gli stivali non passarono oltre. Caroline sollevò lo sguardo e vide che un uomo si era fermato accanto al suo posto.

"Mi sa che sono in mezzo," disse costui, con una voce profonda che le diede i brividi.

Caroline annuì e si alzò per farlo passare. Sfiorandola mentre le passava accanto, l'uomo prese posto sul sedile di lato al suo. Il temuto sedile di mezzo. L'uomo non era in sovrappeso, anzi, ma di certo non era magrolino. Stava giusto un po' stretto. La spalla di Caroline sfregò letteralmente contro la sua quando lei tornò a sedersi; non avrebbe usato il bracciolo durante quel volo.

Era un gran bel pezzo d'uomo, quello era certo. Era alto: quando lei si era alzata per farlo entrare, gli era arrivata a malapena alle spalle. E porca miseria, quanto era muscoloso. Caroline si chiese per un momento se fosse un body builder. Era convinta che, se gli avesse messo entrambe le mani sul bicipite, non sarebbe riuscita a congiungerle. L'uomo indossava una maglietta a maniche lunghe, ma il tessuto era tesissimo sui bicipiti. Vestiva un paio di pantaloni cargo, quelli con un sacco di tasche. Quando furono entrambi seduti, Caroline vide che le sue gambe erano muscolose quanto tutto il resto. Arrossì leggermente e distolse lo sguardo. Wow. Quel tipo avrebbe potuto fare il modello, probabilmente con grande successo. Ma lei sapeva che, probabilmente, non era così. Era troppo navigato, troppo, mascolino, troppo... ecco... virile per poter fare il modello, non importava quanto avrebbe guadagnato.

L'uomo accanto a lei cambiò leggermente posizione, appoggiò la testa allo schienale e chiuse gli occhi.

Caroline lottò contro la sua coscienza. Odiava il posto di mezzo. Lo odiava un sacco. Ma quell'uomo non sarebbe mai riuscito a sopportare l'intero volo di quattro ore schiacciato tra lei e l'altro uomo. Con le ginocchia che toccavano il sedile di fronte, sembrava appallottolato. Il suo corpo muscoloso non lasciava spazio libero in quel posto così stretto. Era una visione davvero triste. Caroline sospirò; sapeva cosa doveva fare.

Wolf era scomodissimo su quel sedile. Da fuori sembrava rilassato, ma era ben lungi dall'esserlo. Con gli occhi chiusi, elaborò i suoni che lo circondavano. I passeggeri che oltrepassavano la sua fila per raggiungere i loro posti, i suoni delle cappelliere che venivano riempite, il fruscio del giornale dell'uomo alla sua destra e il lieve sospiro della donna alla sua sinistra.

A bordo del volo di linea che da San Diego li avrebbe portati alla base di Norfolk, Wolf, Mozart e Abe erano tecnicamente fuori servizio e indossavano abiti civili. Avevano prenotato il volo all'ultimo momento, il che aveva lasciato lui nel posto centrale e gli altri sparpagliati per l'aereo. Wolf avrebbe voluto salire su un volo MAC, il servizio aereo gratuito offerto ai militari e ai loro coniugi, ma sapeva che non c'era alcuna garanzia di trovare posto e loro tre volevano andare in Virginia a trovare Tex il prima possibile. Parlavano spessissimo con lui, dato che li aiutava a trovare le informazioni di cui avevano bisogno, ma contattarlo in vesti ufficiali era completamente diverso dal sedersi con lui attorno a un tavolo, bere una birra e parlare di qualcosa che non riguardasse il lavoro.

A Wolf, Abe e Mozart spettava una licenza prima dell'inizio della missione successiva. Sarebbero partiti da Norfolk nel giro di due settimane e il pensiero di potersi rilassare e godere la compagnia degli amici, per una volta, era il benvenuto. Trascorrevano troppo tempo su di giri e in pericolo. Lasciar passare due settimane prima di mettere a rischio la vita durante l'ennesima missione era una tentazione troppo forte.

Nessuno di loro aveva goduto di molte ferie, di recente, e Wolf, Abe e Mozart erano felici di avere l'occasione di fingersi persone normali per qualche settimana prima di dover ripartire. Wolf era un SEAL da dieci anni e lavorava con Mozart e Abe da otto. Non avevano frequentato il BUD/S[1] insieme, ma ciò non aveva importanza. Il loro legame era nato tra scontri a fuoco, immersioni e situazioni pericolosissime; si erano salvati diverse volte la vita a vicenda; e il loro rapporto era più stretto di quello che intercorreva tra la maggior parte dei fratelli.

Wolf avrebbe preferito sedere nella stessa fila dei suoi amici, ma avendo preso i biglietti così tardi, non avevano potuto scegliere ed erano stati costretti ad accontentarsi dei posti disponibili. Mozart si era offerto di flirtare con l'impiegata della compagnia aerea, nella speranza che sarebbero riusciti a farsi passare di categoria i biglietti o quantomeno a sedersi vicini, ma alla fine avevano deciso di fare buon viso a cattiva sorte e di sedersi nei posti assegnati. E poi, sapevano tutti che, se avessero preso posto nella stessa fila, non ci sarebbero stati. Avevano le spalle troppo larghe per stare seduti fianco a fianco in una stretta fila di un volo di linea. Wolf sapeva che i suoi amici la pensavano esattamente come lui: non sventolavano il loro status di SEAL per ricevere trattamenti preferenziali. Era già abbastanza che le donne ci provassero con loro in tutti i bar di San Diego solo perché erano SEAL.

Wolf detestava ammetterlo, ma i bar gli erano venuti a noia. Era schizzinoso di suo e aveva scoperto che troppe donne volevano andare a letto con un SEAL, *qualunque* SEAL, solo per vantarsi con le amiche di essere state con uno di quei guerrieri leggendari. La parte più triste era che fin troppi SEAL ne approfittavano. Wolf poteva ammettere con se stesso che, in passato, lo aveva fatto anche lui, ma il tempo e l'esperienza gli avevano insegnato che quegli incontri lo facevano sentire insoddisfatto e sfruttato. Se qualcuno gli avesse chiesto, subito dopo aver superato il BUD/S, se si sarebbe mai sentito sfruttato da una donna che voleva andare a letto con lui, si sarebbe ammazzato di risate.

Wolf sapeva che aspetto aveva l'amore. I suoi genitori erano insieme da quasi quarant'anni. Erano ancora follemente innamorati come il giorno in cui si erano sposati. Un tempo, ciò lo metteva in imbarazzo, ma negli ultimi tempi lo rendeva malinconico. I suoi uscivano ancora insieme e si tenevano sempre per mano. Suo padre sorprendeva sua madre con regali romantici e, ogni tanto, un viaggio speciale. Wolf voleva quello che avevano i suoi genitori. Voleva qualcuno con cui poter essere se stesso. Voleva qualcuno che avesse bisogno di lui. Voleva aver bisogno di qualcuno. Forse non era virile ammettere quelle cose, ma lui era fatto così.

Wolf non aveva idea di come fare a trovare quella donna speciale, però; sapeva solo che non l'avrebbe trovata in un bar. L'altro problema riguardava l'essere un SEAL. Lo spedivano in missione sempre in paesini di merda per ammazzare gente e mantenere la pace. Ogni tanto, lui e i suoi commilitoni venivano destinati a una missione di salvataggio. Non aveva il permesso di parlare con nessuno di quello che faceva nel dettaglio. Non aveva idea dell'effetto che avrebbe avuto tutto ciò su un eventuale matrimonio. Aveva visto troppi dei suoi amici SEAL sposarsi e poi divorziare perché le loro mogli non avevano sopportato la segretezza e l'assenza di informazioni riguardo ai loro ritorni o ai loro spostamenti.

A essere onesti, non tutti i matrimoni terminavano per via della segretezza e del pericolo insito nella vita dei SEAL. Alcuni si concludevano perché una delle due persone coinvolte tradiva l'altra. A volte era la moglie a tradire, altre volte il marito. Wolf fece spallucce. Era inutile pensarci ossessivamente. Sperava che, un giorno, avrebbe trovato una donna con cui sistemarsi. Se non fosse accaduto durante la sua carriera militare, forse sarebbe capitato dopo il congedo. Non c'era alcuna regola secondo cui una persona di quarant'anni non poteva trovare il vero amore e sposarsi.

Dopo essersi distratto pensando alla sua inesistente vita sentimentale, Wolf ebbe un sussulto quando sentì una mano posarsi sul suo braccio. Non aveva prestato attenzione ed era stato colto alla sprovvista. La sua squadra si sarebbe fatta delle grasse risate. Wolf era noto per essere sempre un passo avanti rispetto al nemico e per la sua capacità di capirne le mosse. E ora aveva lasciato che un civile lo prendesse di sorpresa.

Aprì gli occhi per guardare la donna seduta sul posto accanto al suo. Era una persona qualsiasi. Wolf catalogò con un'occhiata i suoi jeans, le scarpe da ginnastica e le maniche lunghe. I suoi capelli castani erano fermati in un nodo disordinato sulla nuca. Dimostrava poco più di trent'anni. Non portava anelli; era truccata in maniera molto leggera e non aveva smalto sulle unghie; aveva dei piccoli piercing dorati in ciascun orecchio e lo stava guardando come se si aspettasse qualcosa. Dentro di sé, Wolf sospirò. Quando era più giovane, era stato ben felice che le donne ci provassero con lui; ora si era stancato. Certo, quella donna non sembrava il tipo da saltare addosso a un uomo, ma lui aveva imparato che l'apparenza ingannava quando si trattava dei desideri femminili.

Lanciando un'occhiata nella sua direzione, Wolf ebbe la sensazione che la donna stesse cercando di convincersi a dirgli qualcosa. Ciò, di per sé, era affascinante, dato che nella sua esperienza le donne tendevano ad andare subito al punto. L'esitazione di lei lo rese più interessato a sentire ciò che aveva da dire; attese paziente mentre la donna raccoglieva le idee.

CAPITOLO TRE

Caroline era nervosa. Avrebbe voluto rivolgere la parola all'uomo assurdamente mascolino seduto accanto a lei, ma non voleva che questi la guardasse come la guardava la maggior parte degli uomini. Per buona parte della sua vita, Caroline si era confusa con lo sfondo. Non aveva mai avuto un ragazzo, alle superiori; non aveva partecipato a nessuno dei balli, nemmeno a quello dell'ultimo anno.

Un ragazzo aveva avuto il coraggio di dirle che non era "tagliata per fare la fidanzata". Ripensare a quel commento, fatto senza malizia, le faceva ancora male. Caroline sapeva di non essere una modella, ma nemmeno credeva di essere un mostro. Non era alta come sembrava piacere agli uomini, ma nemmeno bassa e carina. Caroline era mediocre dalla sommità della sua testa castana fino ai suoi piedi di dimensioni normalissime.

Crescendo, era sempre stata "l'amica". A tutti i ragazzi piaceva parlare con lei, ma solo per avere la sua opinione sulle altre ragazze e per sapere se loro avessero delle possibilità. Era deprimente in un modo assurdo, ma lei ci si era abituata. Quando era diventata grande abbastanza da far sì che gliene importasse davvero e aveva cominciato a voler partecipare ai balli e ad avere appuntamenti, era sempre rimasta saldamente piantata nella categoria "amica" ed era rimasta a casa mentre tutti uscivano a divertirsi.

Il ritratto che i media dipingevano della "donna perfetta" non influenzava solo le ragazze e le donne, ma anche gli uomini. Sembravano tutti desiderare la donna magra, soda e vivace in bella mostra in televisione e sulle riviste. Dai reality show alle annunciatrici e persino alle sitcom, il mondo moderno era bombardato da donne perfette, belle dall'alba al tramonto.

Caroline non era assolutamente così. Non era un genio, ma non era neanche stupida. Lavorava duro e faceva la sua parte perché il mondo continuasse a girare. Ma spesso, quando se ne stava sdraiata a letto a tarda notte, desiderava trovare un uomo che potesse *vederla*. Vedere la vera lei.

I genitori di Caroline l'avevano avuta tardi e, di recente, erano scomparsi. Le mancavano molto. Erano stati i suoi sostenitori più accaniti. Qualunque cosa avesse voluto fare, loro l'avevano sempre incoraggiata ad andare avanti. Senza i suoi genitori e senza amici intimi a tenerla lì, la California non esercitava più su di lei l'attrazione di un tempo.

Caroline pensò all'uomo che le era seduto accanto. Era probabile che avesse parecchi amici intimi. Aveva un aspetto affidabile. Per poco lei non rise dei suoi stessi pensieri. Come diamine poteva una persona "avere un aspetto" affidabile? Era ridicolo. Nelle serie poliziesche non si diceva sempre che l'assassino aveva la faccia del "tipo della porta accanto"?

Caroline si riscosse. Doveva smetterla con quei pensieri o si sarebbe depressa ancora più di quanto già avesse fatto. Che importava se quel tizio non la "vedeva"? Lei gli sarebbe rimasta seduta accanto per un paio d'ore, dopodiché sarebbero andati ciascuno per la propria strada una volta arrivati in Virginia. Perdiana, Caroline sapeva benissimo di essere insignificante ai suoi occhi. Lui l'aveva appena incontrata e, dopo essersi seduto, le aveva guardato attraverso come se non l'avesse mai vista. Succedeva sempre, continuamente. Caroline avrebbe dovuto esserci abituata, ma questa volta sembrava farle ancora più male.

Aveva esitato a toccare l'uomo. Non voleva disturbarlo, ma non era nel suo carattere lasciarlo soffrire nel posto centrale. Perché era chiaro che l'uomo stava soffrendo. Sembrava incastrato nel sedile. Caroline sapeva che sarebbe stato indolenzito e irrigidito al loro arrivo in Virginia se fosse rimasto lì per tutto il volo.

Allontanò di scatto la mano quando l'uomo sussultò. Non era stata sua intenzione spaventarlo e per un attimo pensò che, se questi avesse deciso di darle uno schiaffo, avrebbe potuto farle molto male. Non che lei credesse che lo avrebbe fatto, ma una persona che reagiva in maniera tanto veloce e improvvisa non era di certo abituata a essere sorpresa.

Ora, l'uomo la stava guardando con aria di attesa. Caroline aveva ottenuto la sua attenzione e doveva farci qualcosa. Si fece forza e si preparò mentalmente. Doveva solo parlare velocemente, prima di perdere il coraggio.

"Ehm... Vuoi fare cambio di posto?"

L'uomo non rispose, ma inarcò le sopracciglia come per chiederle perché gli stesse facendo quella proposta.

Santo cielo, persino quell'inarcata di sopracciglia era sexy. "Non mi sembri molto comodo," gli disse Caroline, direttamente e sinceramente. "Facciamo a cambio; così, almeno, avrai un po' di spazio in più per le gambe."

Wolf fissò la donna. Perché glielo aveva chiesto? Non ne era sicuro, ma non era un idiota: non aveva intenzione di rifiutare l'offerta. Era scomodissimo. Se poi lei gli avesse fatto delle avances, lui si sarebbe limitato a rifiutare in maniera cortese. Gesù, era davvero malfidente. Decise di pensare che la donna dall'aspetto banale seduta accanto a lui voleva semplicemente fare una buona azione nei confronti di uno sconosciuto. Ci avrebbe creduto fino a quando non sarebbe stato dimostrato che aveva torto. E *se* fosse stato dimostrato che aveva torto, allora avrebbe pensato a cosa fare. Giunto a quella decisione, annuì e disse semplicemente: "Grazie."

Alzandosi e lasciando che l'uomo uscisse dalla fila, Caroline lo oltrepassò e si spostò sul sedile di mezzo. C'era qualcosa di molto intimo nel sedersi a quel posto mentre era ancora caldo dopo aver ospitato il corpo dell'uomo. Soprattutto al pensiero di *quale* parte del corpo dell'uomo era appena stata lì. Caroline cercò di levarsi quell'idea dalla testa. Miseriaccia. *Smettila di pensare a queste porcherie!* si ammonì da sola.

Caroline sapeva che l'uomo non aveva certo bisogno che lei gli stesse addosso. Probabilmente, le donne gli davano l'assalto continuamente. Dopo aver escluso che fosse un body builder, tirò a indovinare e pensò che probabilmente doveva essere un militare. Lei non aveva mai conosciuto un uomo "normale" con quell'aspetto che non fosse un militare. Soprattutto considerato che il volo partiva da San Diego, sede di una delle basi navali più grandi degli Stati Uniti.

Quando l'uomo si chinò per prendere lo zaino che aveva infilato sotto il sedile di mezzo, Caroline lo fermò.

"Lascialo pure lì. Così avrai più spazio per le gambe."

"Sei sicura?"

"Certo. Sono così bassa che non tocco nemmeno lo zaino." Caroline rise di se stessa.

CAPITOLO QUATTRO

Wolf osservò più attentamente la donna mentre si metteva comodo e si allacciava la cintura nel posto vicino al corridoio. Era lieto per lo spazio in più che lei gli aveva appena concesso permettendogli di lasciare lo zaino ai suoi piedi, ma non capiva perché lo avesse fatto.

La donna distolse lo sguardo da lui per allacciarsi alla cintura. Non sembrava che ci stesse provando con lui o che stesse cercando di farsi notare. Ma ciò non faceva altro che attirare ancora di più la sua attenzione. Forse era proprio quello il piano della donna?

Wolf non era abituato ad atti di generosità da parte degli altri. Viveva in un mondo dove le persone erano subdole e ingannevoli e facevano di tutto per avvantaggiarsi. Perdiana, in certe parti del mondo la gente era persino disposta a uccidere qualcuno se ciò significava più potere, più denaro o anche solo più cibo da mangiare. Certo, cedere un posto comodo su un aereo non era nemmeno lontanamente paragonabile a quello che Wolf aveva visto fare a delle persone per profitto, ma era proprio quello a renderlo tanto strano.

Caroline si sentiva addosso lo sguardo dell'uomo. Esso la metteva a disagio. Si mosse nervosamente sul sedile; non era abituata al fatto che gli uomini la guardassero così attentamente. Era banale e poco interessante. Lo sapeva lei e lo sapevano tutti gli altri. Caroline non era il tipo di persona che otteneva favori speciali per via del suo aspetto, e non attirava l'attenzione degli uomini. Aveva imparato ad accettarlo tempo prima. Aveva un'autostima molto sana, nonostante il suo aspetto insignificante. Aveva avuto una vita difficile crescendo – quale ragazza adolescente non ne aveva avuta una – ma all'ultimo, era riuscita a piacersi. Era intelligente, aveva un buon carattere e anche se non aveva una fila di uomini che volevano portarla fuori, era per lo più soddisfatta di se stessa e della sua vita.

Pensare alla sua infanzia e ai suoi genitori la fece sorridere. Sua madre e suo padre l'avevano sempre incoraggiata a essere se stessa. Nel ripensare a quando aveva parlato a suo padre dei suoi progetti dopo il diploma, il sorriso di Caroline si allargò. Alcuni padri sarebbero rimasti delusi, ma non il suo. Tutto ciò che lui aveva fatto era stato baciarla sulla fronte e dire: "Puoi fare quello che vuoi, Caroline. Sei la donna più intelligente che io conosca e io sono molto orgoglioso di te." Caroline si teneva stretto al cuore quel ricordo e lo ritirava fuori quando si sentiva triste.

Lanciò un'occhiata di sbieco all'uomo che ora sedeva nel posto vicino al corridoio e arrossì. Sì, la stava ancora guardando.

Wolf vide la donna lanciargli un'occhiata e arrossire furiosamente nel rendersi conto che lui la stava osservando. Quand'era stata l'ultima volta che aveva visto una donna arrossire? Non riusciva a ricordarselo. Era ora che si presentassero. Tese la mano alla donna. "Matthew," disse a bassa voce. Non frequentava molte persone che non fossero in qualche modo legate al mondo militare. Di solito, si presentava col suo soprannome, da tanto esso era diventato parte integrante di lui, ma non voleva spaventare quella donna. "Wolf" non era esattamente un nome normale nel mondo dei civili.

Sperando che la donna avrebbe ricambiato e gli avrebbe stretto la mano, aspettò col braccio teso. Imparava molte cose sulle persone dalla loro stretta di mano. Molte donne credevano di non dover strizzare la mano di un uomo al primo incontro, per cui lasciavano molle la loro. Lui lo detestava. Non aveva idea di quale fosse l'origine di quell'usanza, ma se le donne avessero saputo quanto ciò spegneva la passione degli uomini, avrebbero sicuramente smesso di farlo.

Caroline prese timidamente la mano dell'uomo, ma la strinse con vigore. Sperava che questi non avrebbe stretto troppo per dimostrare la propria forza. Avrebbe potuto facilmente stritolarle le dita. Lo aveva visto succedere in passato, soprattutto perché lavorava con molti uomini. Avevano provato a dare quella che credevano essere una dimostrazione di predominio, stringendole la mano troppo forte. Ma ciò non trasudava predominio, solo stronzaggine.

"Caroline," rispose a bassa voce.

Wolf strinse la mano della donna e rimase piacevolmente sorpreso nel trovare un misto di morbidezza e calli sul suo palmo. Era palese che non si trattava di una persona pigra: lavorava manualmente, in qualche modo.

Naturalmente, pensare alla consistenza del suo palmo lo portò immediatamente a pensare a come sarebbe stato se lei gli avesse accarezzato il corpo. Si vergognò subito. Cristo, era palesemente passato troppo tempo dall'ultima volta in cui era stato con una donna se una semplice stretta di mano gli provocava un'erezione. Cambiò posizione per cercare di nascondere la propria eccitazione alla donna minuta che sedeva innocente accanto a lui.

Anche Caroline fu compiaciuta da quella stretta di mano. L'uomo non le strinse le dita troppo forte e parve rallegrarsi un poco dopo che ebbero interrotto il contatto. Caroline notò che si muoveva con un certo nervosismo, ma si disse che probabilmente stava solo cercando di mettersi comodo sul sedile stretto.

Si scambiarono un sorriso prima di rivolgere la propria attenzione all'assistente di volo nella parte frontale dell'aereo.

Un altro assistente di volo si rivolse ai passeggeri tramite l'altoparlante e chiese di spegnere tutti i congegni elettronici o di metterli modalità aereo e di prepararsi al decollo.

Caroline osservò l'assistente nel corridoio che mostrava ai passeggeri come allacciare la cintura di sicurezza, come usare il giubbotto di salvataggio nel caso di un atterraggio sull'acqua e di come utilizzare quei sottili arnesi che sarebbero caduti dal soffitto dell'aereo in caso di depressurizzazione. Caroline non voleva nemmeno pensare al panico che si sarebbe scatenato se una di quelle ipotesi si fosse verificata davvero.

Notò che l'assistente di volo sembrava particolarmente annoiato. Probabilmente, ripetere la stessa dimostrazione di fronte a un aereo pieno di persone che ti ignoravano diventava presto tedioso, ma non avrebbe dovuto essere il suo lavoro almeno *fingere* entusiasmo mentre lo faceva? Caroline aveva visto dei video sulla rete di assistenti di volo che scherzavano e ballavano; certo, non ne aveva mai visto uno fare cose del genere in aereo, ma quella gente sembrava davvero infastidita e poco interessata all'intera procedura pre-decollo. Era strano.

Caroline fece una scrollata di spalle mentale – dopotutto, non poteva farci nulla – e dedicò la propria attenzione alla copia di *Skymall* nel portariviste di fronte al suo sedile. Sfogliò distrattamente le pagine, guardando gli articoli dei prezzi assurdi mentre l'aereo raggiungeva la pista e decollava.

Dopo che ebbero raggiunto sani e salvi la quota di crociera, Caroline rimise la rivista al suo posto e appoggiò la testa allo schienale, proprio come aveva fatto Matthew quando si era seduto. Era stanca, ma il sedile di mezzo non conciliava il sonno, non essendoci nulla a cui appoggiare la testa, e non c'era rischio che lei si addormentasse con la testa inclinata. Probabilmente, se lo avesse fatto, avrebbe russato come un'ottantenne. E anche se l'uomo sexy seduto accanto a lei non era interessato, Caroline non voleva comunque mettersi in imbarazzo. Aveva un *minimo* di decenza, dopotutto.

Guardò Matthew e vide che nemmeno lui stava dormendo. L'uomo aveva una gamba allungata nel corridoio e una sotto il sedile di fronte a sé. I suoi occhi erano chiusi e le mani giunte e posate sul ventre. Ogni tanto cambiava posizione, apriva gli occhi e li richiudeva. Caroline sorrise. Se non altro, nel posto che dava sul corridoio, l'uomo era più comodo di quanto fosse stato prima al centro.

Wolf aprì sospirando gli occhi; non sarebbe mai riuscito a dormire. I sedili dei voli di linea facevano schifo; un altro motivo per non viaggiare su quel tipo di aerei. Non sapendo perché non riuscisse a staccarle gli occhi di dosso, Wolf lanciò un'occhiata alla donna seduta accanto a lui e notò il sorriso di Caroline, che le illuminava completamente il viso. Pensò che, sebbene quel sorriso non fosse bello in maniera convenzionale, la donna aveva di sicuro un che di interessante.

"Vieni spesso qui?" Non riuscì a trattenersi dal fare quella ridicola battuta da abbordaggio. Qualcosa gli diceva che Caroline lo avrebbe trovato divertente e che non lo avrebbe preso sul serio. Nell'udire la sua risata leggera, Wolf capì di averci visto giusto.

"Ah-ah. A dire il vero, non volo molto spesso, ma sto per iniziare un nuovo lavoro a Norfolk. Normalmente andrei in auto, ma la nuova azienda mi paga tutte le spese di trasloco, compreso il trasporto della mia macchina in Virginia, per cui ho deciso che, invece di impiegare giorni e giorni per attraversare il Paese, avrei preso l'aereo e approfittato del tempo risparmiato per conoscere Norfolk prima di cominciare a lavorare."

"Ha senso." Wolf annuì, lieto di constatare che quella sembrava una donna ragionevole. Ne aveva conosciute troppe che pensavano solo ai soldi, o alla fama, o alla moda, o a qualche altra sciocchezza.

"Cosa vai a fare a Norfolk? O è solo una tappa?" chiese incuriosita Caroline. Non stava cercando di immischiarsi, ma dato che l'uomo le stava parlando e sembrava interessato a quello che lei aveva da dire, voleva continuare la conversazione.

Wolf sapeva che doveva stare attento a parlare del suo lavoro, ma si disse che, considerato che in quel momento non si stavano recando in missione, poteva essere abbastanza onesto. "Io e due miei colleghi stiamo andando in licenza in Virginia. Siamo in pausa tra due missioni... ehm... lavori."

"Avevo capito che eravate militari," disse Caroline in tono del tutto normale, senza mostrare il minimo stupore o sorpresa.

"Come hai fatto a indovinare?"

Caroline non riusciva a capire se l'uomo fosse serio o se la stesse solo prendendo in giro. "Non so se tu sia sarcastico o meno, ma ho notato che sei in gran forma, porti stivali da combattimento e, onestamente, hai proprio la faccia del militare."

Wolf rise. "Ti stavo prendendo in giro, Caroline, ma sì, hai ragione. Sono in Marina. Sono un SEAL." Wolf era stupito da se stesso. Di solito non dichiarava di essere un SEAL come se niente fosse. C'era qualcosa in quella donna che lo spingeva a confidarsi con lei. Non sapeva esattamente cosa aspettarsi da lei dopo quella rivelazione, ma rimase onestamente sorpreso quando Caroline non disse nulla e proseguì la conversazione come se Wolf non avesse mai detto di essere membro di uno dei rami più riveriti e rispettati delle forze armate del Paese.

"Cosa farete in licenza?"

"Abbiamo un amico che vive da quelle parti. È stato congedato dopo aver perso una gamba in combattimento. Andremo a casa sua e staremo un po' con lui. Probabilmente andremo anche a dare un'occhiata alla base, ma abbiamo deciso che avevamo bisogno di riposarci e cercheremo di parlare il meno possibile di lavoro."

"Cribbio, il vostro amico è stato proprio sfortunato. Mi dispiace molto. Sono davvero felice che oggi, la gente riconosca quello che voi fate per il nostro Paese. Conoscevo una ragazza, alle superiori, che mi ha raccontato che quando suo padre è tornato dal Vietnam, gli hanno sputato addosso e lo hanno trattato di merda. È una vergogna. Sono davvero felice di vedere che oggi tutti i soldati del nostro Paese ricevono solidarietà. Credo che sia una buona idea che tu e i tuoi amici abbiate deciso di prendervi del tempo libero e che cerchiate di evitare di discutere della vostra professione," concordò Caroline. "Può essere dura rilassarsi davvero se tutto ciò che si fa in vacanza è parlare di lavoro."

Godendosi la conversazione più di quanto avesse immaginato, Wolf chiese: "Dimmi, qual è questo nuovo lavoro per cui ti trasferisci dalla parte opposta del Paese?"

Compiaciuta che Matthew stesse mostrando interesse in lei, Caroline rispose, sperando che ciò non gli avrebbe fatto perdere interesse: a certi uomini non piacevano le donne intelligenti. "Sono un chimico. Dopo che i miei genitori sono morti, ho deciso che avevo bisogno di cambiare aria. Ho cercato un posto in cui mi sarebbe piaciuto lavorare, mi sono candidata e sono stata assunta da un'azienda fantastica a est. Sono proprio ansiosa di cominciare."

"Dimmi, cosa fa esattamente un chimico?" Wolf era colpito da ciò che aveva sentito fino a quel momento.

Caroline rise sottovoce. La domanda non era esattamente sorprendente per lei. Sembrava che molta gente non avesse idea di cosa lei facesse per la maggior parte del tempo; anche quando glielo spiegava, li vedeva strabuzzare gli occhi. Beh, Matthew gliel'aveva chiesto, per cui lei decise di rispondere. Si stava divertendo a parlare con lui e l'uomo sembrava piuttosto intelligente. Aveva buone speranze di farsi capire.

"Ci sono due 'mondi' fondamentali, quando si parla di chimici. Il mondo macroscopico è quello a cui probabilmente tu pensi quando immagini un chimico: si tratta di laboratori, camici bianchi ed esperimenti con composti e materiali diversi. Nel mondo macroscopico, le cose si possono vedere, sentire e toccare. Dall'altra parte c'è il mondo microscopico, che riguarda cose che non si possono toccare, sentire o vedere. Per lo più, si occupa di modelli e teorie."

"In quale lavori tu?" chiese Matthew, che all'apparenza riusciva a seguire la conversazione senza alcun problema.

"Sono una sfigata professionista con tanto di camice e tesserino," rispose Caroline, ridendo di sé.

Wolf non ragionò: allungò una mano e prese quella di Caroline. "Tu non sei una sfigata, tesoro: sei una scienziata con tanto di camice e mani magiche."

Porca miseria. Quell'uomo era qualcosa di letale. Lo stomaco di Caroline si serrò alle sue parole. Era mai capitato che un uomo le dicesse qualcosa di più bello? Non credeva. Cercò di levarsi dalla testa le sue parole e scherzò con disinvoltura: "A dire il vero, le magie le faccio con la bacchetta."

"Parlami ancora del tuo lavoro. Sono molto interessato." Percependo la riluttanza di Caroline, Wolf implorò: "Per favore?"

Imbarazzata, ma senza sapere davvero il perché, Caroline approfondì con una certa esitazione. "Mi occupo di chimica applicata; lavoro per un'azienda e faccio ricerche a breve termine su qualunque cosa mi trovi davanti. Può trattarsi dello sviluppo di nuovi prodotti o del miglioramento di qualcosa che già esiste. Ci sono anche dei chimici puri, che fanno ricerche a lungo termine su quello che vogliono o su quello per cui riescono a ottenere finanziamenti; non esistono vere applicazioni pratiche a breve termine del loro lavoro."

"E cosa fai tutto il giorno al lavoro?"

Wolf trovava Caroline affascinante. Non aveva mai conosciuto un chimico. Certo, gli capitava di incontrare persone che erano brave nella chimica e avevano il pallino per realizzare cose come esplosivi militari, oltre che per disinnescarli, come faceva Dude. Ma essere un artificiere non equivaleva a essere un chimico. Wolf non entrava in contatto con persone come Caroline nella sua vita di tutti i giorni.

"Beh, dipende dal giorno e dal progetto, naturalmente," rispose lei, dimentica dell'imbarazzo ora che parlava di un argomento che amava. Non aveva idea che il suo entusiasmo la rendesse più attraente e che Wolf trovasse eccitante la sua passione.

"A volte analizzo delle sostanze cercando di capire cosa contengono, quanto ne contengono, o entrambe le cose. E posso anche creare delle sostanze. A volte creiamo composti sintetici, cercando di imitare qualcosa che esiste in natura, e altre volte partiamo da zero per creare qualcosa di nuovo. E ogni tanto mi tocca fare cose noiose, come verificare teorie."

Risero entrambi. Wolf sapeva che, probabilmente, Caroline non si annoiava mai. Il rossore sul suo viso mentre parlava di ciò che amava era terribilmente sexy. Non riusciva a credere di aver pensato fino a qualche minuto prima che quella donna fosse banale.

Fu durante una pausa nella conversazione che entrambi sentirono l'uomo seduto vicino al finestrino russare nel sonno. Caroline si coprì la bocca con una mano per non ridere troppo rumorosamente e svegliarlo. Ma non riusciva a trattenere le risate e adorava condividerne una con il SEAL grosso e cattivo seduto accanto a lei.

Era rimasta piacevolmente sorpresa dalla conversazione con Matthew, che ora le sembrava ancora più affascinante. Troppo spesso, gli uomini attraenti credevano di essere un dono di Dio alle donne e si comportavano di conseguenza. Quando viveva in California aveva conosciuto dei SEAL insopportabili, perché pensavano che tutte le donne dovessero gettarsi tra le loro braccia.

Matthew era interessato e ascoltava davvero quando lei parlava. Dio, doveva darsi una calmata. Erano due sconosciuti in aereo. Una volta atterrati a Norfolk, sarebbero andati ciascuno per la propria strada e non si sarebbero mai più rivisti. Matthew si stava solo comportando in maniera cortese. Era un pensiero deprimente, ma le cose stavano così.

Continuando a parlare mentre attendevano con

pazienza che l'assistente di volo raggiungesse la loro fila con le bevande offerte dalla compagnia aerea, Wolf e Caroline ammisero di essere entrambi tristi di abbandonare il bel clima di San Diego – Caroline per sempre e Wolf per la durata della sua nuova missione.

Finalmente, l'assistente di volo raggiunse la loro fila. Caroline aveva sete e fu lieta di vedere il carrello delle bevande. L'assistente di volo sembrava ancora un po' tetro e non faceva conversazione con le persone. Dopo aver chiesto alle persone sedute di fronte a loro cosa volessero da bere e averle servite in silenzio, fece la stessa cosa quando arrivò da loro. L'uomo accanto al finestrino si era svegliato e chiese una vodka con ghiaccio. Caroline ordinò una bibita senza zucchero e Wolf volle un succo d'arancia. Ciascuno ricevette un bicchiere pieno fino all'orlo di ghiaccio e la bevanda scelta, poi l'assistente di volo li oltrepassò per continuare a servire il resto dell'aereo.

Caroline versò la sua bibita nel bicchiere e fece per bere un sorso. All'improvviso, si fermò. Che diamine? Si portò il bicchiere al naso e inalò profondamente. Dopo averlo rimesso subito sul vassoio, Caroline vide che Matthew stava per bere dal suo bicchiere di plastica. Senza fermarsi a riflettere su quanto intimo e bizzarro avrebbe potuto sembrare quel gesto, Caroline allungò una mano, afferrò dall'alto il bicchiere di Wolf e lo mise sul piccolo vassoio di fronte all'uomo.

CAPITOLO CINQUE

Wolf si voltò perplesso mentre Caroline posava il suo bicchiere sul vassoio. Cosa diavolo stava facendo? Aveva pensato che andassero d'accordo, ma perdiana, non la conosceva abbastanza perché lei toccasse la sua bevanda e invadesse il suo spazio personale in quel modo.

La guardò, pronto a interrogarla, e rimase stupito nel vedere che era molto pallida.

"Non..." fu tutto ciò che disse inizialmente Caroline. Wolf capì subito che stava cercando di calmarsi.

I sensi di Wolf scattarono sull'attenti. Qualunque cosa stesse accadendo, aveva fatto innervosire terribilmente quella donna. Sentendosi colpevole per aver creduto che lei avesse oltrepassato i limiti un istante prima, Wolf guardò Caroline più attentamente e vide la pelle d'oca sulle sue braccia. Merda. A qualunque cosa stesse pensando, era roba seria.

Matthew diede a Caroline il tempo di cui aveva bisogno per radunare i pensieri, cosa che lei apprezzò. Senza che lui le chiedesse ancora una volta cosa c'era, lei gli si avvicinò e disse con voce bassa e urgente: "C'è qualcosa che non va nel ghiaccio. L'ho annusato. Ha un odore strano, come se ci fosse qualcosa dentro."

Wolf riprese in mano il suo bicchiere e lo avvicinò al viso. Era chiaro che Caroline avrebbe voluto fermarlo, ma non lo fece. Fingendo di bere un sorso, annusò come aveva fatto lei... Nulla. Non gli sembrava che ci fosse nulla di strano oltre al succo d'arancia. Guardò Caroline e disse a bassa voce: "Io non sento niente."

Caroline era frustrata. Capiva che Matthew avrebbe voluto crederle, ma che faticava a farlo, poiché non aveva notato nulla di strano nella sua bevanda. Distolse lo sguardo. Fantastico, ora aveva fatto la figura della pazza. Ma non lo era. Era un chimico professionista, per la miseria. C'era qualche sostanza mescolata alla bevanda; lo sapeva. Ma come avrebbe fatto a convincere Matthew senza sembrare pazza?

Si voltò di nuovo verso l'uomo e vide che questi la stava ancora guardando.

"Cosa c'è?" chiese lui a bassa voce. "Spiegamelo in modo che possa capire."

Il rispetto che Caroline provava nei confronti di Matthew aumentò. L'uomo non era sicuro che quello che lei stava dicendo fosse credibile, ma aveva l'intelligenza di darle il tempo di convincerlo e lei sapeva che avrebbe dovuto spiegarsi in un modo a lui comprensibile.

Caroline sapeva che era fondamentale persuadere Matthew e fece del suo meglio per convincerlo che sapeva di cosa stava parlando. Abbassando la voce ancora di più, in modo che le persone attorno a loro non la sentissero, si sporse verso di lui e lo guardò negli occhi mentre parlava. "Non lo so esattamente, ma in quanto chimico sono formata per cogliere gli odori dei diversi composti chimici. Non so cosa sia questa roba, ma non è naturale."

"È anche nel mio bicchiere?" chiese lui, con voce altrettanto bassa, passandole il bicchiere.

Lei annusò e annuì immediatamente.

"Merda," disse sottovoce Wolf. Le credeva. Non era il tipo che si fidava facilmente, ma quella donna non sembrava avere alcun secondo fine. Non aveva alcuna ragione di mentire. Caroline era troppo orgogliosa, come chimico, per fingere che ci fosse qualcosa che non andasse; lo capiva dalla conversazione che avevano avuto nell'ultima ora. E poi, non riusciva a immaginare cosa ci avrebbe guadagnato a mentire, ed era palese che la donna era terrorizzata.

Si chiese allora cosa diavolo stava succedendo su quell'aereo. Se Caroline aveva ragione, chi stava cercando di drogare i passeggeri? Chi ne era a conoscenza? I bersagli erano tutti i passeggeri o solo lui e Caroline? Qualcuno ce l'aveva con lui? Ce l'aveva anche con Mozart e Abe? Pensò ai suoi commilitoni per la prima volta da quando aveva cominciato a parlare con Caroline. Dov'era arrivato l'assistente di volo col carrello delle bevande? Gli altri avevano già bevuto qualcosa? Merda, doveva metterli in guardia.

Sporgendosi per evitare che qualcuno sentisse, Wolf mormorò: "Resta seduta. Devo avvisare i miei uomini."

Caroline guardò Matthew posare la bevanda sul suo vassoio e assicurare nuovamente il proprio sullo schienale del sedile di fronte. Non gli fece alcuna domanda quando si alzò e allungò una mano verso la cappelliera. Prese una piccola borsa di tela, vi frugò dentro senza fretta, poi richiuse la cappelliera e tornò a sedersi.

Wolf si sentì un po' più sereno dopo essersi rimesso al suo posto. Aveva segnalato a Mozart e a Abe che c'era un pericolo e di non mangiare. Avevano inventato quel segnale dopo essersi rintanati durante una brutta missione e aver scoperto che il cibo che era stato servito loro era drogato. I suoi uomini avrebbero certamente capito che c'era qualcosa in ballo, ma come fare per esserne sicuri?

Caroline lo stava guardando con attenzione. Avrebbe potuto usare lei? No, non usarla, ma farsi aiutare. Non si era allacciato la cintura, per cui si voltò in modo da essere angolato verso Caroline. Le prese una mano, passando distrattamente il pollice sul dorso mentre pensava a come proporle il suo piano. Alla fine, sospirò e la guardò negli occhi. Caroline lo stava guardando fisso. I suoi grandi occhi marroni erano spalancati, le pupille leggermente dilatate. La sua presa sulla mano di Wolf gli fece capire che era più spaventata di quanto sembrasse.

Il suo istinto di protezione stava lottando per emergere. Percepì e vide i brividi che si stavano diffondendo nel corpo della donna. Avrebbe voluto nasconderla sotto il sedile e dirle di non uscire fino a quando non fossero atterrati sani e salvi, ma sfortunatamente sapeva che ciò non era possibile. Aveva bisogno di lei.

"Caroline, ho bisogno del tuo aiuto," ammise a bassa voce. Lei lo guardò e annuì immediatamente. Cristo, non gli aveva nemmeno chiesto per cosa avesse bisogno di aiuto; aveva accettato immediatamente. Sentì qualcosa muoversi dentro di lui, ma lo soffocò. Non era il momento.

"I miei uomini sono seduti ai posti 18C e 24D. Ho bisogno di far sapere loro cosa sta succedendo, ma poiché non sappiamo esattamente come stiano le cose o chi sia coinvolto, ho bisogno di farlo con discrezione. Puoi aiutarmi?"

"Certo, Matthew," gli disse Caroline, la cui voce tremava solo leggermente. "Anche se non so cosa potrei fare. Sono solo un civile..."

Wolf strinse la mano che stava ancora tenendo. "È per questo che funzionerà. Nessuno si stupirà che tu cammini in corridoio. Se io mi alzassi all'improvviso e andassi a parlare coi miei commilitoni, qualcuno se ne accorgerebbe di sicuro. Adesso ti scrivo un biglietto; se ti alzi e vai al bagno in fondo all'aereo, potrai passarlo a Mozart, che sta al 18C."

"Mozart?" fu il commento di Caroline.

Wolf fece un sorrisetto, ridacchiando perché, nel bel mezzo di una situazione davvero spaventosa, Caroline aveva comunque la presenza di spirito di interrogarsi sul nome di Mozart.

Spiegò velocemente: "È il suo soprannome. Ne abbiamo tutti uno."

Caroline annuì; avrebbe voluto sapere quale fosse il soprannome di Matthew, ma sapeva che non era il momento o il luogo adatto. Magari, un giorno, avrebbe trovato il coraggio di chiederglielo... sempre che fossero usciti da quella situazione... qualunque essa fosse. Ricordando che c'erano due amici di Matthew su quell'aereo, chiese: "È il tuo amico nella fila ventiquattro?"

Wolf mise l'altra mano sopra le loro due, ancora strette l'una sull'altra. "Quando gli passerai accanto, appoggiati alla sua spalla invece che al sedile e premi forte con l'indice e l'anulare." Gli fece vedere come sul dorso della mano che stringeva. "Lui capirà."

Wolf si aspettava che Caroline gli chiedesse il significato di quel gesto, ma lei non lo fece. Si limitò ad annuire e ripeté il segnale, per dimostrare che aveva capito. "Così?" chiese.

Wolf annuì in segno di approvazione e poi non riuscì a trattenersi: sollevò la mano di Caroline che era ancora stretta tra le sue e ne baciò il dorso, imprimendovi le labbra per un istante in più di quanto fosse socialmente accettabile, prima di lasciarla andare.

"Non devi fare altro; torna subito qui dopo essere

andata in bagno," le disse in tono serio, guardandola negli occhi e cercando di farle capire il pericolo che stava correndo, che stavano correndo tutti. "Non cercare di fare l'eroe. Se qualcosa dovesse andare storto, non preoccuparti. Fa' come se niente fosse. Non attirare l'attenzione. I miei ragazzi sanno che sta succedendo qualcosa e ti terranno d'occhio. Vedono che sei seduta accanto a me, per cui si allerteranno quando ti alzerai. Hai domande?"

Caroline scosse la testa. Era nervosa, ma poteva farcela. Avrebbe voluto sedersi ed elaborare il bacio che Matthew le aveva dato sulla pelle sensibile del dorso della mano, ma non aveva tempo. Sapeva che, se *avesse* avuto il tempo, probabilmente si sarebbe fatta chissà quali viaggi; e poi, doveva concentrarsi per non perdere il coraggio di fare ciò che Matthew aveva bisogno che lei facesse.

L'uomo scribacchiò rapidamente qualcosa su un pezzo di tovagliolo. La sua grafia era illeggibile per Caroline, il che le fece capire che si trattava di un codice, ma la cosa non aveva davvero importanza. Sapeva che, probabilmente, Mattew aveva riassunto la situazione in un modo che avrebbe allertato i suoi amici e li avrebbe preparati a fare... qualcosa. Sperava che quel messaggio avrebbe avuto senso per l'uomo nella fila diciotto. L'altro amico di Matthew non avrebbe ricevuto alcun messaggio scritto, ma lei sperava che avrebbe capito il messaggio insito nel tocco sulla spalla, qualunque esso fosse. C'era un po' troppa speranza in quello che Caroline si apprestava a fare, ma non avevano altra scelta. Matthew le mise il tovagliolo nella mano e gliela chiuse gentilmente.

"Puoi farcela, Caroline," le mormorò.

Era giunto il momento. Caroline si alzò e si appiattì più che poteva per oltrepassare Matthew. Meglio evitare che l'uomo si alzasse di nuovo e attirasse troppo l'attenzione. Caroline sentì la sua mano sulla vita mentre lo oltrepassava. Il calore era intenso, ma lei cercò di ignorarlo. Ma, porca miseria, se fossero stati in un contesto diverso, in quella particolare situazione, lei sapeva che avrebbe dato di matto. Per quanto avrebbe voluto che Matthew la toccasse in maniera sensuale, l'uomo stava solo cercando di rassicurarla; non ci stava provando con lei. Caroline dovette costringere il suo cervello a concentrarsi, dato che quello voleva soltanto ripetere la sensazione delle mani dell'uomo sul suo corpo.

18C, 18C, si ripeté mentre percorreva il corridoio diretta verso la parte posteriore dell'aereo. Notò vagamente gli altri passeggeri che si godevano le bevande offerte senza un pensiero al mondo. Caroline non aveva idea se anche le loro bevande fossero drogate, ma aveva la brutta sensazione che fosse così. Doveva assicurarsi di consegnare il messaggio alla persona giusta. L'ultima cosa di cui aveva bisogno era incappare nella persona sbagliata e dare a qualcun altro il tovagliolo con quello strano codice. Controllò i numeri dei sedili mentre passava loro accanto, concentrandosi a fondo sul non combinare disastri.

Individuò subito Mozart. Non avrebbe dovuto preoccuparsi di contare le file: l'uomo era grosso e solido come Matthew. Quando gli passò vicino, Caroline "inciampò" e allungò le mani per interrompere la caduta, posandole su Mozart.

"Mi dispiace tanto," esclamò in tono di scuse mentre si districava dalle braccia dell'uomo, togliendogli le mani dal petto. "Sono un'imbranata!"

L'uomo si limitò ad annuire e la aiutò a ritrovare l'equilibrio. Non disse nulla e Caroline si scoprì ad arrossire, come se non gli fosse caduta addosso di proposito. Doveva riprendersi. Santo cielo. Quegli uomini sexy sarebbero stati la sua rovina.

Si raddrizzò, si diede una spazzolata e proseguì verso il bagno. Trasse un respiro profondo. Un messaggio era stato consegnato; ne mancava ancora uno. Aveva premuto il biglietto contro il petto di Mozart quando era caduta e aveva sentito l'uomo afferrare il tovagliolo mentre l'aiutava a riprendere l'equilibrio. Avrebbe voluto mettersi a ridere; sembrava che fosse promettente, come spia.

Si disse che tanto valeva usare davvero il bagno, finché era in quella zona dell'aereo. Chissà quando avrebbe avuto un'altra occasione, con tutto quello che stava succedendo. Il lato pratico della sua mente non si spegneva mai. Arrivò al bagno in fondo all'aereo proprio mentre gli assistenti di volo finivano di distribuire le bevande. Svicolando oltre l'uomo che le aveva servito da bere con un sorriso di scusa, Caroline chiuse la porta del bagno, fece rapidamente i suoi bisogni e si lavò le mani.

Proprio mentre stava per uscire dal bagno, sentì due uomini che parlavano fuori dalla porta. Impallidì dopo aver udito la conversazione e attese che i due si allontanassero. Cristo. Erano davvero stupidi a parlare ad alta voce del loro piano dove la gente poteva sentirli. Probabilmente, pensavano che presto tutti sarebbero svenuti e che la cosa non avesse importanza. Doveva tornare da Matthew e dirgli quello che aveva sentito. Merda.

Uscì dal bagno senza guardarsi alle spalle; si incamminò subito verso la parte anteriore dell'aereo, appoggiandosi ai sedili mentre camminava. Quando arrivò alla fila numero ventiquattro, senza esitare, afferrò con nonchalance con la mano destra la spalla dell'uomo che sedeva rivolto verso il corridoio, per poi proseguire fino al suo posto. Matthew la stava aspettando e ancora una volta la aiutò a prendere posto con una mano sulla vita, lanciandole un'occhiata interrogativa. Caroline annuì una singola volta e si lasciò cadere pesantemente sul sedile. Fece per allacciarsi la cintura, ma Matthew la fermò.

"Lasciala slacciata, per sicurezza," le disse. Caroline annuì ancora una volta. Merda, avrebbe dovuto pensarci. Non era lucida. Doveva darsi una calmata.

"Matthew," disse urgentemente, "prima di uscire dal bagno ho sentito due degli assistenti di volo che parlavano. Hanno detto che è tutto pronto e che non appena i passeggeri saranno svenuti, cominceranno."

CAPITOLO SEI

WOLF NON DISSE NULLA; si limitò ad afferrare la mano di Caroline, a stringerla e ad appoggiarsela sulla gamba. Porca troia, in cosa erano andati a ficcarsi? Mosse distrattamente il pollice sul dorso della mano di Caroline mentre se lo chiedeva.

Si sentiva meglio al pensiero che Mozart ed Abe fossero in allerta e pronti ad agire. Grazie a Dio erano su quel volo con lui. Avevano scarsissime possibilità di sventare quello che stava succedendo, ma se non altro, essendo in tre, esisteva qualche possibilità residua. Lui era pronto ad agire, a fare *qualcosa*, ma ancora non si sapeva chi fossero gli individui coinvolti.

Era palese che due degli assistenti di volo erano complici del piano, dato che Caroline li aveva sentiti parlare al riguardo, ma chi altri? Avrebbero dovuto aspettare per scoprirlo. Wolf detestava quel pensiero. Pensò all'11 settembre e si chiese se i passeggeri degli aerei che erano stati mandati a schiantarsi contro il World Trade Center avessero capito che qualcosa non andava. Si sentiva impotente. I passeggeri dell'aereo che si era schiantato quel giorno in Pennsylvania avevano fatto il possibile per evitare che il velivolo si abbattesse sulla Casa Bianca, ma sfortunatamente avevano perso la vita nel farlo.

Wolf non voleva morire, ma sapeva che avrebbe potuto capitargli in qualunque momento. Il suo lavoro non era molto sicuro. Ironia della sorte, avrebbe dovuto essere in vacanza e correva gli stessi rischi di quando era in missione. Che situazione assurda.

Si voltò verso Caroline.

"Sei stata fantastica," mormorò. "Ce l'hai fatta, anche se avevi paura, e non hai attirato l'attenzione su di te o su di me."

Caroline rispose solo con un breve sorriso. Wolf sapeva che lui non sarebbe riuscito a portare a termine la missione di Caroline senza attirare l'attenzione. Diamine, non avrebbe nemmeno *saputo* di trovarsi in una situazione di pericolo se non fosse stato per lei. Detestava che Caroline fosse coinvolta e odiava ancora di più il pensiero che lei potesse non farcela.

Ripensò alla situazione e si rese conto che a bordo dell'aereo era calato il silenzio. Oh, non c'era mai stato molto rumore, ma era palese che le poche conversazioni si erano spente. Mosse leggermente la testa e vide che le tre persone sedute dalla parte opposta del corridoio avevano gli occhi chiusi e stavano dormendo... o peggio.

Non aveva idea se fossero prive di conoscenza, addormentate o addirittura morte.

Proprio quando stava per dire a Caroline che dovevano mantenere un basso profilo e attendere l'evolversi della situazione, lei lo stupì anticipandolo.

"Matthew, dobbiamo fingere di aver bevuto il nostro drink e addormentarci come tutti gli altri." Era palese che anche lei aveva notato l'immobilità degli altri passeggeri.

Wolf annuì. "Stavo pensando la stessa cosa. Le grandi menti pensano allo stesso modo." La guardò arrossire. Lo sorprendeva costantemente. Le donne che aveva conosciuto in vita sua non arrossivano per un semplice complimento ironico. Era un peccato che, al momento, non avesse il tempo di sperimentare altri complimenti da farle al solo scopo di veder ricomparire quel bel rossore che le stava coprendo le guance. Fu costretto a soffocare il pensiero riguardo a fin dove arrivasse quel rossore. Il luogo e il momento erano sbagliati, ma Dio, quanto avrebbe voluto saperlo.

Caroline tolse con riluttanza la mano da quella dell'uomo e appoggiò la testa allo schienale. Non osava aprire gli occhi per verificare la situazione. Dovevano fingere di essere privi di conoscenza come gli altri passeggeri. Sapeva che anche Matthew aveva inclinato la testa e chiuse gli occhi. Non potevano far altro che aspettare.

Caroline odiava aspettare. Le riusciva malissimo. Si innervosiva spesso. Sua madre l'aveva sempre preso in giro, quand'era piccola, dicendole che non riusciva a stare ferma per cinque minuti. Era sempre in movimento. Dentro di sé, sorrise al ricordo di una storia che sua madre adorava raccontare agli ospiti, risalente a quando Caroline aveva circa quattro anni. Erano andati a un parco divertimenti e c'erano lunghe code per tutto: il cibo, le giostre e, naturalmente, il bagno.

A quanto pareva, Caroline si era stufata di stare in fila e, mentre aspettavano di andare in bagno, si era spostata sul prato vicino alla struttura, si era abbassata i pantaloni e aveva fatto pipì lì. La madre di Caroline era rimasta mortificata, ma tutti gli altri avevano trovato la cosa divertentissima.

Caroline pensò mestamente a sua madre. Sentiva la sua mancanza. Tante volte, nel corso dell'ultimo anno, avrebbe voluto prendere in mano il telefono per fare quattro chiacchiere con lei. Aveva sempre saputo che avrebbe perso i genitori da giovane: dopotutto, erano molto anziani. Ma era stato più difficile di quanto avesse immaginato.

Strappata dai suoi pensieri da un movimento di Matthew sul sedile, Caroline ammise di avere paura. Aveva paura di quello che stava succedendo e non aveva idea di come ne sarebbero usciti. Non era certo un bene essere intrappolati in un aereo a migliaia di piedi di altitudine, con delle persone decise a combinare guai. Quali fossero nello specifico i guai era ancora da vedersi.

Caroline pensò a quanto era felice che Matthew fosse seduto accanto a lei. All'inizio, si era preoccupata:

era pur sempre un uomo molto grosso. Ma il modo gentile con cui le aveva tenuto la mano e il fatto che si fosse messo subito in azione per avvisare i suoi commilitoni la faceva sentire molto meglio. Non aveva idea se lui e i suoi compagni sarebbero riusciti a cavarli dai guai, quali che fossero "i guai", ma il solo fatto che fosse lì la faceva sentire un po' meno sola. Non aveva idea di cosa avrebbe fatto se lui non ci fosse stato. Avrebbe notato l'odore del ghiaccio, ma non avrebbe saputo cosa fare e avrebbe dovuto restarsene lì impotente. Rabbrividì leggermente. Dio, che situazione schifosa.

Trenta lunghi minuti dopo che loro avevano deciso di fingersi svenuti, i terroristi fecero la loro mossa. Quasi tutti i passeggeri erano seduti immobili, svenuti o peggio. Wolf non poteva sprecare tempo pensando a loro, ora. Ringraziò Dio perché Caroline aveva sentito l'odore di quello che c'era nel ghiaccio. Tremava al pensiero di ciò che sarebbe accaduto se lei non fosse stata seduta accanto a lui. Anzi, sapeva esattamente cosa sarebbe accaduto: lui, Mozart ed Abe sarebbero rimasti privi di conoscenza sui sedili, proprio come tutte le altre persone che lo circondavano.

Wolf rimase a guardare mentre due passeggeri e i due assistenti di volo passavano accanto alla loro fila di sedili e si dirigevano verso la parte frontale dell'aereo. Chiuse gli occhi mentre i due assistenti di volo tornavano poi indietro, esaminando i passeggeri, assicurandosi che fossero tutti privi di conoscenza. Wolf li sentì parlare a bassa voce.

"Smythe ha le coordinate?"

"Sì; non appena avremo bloccato i passeggeri svegli, lui andrà a occuparsi dei piloti e ci metterà sulla giusta rotta."

Wolf si irrigidì. Merda.

Le poche persone che i terroristi trovarono sveglie furono costrette ad alzarsi e a recarsi in fondo all'aereo, fino alla cambusa. Wolf sentì alcune donne urlare e piangere e alcuni uomini grugnire, ma perlopiù fu un'operazione silenziosa. Stranamente calma. In tutte le battaglie e le missioni che aveva affrontato, Wolf non aveva mai udito nulla del genere. Di solito, la gente urlava e piangeva e c'era il frastuono degli spari e dell'artiglieria... non quel silenzio e quella totale obbedienza da parte dei passeggeri. La cosa lo rendeva nervoso e, considerata la sua esperienza, questo la diceva lunga.

Attraverso gli occhi ridotti a due fessure guardò uno dei terroristi, che si era finto un passeggero qualunque, e uno degli assistenti di volo recarsi nella cabina di pilotaggio. Fu facile: uno degli assistenti bussò semplicemente alla porta e chiese di parlare col pilota. Non avendo alcun motivo di allarmarsi, il copilota aprì senza esitazione. Fu immediatamente picchiato a sangue, mentre il pilota venne ucciso direttamente. Non fu difficile: bastò un rapido taglio alla giugulare. Il suo corpo fu trascinato fuori dalla cabina e gettato nella cambusa in testa all'aereo, mentre ancora si contorceva e sanguinava. Il copilota era vivo, ma ferito gravemente. L'altro assistente di volo lo prese con calma per una gamba e lo trascinò spietatamente verso la coda dell'aereo, assieme agli altri passeggeri coscienti.

Il cuore di Wolf accelerò i battiti in preparazione allo scontro imminente. Doveva stare attento: uno dei terroristi, ora, aveva il controllo dell'aereo. In Marina gli avevano insegnato le basi del pilotaggio di quasi tutti i tipi di velivoli. Era più a suo agio allo stick di un elicottero, ma aveva trascorso anche del tempo in un grosso aereo di linea come quello. Sapeva, dato che era il più vicino alla cabina di pilotaggio, che sarebbe toccato a lui entrarvi e prendere il controllo dell'aereo.

Anche Mozart ed Abe avrebbero potuto pilotare l'aereo, ma Wolf avrebbe fatto affidamento su di loro perché si occupassero degli altri terroristi. Avrebbe già avuto le mani piene. Sperava sinceramente che nessuno degli altri passeggeri sarebbe rimasto ferito durante la riconquista del controllo dell'aereo, ma non poteva pensarci ora. Il suo solo e unico obiettivo era riprendere il controllo dell'aereo.

Sapeva che doveva darsi una mossa, ma per la prima volta da quando era un SEAL, esitò. Non voleva che Caroline fosse anche solo vicina a quello che stava accadendo, ma non aveva scelta. Mosse furtivamente la mano, gliela mise sulla coscia e strinse, sentendo i muscoli di lei contrarsi sotto il suo palmo. La mano di Caroline si mosse lentamente dal grembo in cui era stata posata e coprì la sua. Rimasero così per un momento, ed entrambi furono rincuorati da quel contatto breve, ma intenso. Wolf sapeva che era giunto il momento di andare. Non poteva più aspettare; le vite di tutti dipendevano da lui. Voltò la mano in modo da afferrare quella di Caroline e le diede una stretta vigorosa. Vide il piccolo sorriso della donna, dopodiché lei mimò con le labbra: "Buona fortuna." Wolf le lasciò immediatamente la mano e trasse un respiro profondo. Era giunto il momento.

Senza guardarsi attorno o pronunciare un'altra parola, Wolf si alzò di scatto e corse verso la parte frontale dell'aereo. In piena modalità combattimento, escluse dalla sua mente tutti i pensieri estranei, compresa la donna coraggiosa che aveva lasciato seduta nella sua fila. Mentre correva verso la testa dell'aereo, udì un grido e riuscì a lanciarsi una rapida occhiata alle spalle per verificare la situazione.

Mozart ed Abe stavano lottando coi due terroristi in fondo all'aereo, ma il terzo era diretto verso di lui. La sua espressione era odio puro. Merda. Wolf non aveva tempo di occuparsi di lui e, al tempo stesso, assicurarsi che il quarto uomo non facesse schiantare l'aereo. Per un attimo, sperò che quello che stava pilotando non si accorgesse di ciò che stava accadendo; ma poi, quando sentì il velivolo inclinarsi verso il basso, capì che quel pensiero era futile. Non ebbe altra scelta che proseguire nella direzione del pilota. Si sarebbe occupato del tizio che lo stava raggiungendo dal corridoio quando ne avrebbe avuto bisogno; il che, purtroppo, sarebbe potuto accadere più prima che poi.

Sotto lo sguardo stupito di Wolf, all'improvviso, una

gamba uscì da una fila di sedili e fece lo sgambetto all'uomo diretto verso di lui. Caroline! Wolf si voltò e corse alla massima velocità verso la cabina di pilotaggio. Porca miseria. Sarebbe voluto tornare da Caroline, ma non poteva fermarsi ora. Aveva paura per lei, e non era assolutamente da lui perdere la concentrazione in quel modo, ma non poteva fare nulla per la donna, ora. Doveva prendere il controllo dell'aereo o sarebbero morti tutti. Le azioni di Caroline potevano avergli dato tempo sufficiente per sopraffare l'uomo che stava pilotando l'aereo prima che l'altro terrorista lo raggiungesse.

CAPITOLO SETTE

Caroline non riusciva a credere di aver fatto lo sgambetto a un terrorista. Un cavolo di terrorista! Stava morendo di paura. Essendo stata seduta accanto a Matthew, aveva capito subito che questi stava per fare la sua mossa. Era riuscita quasi a percepire la tensione del suo corpo, la pregustazione, l'adrenalina che gli entrava nel sangue. Avrebbe voluto pregarlo di non andarsene, di stare con lei e di lasciare accadere ciò che era stato programmato. Ma Matthew era un SEAL. Caroline sapeva che non sarebbe riuscito a starsene fermo e lasciare che dei terroristi prendessero il controllo dell'aereo. Si sarebbe gettato nella mischia. Perdiana, sarebbero sopravvissuti solo grazie a lui e alla sua... sempre che fossero riusciti a sventare il dirottamento.

Quando l'uomo le aveva messo la mano sulla coscia, lei aveva capito che era giunto il momento. In quell'istante, non sarebbe riuscita a trattenersi dal prendere la mano di Matthew nemmeno se qualcuno le avesse offerto un milione di dollari. Non sapeva se lo avrebbe mai rivisto, ma chissà come, nel paio d'ore che avevano trascorso a conoscersi, lui era diventato importante per lei. Tutto ciò che era riuscita a fare era stato sorridere e mimare con le labbra "buona fortuna"; che cliché. Era una stupidaggine. Per lui, lei era solo una donna come tante. Solo l'ennesima che lo trovava splendido e che avrebbe voluto portarselo a casa e "conoscerlo" per ore a letto. Caroline non lo aveva ammesso fino a quel momento, ma sì, lo voleva da impazzire. Dio, era qualcosa di terribilmente inappropriato e non sarebbe mai successo, ma questo non le impediva di volerlo.

Non sapeva cosa fare per dare una mano; voleva disperatamente fare *qualcosa*, ma era solo un chimico, non un SEAL spaccaculi. Aveva guardato Matthew alzarsi di scatto. Un attimo prima, l'uomo era stato un bell'addormentato; quello dopo era un SEAL in missione. L'uomo era corso verso la testa dell'aereo e Caroline aveva sbirciato tra i sedili e visto che i commilitoni di Matthew erano impegnati coi due cattivi in coda all'aereo. Era palese che si erano messi in movimento subito dopo Matthew. Evidentemente, Matthew stava andando nella cabina di pilotaggio ad affrontare il terrorista che pilotava l'aereo.

Questo lasciava uno dei cattivi senza nessuno ad affrontarlo. Caroline aveva guardato inorridita mentre questi correva lungo il corridoio, dirigendosi direttamente verso Matthew. Aveva sentito l'aereo inclinarsi. Il suo cuore aveva triplicato i battiti. Cazzo. Cazzo. Cazzo. L'uomo ai comandi stava cercando di far schiantare l'aereo. Nel giro di pochi istanti, Matthew avrebbe dovuto affrontare due terroristi, e lei sapeva che aveva bisogno di tutta la sua concentrazione per prendere il controllo dell'aereo ed evitare che morissero tutti.

Senza pensarci, era scivolata sul sedile vicino al corridoio e, quando il terrorista era stato prossimo a passare oltre, aveva semplicemente allungato la gamba. Cribbio, le aveva fatto più male di quanto avesse creduto. Aveva visto un sacco di persone fare lo sgambetto in TV e nei film, e non aveva mai immaginato che potesse fare così male.

L'uomo era caduto come un sacco di patate. Era atterrato male, su mani e ginocchia, ma Caroline sapeva che non sarebbe rimasto a terra a lungo, per cui, senza pensare alle possibili conseguenze, balzò via dal sedile e si aggrappò alla sua schiena. Doveva semplicemente tenerlo occupato fino a quando uno dei commilitoni di Matthew non sarebbe venuto ad aiutarla. O almeno, lei sperava che uno degli altri sarebbe venuto ad aiutarla presto...

Proprio quando Caroline si era convinta di avere una presa salda sull'uomo, questi la afferrò e la lanciò in corridoio, quindi avanzò gattoni fino a starle sopra e a mettersi faccia a faccia con lei. Era accaduto tutto così in fretta che Caroline non ebbe il tempo di alzarsi o di evitarlo.

Merda, pensò, guardando l'uomo. Era incazzato, ma

lo era anche lei. Quel bastardo stava cercando di ucciderli tutti. Caroline mosse di scatto la testa quando il pugno dell'uomo prese la via della sua faccia. Il terrorista riuscì a colpirla alla tempia, ma le avrebbe fatto molto più male se l'avesse presa in faccia. Caroline sferrò una ginocchiata più forte che poteva e riuscì a colpire il terrorista alla coscia. Non era il punto in cui aveva mirato, ma lo rallentò un po'.

Caroline continuò a lottare con l'uomo; entrambi cercavano di colpire e graffiare e dominare l'altro. Il terrorista era più pesante e più forte di lei, ma Caroline non si lasciò scoraggiare. Combatté come un gatto selvatico. Aveva dalla sua l'adrenalina, oltre a un forte desiderio di non morire.

Graffiò e colpì con mani, ginocchia e piedi. Ogni volta che l'uomo credeva di avercela fatta, lei si divincolava dalla sua presa e riusciva a sferrare un colpo fortunato. Sfortunatamente, anche lui stava riuscendo a colpirla. Caroline non provava molto dolore, al momento: probabilmente, l'adrenalina impediva al suo cervello in preda al panico di sentire granché. Ma sapeva che, più tardi, avrebbe sofferto... sempre che ci fosse un "più tardi".

Presto, qualcuno sarebbe venuto ad aiutarla... Caroline doveva crederci. All'improvviso, il peso dell'uomo sopra di lei si sollevò e lei vide lo sguardo malefico nei suoi occhi nello stesso istante in cui un coltello gli penetrò nel collo. Fu costretta a chiudere gli occhi quando il sangue eruppe e le inzuppò il petto e le braccia. Era caldo e aveva un odore metallico. Probabilmente, avrebbe dovuto spaventarsi di più, ma era semplicemente grata di essere viva e di aver impedito a quell'uomo di raggiungere Matthew. Grazie a Dio, uno dei commilitoni dell'uomo era finalmente giunto in suo soccorso.

Caroline guardò mentre l'uomo che Matthew aveva chiamato Mozart le levava l'uomo di dosso, praticamente si lanciò il terrorista ora morto alle spalle e la superò con un balzo, diretto verso la cabina di pilotaggio. L'aveva completamente ignorata, ma a Caroline questo non importava. Era solo felice che Matthew avesse un aiuto, nel caso ce ne fosse bisogno. Non c'era tempo per presentazioni o domande nel bel mezzo di un attacco terroristico. Udì vagamente alcune donne in coda all'aereo piangere istericamente, e capì che doveva alzarsi da terra. Quantomeno, bisognava liberare il corridoio.

Si alzò lentamente, rendendosi conto solo allora che le doleva il fianco. Beh, a dire il vero le doleva tutto, ma il fianco le doleva *molto*. Caroline sollevò lo sguardo e capì che non era il momento di pensarci. Le donne in coda all'aereo erano isteriche e l'altro commilitone di Matthew, quello della fila ventiquattro, stava cercando di tranquillizzare i passeggeri sul fondo. Caroline vide i due terroristi che i SEAL avevano combattuto, morti, nella parte posteriore dell'aereo. Beh, perlomeno, lei pensava che fossero morti. L'unico dettaglio visibile dell'uomo che sapeva per certo essere morto erano i suoi piedi che sporgevano nel corridoio. Era stato parzialmente trascinato in una fila di sedili. L'altro giaceva nel bel mezzo del corridoio, proprio come quello morto che lei aveva affrontato.

L'intera scena era surreale. Se lei non ci fosse stata in mezzo, avrebbe creduto che fosse tutto un brutto sogno. Tutto attorno a lei, gli altri passeggeri erano privi di conoscenza o morti a causa della sostanza presente nel ghiaccio. Con l'eccezione delle donne che piangevano in coda, c'era un silenzio inquietante. Caroline guardò verso la testa dell'aereo: vide Matthew e Mozart nella cabina di pilotaggio. La porta penzolava dai cardini; Matthew doveva averla sfondata per raggiungere la cabina e il terrorista. Un altro uomo giaceva immobile fuori dalla porta: palesemente, il terrorista che aveva pilotato l'aereo fino a quel momento. Aveva la testa voltata verso di lei, gli occhi che la fissavano senza vederla.

Caroline distolse l'attenzione dallo sguardo innaturale del morto, ma il suo si posò poi sul cadavere accanto a lei in corridoio. Il sangue dell'uomo scorreva dalla ferita al collo e inzuppava lentamente la moquette da quattro soldi sotto di lui. Caroline notò la pozzanghera che continuava ad allargarsi.

Si spinse lentamente in piedi, ignorando indolenzimento e dolore. Cercò di ignorare il sangue che aveva addosso, appartenuto al terrorista ucciso da Mozart. Sorprendentemente, non aveva perso la testa. Non aveva idea del perché. Avrebbe *dovuto* farlo, ma non voleva dare fastidio a Matthew e alla sua squadra. Era un pensiero frivolo, ma voleva che loro pensassero bene di lei.

Prima che potesse convincersi a non farlo, si chinò ad afferrare l'uomo che aveva cercato di uccidere Matthew e poi lei per le caviglie, e lo trascinò lentamente verso il muso dell'aereo. L'uomo era pesante e spostarlo fu più difficile del previsto. Caroline guardò, come immersa in una nebbia, il sangue che fuoriusciva dalla ferita macchiare di rosso il corridoio mentre lei lo trascinava oltre le file di sedili. Lo portò nella cambusa e lo mise sopra all'altro uomo che si trovava lì. Aveva dovuto portarlo via dal corridoio in modo che, all'atterraggio, il personale medico raggiungesse i passeggeri.

Dopo aver finito, non era sicura di cos'altro fare. Sentì Matthew pronunciare il suo nome nella cabina di pilotaggio. Caroline sentiva e vedeva ancora tutto come se si trovasse in una lunga galleria... Infilò la testa nella cabina.

"Va tutto bene?" sentì chiedere a Matthew in tono urgente.

Caroline si limitò ad annuire stordita.

"Quel sangue è anche tuo?"

Lei scosse la testa alla domanda. Non capiva davvero cosa lui le stesse chiedendo, ma scosse comunque la testa.

"Il copilota sta bene?"

"Ehm, mi dispiace, Matthew. Non lo so." Caroline riusciva a malapena a mettere insieme due frasi di senso compiuto. Non aveva nemmeno pensato di controllare come stesse il copilota. E avrebbe dovuto farlo.

Con voce bassa, pensata per tranquillizzarla, Wolf chiese: "Puoi andare a controllare se è abbastanza in forma per venire qui ad aiutarci?"

Caroline non guardò Mozart, che al momento era seduto al posto del copilota e che si limitò ad annuire. Si voltò verso la coda dell'aereo, senza vedere l'espressione preoccupata sul volto di Matthew mentre si girava e andava in cerca del copilota ferito. Tutto ciò a cui riusciva a pensare era *Matthew ha bisogno del copilota, Matthew ha bisogno del copilota, Matthew ha bisogno del copilota...* Continuò a ripeterselo per non dimenticarlo.

Quando infine arrivò in fondo all'aereo, l'altro SEAL si voltò verso di lei. Caroline non ricordava se Matthew le avesse detto il suo nome; era già tanto che si ricordasse il compito da svolgere.

"Matthew ha bisogno del copilota," disse meccanicamente all'uomo. Non aveva idea se il suo comportamento avesse un senso, ma l'uomo doveva aver capito, perché annuì e si voltò verso le persone accalcate in coda all'aereo. Caroline non sapeva cosa fare e, alla fine, tornò al suo posto.

Era spaventata e l'adrenalina che l'aveva mandata avanti negli ultimi trenta minuti stava svanendo. Prese i tovagliolini inutilizzati che erano stati dati loro con le bevande e che aveva infilato nelle tasche di fronte ai sedili e cercò di levarsi almeno in parte il sangue dalla maglietta e dalle braccia. Rimase colpita dal suo lavoro di pulitura, pensando che aveva avuto un successo sorprendente. Sotto il suo sguardo, il copilota raggiunse la cabina di volo con gambe tremanti. Poco dopo, Mozart uscì dallo spazio ristretto e si incamminò verso il suo commilitone in fondo all'aereo. Durante il tragitto, la notò e si fermò.

"È sicura di stare bene, signora?" chiese cordialmente.

"Sì, grazie," rispose lei, senza aggiungere altro o sollevare lo sguardo dal tentativo, ancora in corso, di pulirsi dal sangue. Non aveva la forza di fare altro, al momento.

Mozart si fermò per un istante e la fissò. Rendendosi conto che non se n'era andato, Caroline sollevò infine lo sguardo e lo fissò di rimando. Cosa voleva che gli dicesse? Che non stava bene? Che sentiva dolore e aveva paura e voleva *scendere* da quello stupido aereo? Anche se era tutto vero, nulla di tutto ciò sarebbe stato d'aiuto, al momento, per cui rimase zitta. Era appesa a un filo sottilissimo e non stava dando di matto solo grazie alla pura forza di volontà. Finalmente, Mozart annuì e proseguì lungo il corridoio.

Caroline si sedette nel posto sul corridoio della sua fila, coi piedi sul sedile e le braccia avvolte attorno alle gambe. In un impeto di ribellione, non aveva voluto rimettersi la cintura di sicurezza. Se era sopravvissuta a un attacco terroristico, poteva correre il rischio di stare seduta senza la cintura. Sapeva che era ridicolo sentirsi in obbligo di stare seduta nel posto che le era stato assegnato: a nessuno importava dove lei fosse seduta e la maggior parte degli altri posti era ancora occupata. Avrebbe ripreso il suo posto al centro, ma non sopportava l'idea di sedere accanto all'uomo vicino al finestrino. Questi era riverso su se stesso. Caroline vedeva il suo petto alzarsi e abbassarsi e ne era lieta. Sarebbe stato orribile se tutte le persone attorno a loro fossero morte. D'altro canto, era felice che non fossero stati coscienti durante tutto quello che era accaduto. Se le reazioni della gente in coda all'aereo erano indicative, non era stata una bella scena. Sarebbe stato molto più difficile far fronte a tutto se ci fossero state centinaia di persone isteriche e in preda al panico.

I trenta minuti successivi furono tra i più lunghi della vita di Caroline. In qualche modo, le parvero più lunghi di quando avevano atteso che i terroristi facessero la loro mossa. Forse le sembravano più lunghi perché non aveva Matthew seduto accanto a lei? Lui la faceva sentire al sicuro, come se nulla potesse nuocerle. Ora Caroline si sentiva solo scollegata dal mondo e traumatizzata.

Quando si accorse che l'aereo aveva cominciato a scendere di quota, lei capì che non erano ancora arrivati a Norfolk; non era passato tempo sufficiente. Stavano sicuramente facendo un atterraggio di emergenza da qualche parte. Si guardò nuovamente attorno; la maggior parte dei passeggeri non si era ancora mossa. Non riuscendo a trattenersi, e avvertendo il bisogno di saperlo in un modo o nell'altro, Caroline sollevò la mano, si sporse e controllò il polso dell'uomo seduto accanto al finestrino. C'era un battito, anche se debole e lontano. Sperava che il luogo in cui sarebbero atterrati avesse un buon ospedale. Quelle persone non meritavano di morire.

Finalmente, l'aereo atterrò. Non fu un atterraggio esattamente liscio, ma erano a terra. Caroline attese fino a quando non udì il copilota parlare all'altoparlante e spiegare con voce tremolante quello che stava accadendo.

"Parla il copilota. Abbiamo eseguito un atterraggio di emergenza in Omaha, Nebraska. Chiunque sia in grado di farlo si sposti in coda all'aereo, per favore. Presto saliranno a bordo dei soccorritori e degli agenti federali. Faremo scendere tutti il prima possibile e chiunque abbia bisogno di assistenza medica l'avrà. Grazie a Dio, ce l'abbiamo fatta."

Il silenzio calò sull'aereo. Caroline si alzò a fatica e raggiunse la coda dell'aereo. C'erano otto civili oltre a lei: cinque uomini e tre donne. I primi sembravano uomini d'affari e le donne... le donne erano bellissime. Dio, dov'erano i brutti? Oh, cacchio, era *lei* l'unica persona brutta presente? Le donne erano alte e magre. Una si era appicccicata al SEAL che era stato seduto nella fila ventiquattro... Caroline non aveva ancora scoperto come si chiamasse. Un'altra donna ronzava attorno all'uomo che lei conosceva col nome di Mozart. Le altre donne erano strette vicino ai civili. Sembrava che tra tutti loro fosse nato un legame durante quell'esperienza orribile, mentre Caroline si ritrovava ancora una volta esclusa.

I SEAL avevano percorso l'aereo, verificando le condizioni degli altri passeggeri, ma non c'era molto che potessero fare per loro. Caroline oltrepassò le donne appiccicate ai SEAL senza guardarli e guadagnò un angolo remoto della cambusa.

Gli strapuntini in fondo erano già occupati, uno da un uomo con una donna in grembo e l'altro da un'altra delle donne, la quale non pareva incline a spostarsi, per cui Caroline si mise con la schiena al muro e si lasciò scivolare a terra fino a sedersi. Sollevando le ginocchia e appoggiandovi la testa, si disse che ci sarebbe voluto un po' prima di andarsene. Voleva solo riposare.

Caroline non vide Mozart e il SEAL di cui non aveva mai saputo il nome scambiarsi un'occhiata. Era solo stanca e spaventata. Voleva fare una doccia per levarsi di dosso il sangue del morto, ma sapeva che ci sarebbe voluto un bel po' di tempo.

Nell'udire il personale medico salire a bordo e organizzare la discesa dei passeggeri, Caroline udì Brandy, una delle donne in coda assieme agli altri passeggeri coscienti, prodursi in esclamazioni all'indirizzo di Mozart e dell'evidente ferita di coltello che questi aveva riportato.

"Non preoccuparti per me," le disse l'uomo. "È solo una ferita superficiale. Lo so bene: sono un medico. E poi, all'ospedale avranno abbastanza da fare con gli altri passeggeri. Penserò io a questa, oppure lo farà uno dei miei amici. Me la caverò; non preoccuparti per me. *Tu*, piuttosto, dolcezza, assicurati che i soccorritori ti diano una bella occhiata per assicurarti che vada tutto bene."

Caroline concordò silenziosamente, ammirando l'uomo. Pensando al suo fianco pulsante, si disse che il SEAL aveva ragione. Lei sentiva dolore, ma era viva e non voleva essere un peso. Probabilmente non era nulla di che; solo un graffio. Gli altri passeggeri dell'aereo avevano più bisogno di lei di essere soccorsi: *loro* erano privi di conoscenza e avevano ingerito chissà cosa. Caroline avrebbe voluto offrire maggiore aiuto. Se fosse riuscita a capire quale sostanza fosse stata messa nel ghiaccio, i medici avrebbero potuto assistere più velocemente i passeggeri, ma senza il suo laboratorio non sapeva che pesci pigliare.

Alla fine, tutti i passeggeri furono portati agli ospedali locali. Caroline era caduta in uno stato di semi-incoscienza: sveglia, ma a malapena consapevole di ciò che le accadeva attorno.

Dopo che l'aereo si fu svuotato degli altri passeggeri, la polizia e l'FBI condussero il piccolo gruppo di civili in coda all'aereo all'esterno, in modo che i soccorritori li visitassero. Caroline guardò con distaccato interesse le reazioni delle altre donne e degli altri uomini ai terroristi morti sparsi per tutto l'aereo. I corpi erano ora coperti da lenzuoli, ma il sangue era ancora visibile sul pavimento quando loro vi passarono oltre e sopra.

Caroline non credeva che nessuno fosse rimasto davvero ferito, ma la polizia non avrebbe mai lasciato scendere nessuno senza almeno un controllo superficiale. C'erano troppe persone dalla querela facile, nel mondo moderno, perché ciò potesse accadere.

Quando fu il turno di Caroline, il soccorritore non fu contento. "Senta, vedo che mostra sofferenza al fianco. Lasci che le dia un'occhiata."

Lei cercò di dissuaderlo. "No, guardi, non è niente. Ci sono solo caduta sopra sull'aereo; va tutto bene."

"Devo almeno dargli un'occhiata," insistette lui.

"Beh..." Caroline stava per cedere quando Brandy, una delle civili, apparve accanto al giovane uomo.

"Scusi? Mi gira un po' la testa... Crede che potrei sedermi da qualche parte?"

Quando Caroline la guardò, non le parve che la donna stesse male. Aveva appoggiato la mano al bicipite del soccorritore e gli si era appoggiata addosso, schiacciandogli le tettone contro.

"Ehm, sì, va bene, mi lasci finire e arrivo subito da lei. Nel frattempo, si sieda un attimo su quella barella, per evitare di cadere e di farsi del male."

Caroline avrebbe voluto levare gli occhi al cielo. Quando il soccorritore si voltò verso di lei, capì subito che stava già pensando a Brandy. Caroline compì un atto di pietà.

"Senta, mi dia un batuffolo imbevuto di alcol o qualcosa del genere. Non sto così male. Così può andare a vedere di cosa ha bisogno Brandy."

Con una velocità ridicola, l'uomo si disse d'accordo con lei, estrasse delle salviettine antisettiche e gliele diede. Con una certa cattiveria, Caroline pensò che era un bene che non fosse rimasta ferita più gravemente: era probabile che, anche se fosse stata riversa al suolo e sul punto di morire dissanguata, gli uomini attorno a lei l'avrebbero ignorata comunque.

Dopo che tutti i passeggeri consci furono stati visitati, la polizia rassicurata che nessuno fosse in pericolo di vita, e che tutti ebbero firmato dei documenti nei quali rifiutavano il trasporto in ospedale, il gruppetto fu fatto salire a bordo di un piccolo autobus.

Mentre la navetta si dirigeva verso l'aeroporto, lontano dalla pista di atterraggio, Caroline si sentiva un po' depressa. Matthew e gli altri SEAL erano andati via con un'altra navetta, chissà dove. Lei aveva guardato attentamente i SEAL che salivano sulla navetta per vedere se Matthew le avrebbe rivolto qualche cenno, cosa che ovviamente l'uomo non aveva fatto. Lui e i suoi compagni di squadra stavano parlottando tra loro mentre si allontanavano, senza degnare di uno sguardo l'aereo. Lei non avrebbe dovuto stupirsi: le succedeva tutti i giorni.

Erano rimasti solo lei e gli altri otto passeggeri. Caroline seguì gli altri fino alla navetta. Furono condotti fino al terminal e accompagnati in una stanza attraverso una porta secondaria. Gli agenti federali volevano sentire la loro versione dei fatti.

Due ore dopo, Caroline era sul punto di mettersi a urlare. Voleva andarsene da lì. Voleva andare a Norfolk e lasciarsi tutto alle spalle. Li avevano interrogati in gruppo e separatamente. Gli altri passeggeri non avevano idea di cosa fosse accaduto. Avevano raccontato alle autorità che un attimo prima erano stati seduti al loro posto e quello dopo, degli uomini armati di coltello li avevano sospinti verso la coda dell'aereo; sebbene avessero udito delle grida e rumori del genere, non avevano visto nulla. Nessuno sapeva cosa avesse fatto perdere conoscenza agli altri passeggeri.

Caroline si limitò ad annuire e a confermare la versione degli altri. Nessuno le dedicò molta attenzione. Lei ci era abituata, e anzi, ci aveva fatto conto. Spiegò il motivo per cui era ricoperta di sangue, dicendo di essere scivolata e caduta su un terrorista, intingendosi del suo sangue. Non voleva dire nulla, perché sapeva che le missioni dei SEAL erano segrete. Sebbene quella non fosse stata una missione ufficiale, loro si erano ritrovati nel posto sbagliato... o forse nel posto giusto al momento giusto? Lei non voleva rivelare inavvertitamente i loro segreti. Non sapeva cosa dire o non dire. L'FBI e chi di dovere avrebbe saputo quello di cui avevano bisogno dai SEAL, non da lei. E poi, si disse, lei non aveva nemmeno giocato un ruolo in quella faccenda. Era solo Caroline Martinez, una cittadina qualunque.

Dopo che le autorità ebbero ascoltato tutto ciò che i passeggeri rimasti svegli sapevano del tentato dirottamento, questi ultimi furono lasciati liberi di andare, dopo essere stati ammoniti di non parlare con la stampa. *Come no!* pensò Caroline... Un dirottamento era una grande notizia per i media, *enorme*. E lei sapeva che non c'era verso che Brandy non approfittasse di quell'esperienza per andare in televisione. Caroline era stata lieta di sentire dire a Brandy e agli altri che non sapevano cosa Matthew e i suoi amici facessero per vivere, ma naturalmente tutti sospettavano che fossero agenti segreti militari o qualcosa del genere.

Caroline non sapeva *dove* esattamente fossero liberi di andare. Fuori c'era buio. Gli impiegati delle compagnie aeree non si vedevano più da nessuna parte. L'aeroporto era deserto, con l'eccezione di qualche addetto alle pulizie. Erano in una piccola città, in un aeroporto regionale. Non c'erano voli a quell'ora tarda. Al gruppo fu detto che i voli sarebbero ripresi il mattino dopo e che solo allora avrebbero avuto modo di salire a bordo di un altro aereo. Caroline sospirò. Non aveva la borsetta; era ancora sull'aereo. Avrebbero dovuto aspettare che scaricassero i bagagli, in modo da usare i suoi documenti per acquistare un altro biglietto per la Virginia.

A quanto pareva, la compagnia aerea voleva sistemarli tutti in un albergo del posto. I dipendenti della compagnia avevano detto alla polizia di informare i testimoni, una volta conclusi gli interrogatori, che avrebbero potuto prendere la navetta fino all'albergo e restare lì gratuitamente. Caroline era stata lieta di sentirselo dire, dato che non aveva denaro, ma un'occhiata fuori dall'aeroporto bastò a farle cambiare idea.

Era un pandemonio assoluto. C'erano furgoni della

stampa e gente dappertutto. Un enorme caos. I giornalisti cercavano di parlare con chiunque fosse presente, nella speranza di carpire qualche informazione sul dirottamento da sfruttare per i telegiornali del mattino. Caroline vide persino un furgone della CNN in mezzo a tutti gli altri veicoli.

Non voleva avere nulla a che fare coi media. Non che avesse paura di parlare con loro o altro; era solo esausta. Lo scontro col terrorista in corridoio cominciava finalmente a farsi sentire: era stanca e dolorante. Tutto ciò che voleva era trovare un angolo buio e chiudere gli occhi. No, ciò che voleva davvero erano un bagno e fare una chiacchierata con sua madre, ma dato che entrambi i desideri erano impossibili, avrebbe dovuto accontentarsi di un angolo buio dove non avrebbe dovuto parlare con nessuno.

Caroline guardò Brandy e le altre donne cercare di sistemarsi i capelli e gli abiti già impeccabili e vide la luce della determinazione apparire nei loro occhi. Avevano visto gli avvoltoi mediatici ed erano felicissime di poter stare sotto i riflettori. Ignorando l'ordine di non parlare alla stampa, il gruppetto di testimoni lasciò rapidamente la lobby e si gettò nella mischia. Nessuno lanciò un'occhiata verso la donna silenziosa e scialba che tornava a immergersi nelle profondità dell'aeroporto.

CAPITOLO OTTO

WOLF, Mozart, e Abe si sedettero a un tavolino del bar dell'albergo. Avevano trascorso un'ora a riferire i fatti al loro comandante, poi un'altra a ripetere tutto agli agenti dell'FBI. Come richiesto dalla loro professione, avevano sminuito la maggior parte delle loro azioni, per cui l'FBI aveva ricevuto una versione annacquata dei fatti.

Finalmente da soli avrebbero potuto discutere a vicenda di quanto accaduto e scoprire la storia vera, cosa che fino a quel momento non avevano avuto il tempo di fare.

"Come hai fatto a capire cosa stava succedendo, Wolf?" chiese Mozart a bassa voce, in modo che nessuno sentisse. Sapevano tutti che, se avessero bevuto, molto probabilmente tutti i passeggeri dell'aereo sarebbero morti... loro compresi. Era un pensiero tetro, ma nulla che non fosse già passato per la loro testa in passato.

Wolf scosse la testa. "Non sono stato io. È stata Caroline."

"Chi?" chiese Abe, confuso.

"La donna seduta accanto a me. Quella castana."

"Quella che ci ha trasmesso il messaggio," disse Mozart con certezza.

Wolf annuì. "È un chimico e ha sentito l'odore di qualcosa di strano nel ghiaccio. Non mi ha lasciato bere il succo d'arancia."

Gli uomini tacquero e digerirono le parole di Wolf, rendendosi conto di dovere la vita a quella donna. Sebbene fossero abituati a sfruttare qualunque mezzo a disposizione per svolgere i loro compiti, nessuno di loro aveva memoria di un'occasione in cui le azioni di una donna civile avessero inequivocabilmente salvato loro la vita.

I tre continuarono a discutere di ciò che era accaduto. Anche Abe e Mozart avevano visto l'effetto sortito dalle bevande sugli altri passeggeri e avevano preso tempo fino a quando Wolf non era stato pronto a muoversi. Avevano capito istintivamente che Wolf avrebbe fatto fuori il terrorista nella cabina di pilotaggio, perché era il più vicino al muso dell'aereo, proprio come avevano capito che sarebbe toccato a loro occuparsi degli altri uomini.

"Cos'è successo al terzo uomo mentre voi sistemavate gli altri due?" chiese Wolf.

"Era in corridoio a lottare con quella donna," rispose Mozart. "Mi sono occupato di lui e sono venuto ad aiutarti. Conosci il resto: lei è arrivata e tu le hai chiesto di andare a prendere il copilota."

"Era ferita?" chiese Wolf a Mozart, rimpiangendo di non essere riuscito a parlare con Caroline dopo l'inizio dell'azione.

"Non credo. Le ho chiesto se stesse bene quando sono andato in coda e lei ha annuito, ma poi non sono più riuscito a parlarle," rispose con nonchalance Mozart.

"Cosa credete che dirà ai federali?" chiese a bassa voce Abe. Sapevano di non aver fatto nulla di male, ma non volevano diventare oggetto delle attenzioni dei media. Avevano un lavoro da fare un paio di settimane più tardi e le attenzioni mediatiche non sarebbero state utili.

"Non ne ho idea, ma quelli non ci hanno chiesto altro e non c'erano media quando abbiamo fatto il check-in," disse Mozart con fare meditabondo.

"A proposito... vi è parso di notare qualcosa di strano nei federali che ci hanno interrogati?" chiese Wolf ai suoi commilitoni.

"Sì, volevo dirlo io. Sembravano più interessati a come facevamo a sapere cosa stava succedendo che all'identità dei terroristi o a come fossero riusciti a portare a bordo quei coltelli." Era stato Abe a parlare, ma tutti e tre sapevano che c'era qualcosa che puzzava.

Anche Mozart intervenne sull'argomento. "È palesemente importante sapere come abbiamo fatto a scoprire il tentativo di dirottamento, ma è anche molto strano che non abbiano impiegato altrettanto tempo per scoprire come è stato progettato il tutto.”

“Ne parlerò col comandante quando arriveremo a Norfolk. Gli riferirò i nostri dubbi e vedremo cosa si inventerà. Certo che, con la missione così vicina, il tempismo è davvero orribile. Non abbiamo tempo per indagare personalmente. E poi, è impossibile che i federali ce ne parlino. Dovremo lasciare tutto nelle mani del comandante.” Wolf era frustrato. C’era qualcosa che sfuggiva a tutti, anche se non sapeva individuarla. Se fossero stati alla loro base, avrebbero potuto trascorrere più tempo a cercare di capirlo. Wolf aveva atteso con molta ansia quella vacanza e ora non credeva che sarebbe riuscito a godersela. Ma avrebbe fatto il possibile per indagare dalla Virginia. L’istinto gli stava urlando che non sarebbe mai riuscito a lasciar perdere.

Gli uomini udirono un certo baccano proveniente dal bancone. Lanciarono un’occhiata e videro due delle donne che si trovavano sull’aereo e due degli uomini d’affari. Stavano tutti ridendo sguaiatamente e avevano palesemente esagerato con gli alcolici. Evidentemente, quello era l’albergo in cui la compagnia aerea li aveva mandati dopo che era stato permesso loro di lasciare l’aeroporto. Ai SEAL era stato discretamente offerto alloggio gratuito dopo che avevano parlato con le autorità, e loro avevano accettato di buon grado. Era palese che anche agli altri passeggeri era stato offerto un trattamento simile.

"Guarda che fighe," disse Abe, guardando le donne; era sempre alla ricerca di un'avventura di una notte. "Prima che ce ne andassimo, la bionda a destra mi stava puntando." Rise. "Mi sa che si è trovata un altro."

"Dov'è Caroline?" chiese Wolf, rivolto più a se stesso che ai suoi commilitoni; ma loro lo sentirono comunque.

"Sono sicuro che sia qui da qualche parte. Porca miseria, sono stanco morto; qualche ora di sonno mi farebbe bene. Voi venite?" chiese Abe, liquidando le preoccupazioni di Wolf riguardo a Caroline come se non si ricordasse nemmeno di averla conosciuta.

Mentre i tre uomini si dirigevano verso le loro stanze, Wolf non riuscì a smettere di chiedersi perché Caroline non fosse nei paraggi. Era stata fantastica. Era lei l'eroe della situazione, ai suoi occhi. Senza di lei, sarebbero morti tutti. Perdiana, centinaia di passeggeri sarebbero morti.

Ricordò il momento in cui si era voltato e l'aveva vista lottare con un terrorista, *un terrorista*, per la miseria. Non riusciva a credere che avesse davvero fatto lo sgambetto a quell'uomo mentre questi cercava di raggiungerlo. Era stato un gesto stupido e lui sapeva che Caroline doveva essersi fatta male.

Wolf aveva avuto paura per lei e si era sentito impotente perché non aveva potuto aiutarla. Rimpiangeva di non aver avuto modo di parlarle prima che loro se ne andassero, ma non ne aveva avuto il tempo. Non appena aveva fatto atterrare l'aereo, lui, Mozart ed Abe avevano dovuto concordare una versione prima di incontrare i federali. Non aveva nemmeno pensato a controllare come stesse Caroline prima di scendere dall'aereo. All'improvviso, si sentiva in colpa. Lei lo aveva guardato andarsene? Cosa aveva pensato? Gliene importava qualcosa?

Si chiese ancora una volta dove fosse la donna. Stava bene? All'improvviso, avvertì il bisogno urgente di parlarle. Di assicurarsi che stesse bene. Era accaduto tutto molto in fretta e lui voleva solo... Non sapeva cosa volesse. Sperava che l'avrebbe vista l'indomani. Caroline aveva detto di essere diretta a Norfolk, per cui avrebbe dovuto per forza di cose andare in aeroporto, l'indomani. Il comandante aveva detto loro che avrebbe mandato un aereo militare a prenderli la mattina seguente, ma forse Wolf sarebbe riuscito a vedere Caroline in aeroporto prima della partenza. Giurò a se stesso che sarebbero partiti presto il mattino dopo, in modo da aver tempo di passare al setaccio la parte civile dell'aeroporto e provare a trovarla e ringraziarla.

———

Caroline si lavò mani, viso e braccia meglio che poteva nel bagno dell'aeroporto. Quest'ultimo era quasi deserto, con qualche occasionale passeggero sparso e, naturalmente, gli addetti alle pulizie che facevano il loro lavoro. Aveva fame e avrebbe voluto lavarsi i denti, ma non aveva denaro e di certo non aveva uno spazzolino. Del resto, avrebbe anche potuto avere mille dollari, ma i negozi erano tutti chiusi.

Caroline rivoltò la maglietta per nascondere almeno in parte il sangue essiccato. Avrebbe preferito che il sangue del terrorista non entrasse a contatto con la sua pelle, ma non voleva nemmeno dare nell'occhio. E quella consapevolezza era più forte del disgusto. E poi, non aveva altri vestiti, per cui doveva accontentarsi di quella maglietta.

Il taglio sul fianco continuava a sanguinare lentamente, anche dopo che lei aveva usato le salviettine antisettiche datele dal soccorritore, ciò nonostante non credeva di essere in pericolo imminente. Le faceva male, ma non avrebbe potuto farci nulla nemmeno per quello. Sarebbe andata dal dottore una volta arrivata a Norfolk. Se la sarebbe cavata. Per un momento pensò di andare all'ospedale locale, ma liquidò l'idea quasi subito. Probabilmente, le avrebbero solo fatto un bendaggio; sarebbe guarita per conto suo nel giro di qualche giorno.

Una delle ragioni per cui non voleva andare in ospedale era che probabilmente, sarebbe stato stracolmo di giornalisti a caccia di scoop tra i passeggeri. Inoltre, proprio come l'amico di Matthew aveva detto alla donna sull'aereo, gli ospedali erano troppo impegnati per occuparsi del suo taglietto. Infine, a quel punto, lei voleva solo arrivare a Norfolk. Per non parlare del fatto che detestava gli ospedali. Se poteva evitare di andarci, lo avrebbe fatto. Aveva trascorso abbastanza tempo chiusa in una di quelle strutture per andarci volontariamente. Finché era in piedi, riusciva a muoversi e il braccio rimaneva attaccato, si sarebbe medicata da sola.

Dopo aver afferrato alcune salviette di carta, Caroline se le premette contro il fianco mentre usciva dal bagno delle donne, quindi cercò un posto in cui sdraiarsi per la notte. Grazie a Dio, la polizia aeroportuale stava impedendo ai giornalisti di entrare. Forse, solo forse, sarebbe riuscita a dormire per un paio d'ore. Trovò un gate vuoto e buio e vi si avvicinò. Merda. I sedili avevano tutti dei braccioli fissi e lei non aveva alcuna voglia di dormire seduta.

Rinunciando all'idea di trovare un posto comodo, Caroline si sdraiò sul pavimento, si girò su un fianco e si assicurò che le salviette di carta appallottolate fossero compresse fra il suo fianco e il pavimento. Sperava che la pressione del corpo contro il fianco e le salviette di carta avrebbe arrestato il sanguinamento già lento prima del mattino.

Chiuse gli occhi e cercò di scacciare le immagini che la tempestavano. Vide lo sguardo del terrorista un istante prima che la sua gola venisse tagliata; vide lo sconosciuto seduto accanto a lei accasciato contro la finestra; vide se stessa fare lo sgambetto a un cavolo di terrorista e guardarlo volare per aria. Vide gli occhi senza vita del pilota e del terrorista che aveva pilotato l'aereo. Inoltre, vorticanti nella sua mente come se lei stesse guardando un film e non semplicemente ricordando eventi realmente accaduti, c'erano scene di Matthew che le teneva la mano e le passava il pollice sulle nocche. Vide lo sguardo dolce negli occhi dell'uomo quando questi le aveva chiesto se stesse bene mentre lui era seduto ai comandi. Alla fine, lo vide allontanarsi dall'aereo senza guardarsi alle spalle.

CAPITOLO NOVE

L'aereo militare non sarebbe partito se non nel primo pomeriggio, per cui la squadra di SEAL fece colazione con calma – tutta la calma consentita dalle grida e dalle luci dei media provenienti dall'esterno dell'albergo – e guardò le due donne e gli uomini dell'aereo uscire per dirigersi in aeroporto alla ricerca di un nuovo volo.

Abe li aveva sentiti lamentarsi, prima che se ne andassero, riguardo al fatto che la compagnia aerea e i federali non avessero ancora restituito loro i bagagli. Gli uomini avevano i portafogli nelle tasche dei pantaloni, ma le borsette delle donne erano ancora sull'aereo. Ciò aveva spinto Abe a ripensare alla donna che aveva salvato le vite di tutti. Aveva continuato a pensare a lei anche durante la notte appena trascorsa. L'esperienza vissuta il giorno prima era stata assurda, ma ora che aveva avuto il tempo per riflettere, Abe si vergognava di se stesso e dei suoi compagni.

"Riguardo a quella donna..." disse di getto una volta che tutti si furono seduti per fare colazione.

Wolf e Mozart lo guardarono stupiti.

"Sì?" scattò Wolf. In qualche modo, aveva capito che Abe stava parlando di Caroline e si sentiva possessivo senza un vero motivo. Ma sapeva che non avrebbe mai permesso a Abe di provarci con Caroline, se era questo ciò che lui intendeva fare. Abe era un dongiovanni fin troppo navigato e non aveva mai avuto una relazione duratura. Wolf non voleva pensare a Caroline che diventava la sua ennesima conquista.

"I SEAL non abbandonano i SEAL. Mai." Era il loro motto. Ciò che tutti i SEAL imparavano durante la Settimana Infernale e il BUD/S. "Perché ho la sensazione che abbiamo abbandonato un membro della nostra squadra?" chiese a bassa voce Abe. Nessuno degli altri parlò.

"Questa mattina, abbiamo sentito le donne dire che non hanno le borse con loro. Non sono riuscite a prendere i loro accessori dall'aereo. Noi non abbiamo visto Ice[1], ieri sera, e lei non è scesa a fare colazione questa mattina. Dov'è andata?"

"Chi?" chiese Mozart.

Abe sorrise per la prima volta da tutta la mattinata. "Ice. È il suo soprannome."

Annuirono tutti, avendo capito subito come Caroline si era guadagnata quel nomignolo. Se non avesse sentito l'odore del ghiaccio e non avesse capito che c'era qualcosa che non andava, sarebbero morti tutti.

Wolf non aveva ancora detto nulla, ma si alzò e prese in silenzio le sue cose. Mozart ed Abe non dovettero nemmeno chiedergli cosa stesse facendo. Erano compagni di squadra da tempo sufficiente per sapere che quando Wolf decideva una mossa, la portava sempre a compimento. Dopo aver buttato sul tavolo qualche banconota per pagare per il cibo che avevano a malapena toccato, gli altri lo seguirono. Erano decisi a trovare la loro compagna.

———

Caroline se ne stava appoggiata alla parete dell'aeroporto e guardava il caos attorno a lei. Aveva dormito malissimo la notte prima. Sebbene l'aeroporto fosse quasi vuoto, quella stupida voce registrata che diceva di non parcheggiare nella zona bianca a rischio di rimozione aveva continuato a essere trasmessa per tutta la notte. Lei non aveva idea del perché si prendessero la briga di continuare a trasmetterla quando non c'erano passeggeri che potessero sentirla. La registrazione, assieme agli incubi e al dolore al fianco, le aveva impedito di riposare.

Quel mattino, quando si era svegliata, si era sentita debole e sottosopra, nonché poco lucida. Quando era andata in bagno per controllare il fianco, era rimasta sconvolta nel vedere che, non appena si era tolta le salviette, la ferita aveva ripreso a sanguinare. Era arrossata e palesemente infetta. *Quel terrorista avrebbe almeno potuto assicurarsi che il coltello fosse pulito,* aveva pensato cupamente, sussultando mentre toccava la ferita rossa sul suo fianco.

Se non altro, quella mattina aveva ricevuto una buona notizia: aveva finalmente recuperato la borsetta. Dato che era già all'aeroporto, era stata la prima a recuperare i bagagli. Tutte le valigie dei passeggeri erano ancora nel ventre dell'aereo. La compagnia non poteva ancora riconsegnarle: stavano ancora indagando su come i terroristi fossero riusciti a portare le armi a bordo, per cui i bagagli di tutti stavano venendo ispezionati. Le avevano assicurato che, una volta terminate le indagini, le valigie sarebbero state inviate a Norfolk. L'impiegata della compagnia aerea le aveva consegnato un biglietto da visita con un piccolo sorriso di scuse.

Caroline comprò una bottiglia d'acqua e un bagel non appena il piccolo bar dell'aeroporto aprì, ma quando cominciò a mangiare le venne la nausea. Sperava che le sarebbe venuta fame più tardi, per cui, invece di buttare il cibo, se lo mise nella borsa.

Il piccolo aeroporto si era via via riempito durante tutta la mattinata di molti dei parenti dei passeggeri dell'aereo dirottato. La maggior parte dei passeggeri era già stata dimessa dall'ospedale. Caroline rimase a guardare per un poco mentre quei poveretti cercavano di entrare nell'aeroporto. Se possibile, sembrava che ci fossero ancora più furgoni dei media e persone all'esterno. Certo, quello era un grosso evento mediatico. Un tentativo di dirottamento dopo l'attentato dell'11 settembre era una cosa grossa e, a occhio e croce, tutti i Paesi del mondo volevano saperne di più.

I passeggeri che avevano deciso di provare a volare di nuovo e i loro parenti erano tutti in fila per parlare con qualcuno della compagnia aerea. Tutti volevano arrivare in Virginia, o perlomeno da *qualche parte*, ma naturalmente la compagnia li stava facendo aspettare. Dal punto di vista di Caroline, il minimo che la compagnia potesse fare era far arrivare un altro aereo che si prendesse cura di tutti loro. Ma non sapeva molto di come funzionasse quel settore e, molto probabilmente, la sua idea era difficile da mettere in pratica.

Caroline rimase appoggiata al muro a guardare la coda per il servizio clienti, aspettando che essa si riducesse. Avrebbe potuto mettersi in fila di prima mattina – era uno dei motivi per cui aveva trascorso la notte in aeroporto invece che in albergo – ma la fame e il malessere le avevano impedito di farlo. Ora la fila era troppo lunga perché ci si mettesse in coda, col fianco che le doleva da morire. Se fosse riuscita a pensare lucidamente, si sarebbe resa conto che la fila non sarebbe diminuita presto, dato che la gente continuava ad arrivare all'aeroporto. Per cui, non appena una persona veniva servita, un'altra arrivava e si metteva in coda.

Caroline doveva trovare posto su un altro aereo diretto a est, ma non sapeva quando sarebbe partito quello successivo. Perdiana, probabilmente non sarebbe nemmeno riuscita a salirci. Dover aspettare senza avere certezze era davvero uno schifo. Chiuse gli occhi.

Avrebbe riposato lì contro il muro e aspettato che la coda si accorciasse. Non poteva certo volerci molto.

Mozart, Abe e Wolf entrarono in aeroporto senza sapere se avrebbero trovato Ice, ma dovevano tentare. I giornalisti all'esterno del piccolo edificio erano aggressivi da far paura, ma gli amici si fecero largo tra la gente, rifiutandosi di fermarsi a parlare con chiunque. Una volta entrati, si fermarono e diedero un'occhiata nella zona di ritiro bagagli. Era uno zoo. Evidentemente, stavano arrivando i parenti dei passeggeri.

"Dividiamoci e vediamo se è da queste parti," disse Mozart. "Ci ritroveremo qui alle dieci."

I tre si divisero. Dieci minuti dopo erano di nuovo lì; Caroline non si vedeva da nessuna parte. L'aeroporto non era molto grande e la zona di ritiro bagagli aveva solo tre nastri.

I tre uomini salirono di un piano, fino alle biglietterie. Una volta arrivati in cima alle scale, si guardarono attorno. C'era un servizio clienti la cui coda, a occhio e croce, ci avrebbe messo un'ora a smaltirsi, e due biglietterie, anch'esse con lunghe code. C'erano anche qualche negozietto e l'accesso ai gate, dove si trovavano i controlli di sicurezza. La zona non era ampia e quasi tutti i presenti erano visibili. Forse Caroline aveva già passato i controlli e stava aspettando un aereo presso un gate, ma non c'era modo di saperlo con certezza, né di oltrepassare i controlli per cercarla.

Guardandosi attorno senza vedere tracce di Ice,

Mozart disse mestamente: "Pensavo davvero che fosse qui."

"Probabilmente, è meglio che andiamo a prendere il nostro passaggio," aggiunse a bassa voce Abe, deluso quanto Mozart per non aver trovato la donna che aveva salvato le loro vite.

Wolf li guardò increduli. "Siete ciechi? È là," disse, voltandosi e dirigendosi verso Caroline. La donna era in disparte vicino a una parete, con gli occhi chiusi. Indossava gli stessi abiti del giorno prima. Wolf fu colto all'istante dal senso di colpa. Cribbio.

Pur avendo un'aria esausta e tristissima, Caroline sembrava splendida ai suoi occhi. Wolf era così sollevato di trovarla ancora lì da avere la sensazione che gli formicolassero le dita dei piedi. Non vedeva l'ora di parlarle di nuovo. C'era dentro fino al collo.

Abe e Mozart lo seguirono a ruota.

"Cribbio, non l'avevo nemmeno vista," disse Abe, a bassa voce e in tono di scuse, a Wolf.

"Manco io, Abe," si commiserò Mozart. "Non attira l'attenzione, eh?"

Wolf fu il primo a raggiungere Caroline. Lei non lo aveva sentito avvicinarsi e lui non voleva spaventarla.

"Caroline?" mormorò.

Caroline era in un mondo tutto suo. Stava immaginando di essere addormentata in un bel letto morbido quando si sentì chiamare. Spalancò gli occhi. Merda. Come aveva fatto qualcuno ad avvicinarsi senza che lei lo sentisse? Era palesemente più stanca di quanto avesse creduto.

Il suo cervello riconobbe Matthew prima del suo corpo, ma lei non riuscì a trattenersi dal ritrarsi di scatto da quello che il suo istinto aveva percepito come un pericolo. Wolf era pronto per la sua reazione e la afferrò per un braccio per evitare che cadesse. Caroline sentì la mano dell'uomo sfiorarle il fianco ferito mentre questi la teneva dolcemente per il braccio. Ci volle tutta la sua forza di volontà per non sussultare dal dolore. Per qualche motivo, non voleva che quell'uomo incredibile sapesse che era rimasta ferita. Caroline e Wolf si guardarono per un istante prima dell'arrivo di Mozart ed Abe.

"Eccoti! Ti stavamo cercando, Ice," esclamò Abe.

"Cercavate me?" fu tutto ciò che Caroline riuscì a dire, da tanto era sorpresa. "Perché?"

"I SEAL non abbandonano i SEAL. Mai," rispose l'uomo con totale serietà.

"E? Io non sono una SEAL," disse perplessa Caroline.

"Forse non tecnicamente, ma ci hai salvato la vita; questo, ai nostri occhi, fa di te una di noi," rispose Mozart, completamente serio.

Caroline spostò lo sguardo fra i tre uomini, confusa. Si schiarì la voce e, finalmente, disse: "Spero che stiate tutti bene."

Wolf ridacchiò. "Certo che stiamo bene. E *tu*?"

"Ah, sì, anch'io sto bene," rispose lei, guardandoli poi in attesa di... qualcosa. Non aveva ancora la più pallida idea di cosa ci facessero lì. Non capiva sul serio quella faccenda di "sei un SEAL". Beh, era ovvio che non capisse. Quelli avevano perso la testa?

"Cosa ci fai qui? Hai già preso un altro biglietto per Norfolk?" chiese Mozart, rompendo il silenzio che era sceso.

Caroline scosse la testa per schiarirsela. L'uomo le aveva chiesto qualcosa. Ah, sì...

"Sto aspettando che la coda si smaltisca per verificare se c'è qualche volo disponibile," spiegò. "Dovrei mettermi in lista di attesa, ma ho pensato di aspettare che la folla diminuisse un po'."

"A me non sembra probabile che diminuisca presto, Ice," disse Mozart. "Perché non ti siedi con noi per un po'?"

Caroline sapeva di non potersi sedere con loro. Non era abituata a ricevere attenzioni da parte di un uomo, tantomeno da parte di tre uomini che parevano degni della copertina di *GQ* o di *Soldiers of Fortune*. I tre erano bellissimi e stavano attirando l'attenzione semplicemente stando lì in aeroporto. Caroline notò le donne guardare due volte mentre passavano loro vicino. Non aveva idea di come facessero quegli uomini a mimetizzarsi quando andavano in missione. Era impossibile che potessero andare da qualche parte senza farsi notare.

Inoltre, Caroline sapeva di non sentirsi bene e non voleva che loro lo sapessero. Era imbarazzata che un graffietto sul fianco la facesse sentire tanto male. Era proprio una pappamolle. Quelli erano uomini forti e credevano che lei fosse una di loro; non poteva mostrare segni di debolezza. Poi, si rese finalmente conto di qualcosa che aveva detto Mozart.

"Ice?"

Tutti e tre gli uomini ridacchiarono di nuovo. Perdiana, vederli sorridere in quel modo le dava la sensazione di essere l'unica donna della stanza e questo la spaventava a morte.

"Sì, Abe ti ha battezzata così per via del tuo super fiuto, grazie al quale hai capito cosa stava succedendo," spiegò Mozart.

Caroline fece un sorrisetto. Era divertente. Poi, le venne in mente un altro particolare: era la prima volta che udiva il nome del terzo SEAL. "Abe?"

Abe si fece avanti e prese la mano che Wolf non stava tenendo, portandosela poi alle labbra. "Sono io. È bello conoscerti, tesoro. Grazie per averci salvato la vita."

Caroline ritrasse nervosamente la mano e ignorò quel complimento esagerato. Chissà perché, sapeva che probabilmente Abe trattava tutte le donne allo stesso modo. Lei non era speciale. Inoltre, sapeva che, se non era riuscita a far fronte a quelle attenzioni quando era al cento per cento, di certo non ci sarebbe riuscita ora.

Guardò i tre splendidi uomini che la circondavano e la guardavano con premura. La premura era piacevole, ma lei sapeva che non sarebbe durata; non durava mai.

"Non ce la faccio a chiamarvi coi vostri soprannomi.

Mi dispiace; è troppo strano. Come vi chiamate davvero?"

Senza permettere agli altri di rispondere, Wolf le disse: "Abe si chiama Christopher e Mozart Sam."

"D'accordo. Così è più facile da ricordare. Vi chiamerò così."

Quelli le sorrisero come se la trovassero carina. Levando mentalmente gli occhi al cielo, Caroline si disse che non poteva certo chiamare quegli uomini così virili con gli sciocchi nomignoli che si erano dati, probabilmente, per motivi ridicoli.

La vista dei loro sorrisi le ricordò che doveva trovare un modo per mandarli via. Dato che lo avrebbero comunque fatto presto, tanto valeva che lei li incoraggiasse, in modo da trovare poi un posto dove sedersi e piangersi addosso in solitudine.

Guardò ciascuno degli uomini e disse, in un tono che implicava congedo: "Beh, grazie per essere venuti a controllare come stavo, ma va tutto bene e ora devo mettermi in coda. Sono felice che anche voi stiate tutti bene. Buona fortuna per la prossima missione; state attenti. D'accordo?"

Si staccò da Matthew e si voltò. Salutò fiaccamente i tre uomini, voltò loro le spalle e andò a mettersi in coda. Non poteva lasciare che restassero lì. Non aveva posto fra di loro: era solo la banale Caroline. Non Ice, non un membro della squadra. Non era nemmeno lontanamente al loro livello. Doveva andarsene subito, prima che il suo cuore decidesse che voleva di più. Prima di permettere che Matthew le spezzasse il cuore.

Mozart, Abe e Wolf guardarono Caroline allontanarsi da loro senza guardarsi alle spalle e mettersi in fila.

"Beh, non è andata benissimo, eh?" chiese Mozart, rivolto a nessuno in particolare.

Wolf grugnì e si incamminò verso le scale. D'accordo. Se lei non li voleva vicini, loro se ne sarebbero andati. Non capiva perché lui stesso si sentisse ferito, ma non correva mai dietro alle donne e di certo non avrebbe cominciato ora, per quanto volesse. Una piccola parte di lui gli disse che si stava comportando da cretino, ma Wolf la ignorò. Aveva creduto che ci fosse qualcosa tra loro, ma se Caroline era in grado di voltargli le spalle con tanta facilità, era chiaro che si sbagliava.

Caroline trattenne il fiato. Non voleva davvero che i SEAL se ne andassero, soprattutto non Matthew, ma non credeva di avere scelta. Loro non erano davvero interessati a lei; stavano solo approfondendo la questione del dirottamento. Era comunque felice di constatare che nessuno di loro paresse ferito. Era un bene. Caroline sperava che sarebbe andata ugualmente bene nelle loro missioni a venire. Più lei pensava a quelle missioni e più il piccolo panico dentro di lei aumentava. Non aveva alcun diritto di preoccuparsi per loro, nessun diritto di stare in ansia. Era una curiosità di passaggio per loro. Una volta arrivati a Norfolk, i SEAL si sarebbero fatti quattro risate e avrebbero ritrovato il senno. *Matthew* avrebbe ritrovato il senno. Si sarebbe reso conto che lei non era nessuno, solo una sfigata, e sarebbe andato per la sua strada.

Una volta sicura che gli uomini se ne fossero andati, Caroline sarebbe tornata a sedersi. Non sarebbe riuscita a rimanere in coda ancora a lungo. Le girava già la testa e aveva ancora la nausea. Barcollò mentre cercava di calcolare il tempo che gli uomini avrebbero impiegato a sparire e quello che le restava prima di cadere a terra come un sacco di patate.

Abe e Mozart seguirono Wolf giù dalle scale. Non gli dissero nulla, ma sapevano che stava lottando contro una specie di demone a loro ignoto, per cui non insistettero. Si rendevano conto che c'era di mezzo Ice, naturalmente, ma dato che nessuno dei due lo aveva mai visto comportarsi in quel modo, non sapevano per certo cosa stesse succedendo. Wolf, come la maggior parte di loro, aveva successo con le donne. Non doveva fare molta fatica per attirarle, ma negli ultimi tempi sembrava fuori forma. Non usciva con loro da tempo e non sembrava interessato alle donne... finora. Fino ad Ice.

Mozart diede una lunga occhiata a Wolf. Il suo commilitone aveva le mani strette ai fianchi e scendeva le scale con passo pesante. Erano diretti all'esterno della struttura, in un'altra zona dell'aeroporto, dove li attendeva l'aereo militare. All'improvviso, Mozart notò un'altra cosa, qualcosa che Wolf e Abe sembravano essersi in qualche modo persi. Sapeva che si sarebbero incazzati dopo averlo scoperto; dopotutto, erano stati tutti addestrati a badare ai dettagli. E Mozart non vedeva l'ora di sfotterli.

"Ci vediamo all'aereo," promise ad Abe, per poi voltarsi e risalire le scale due gradini alla volta, senza dare altre spiegazioni. Abe non aveva idea di dove stesse andando il suo compare, ma fece spallucce e seguì Wolf fuori dalla porta. Senza dubbio, Mozart sarebbe tornato presto.

Wolf si sedette cupamente sul sedile dell'aereo militare. Non sapeva perché Caroline gli facesse quell'effetto, ma così era. Era intelligente e coraggiosa e... cribbio. Lui non voleva lasciarla. Ma che scelta avevano? Che scelta aveva *lui*? Avevano un aereo da prendere. Wolf doveva proprio andarsene? E se fosse rimasto a prendere un volo di linea con Caroline? La sua licenza non era ancora terminata. Merda. Il suo comandante aveva ordinato loro di recarsi a Norfolk e fare rapporto di persona. Laggiù avrebbero incontrato qualcuno e avrebbero fatto il punto della situazione. Wolf sapeva che l'intera faccenda era una violazione dei protocolli di sicurezza e che qualcuno doveva risponderne.

Ma Wolf aveva ancora mille domande per Caroline. Cosa aveva raccontato alle autorità? Dove aveva trascorso la notte? Cos'era accaduto davvero col terrorista che Mozart aveva ucciso mentre le stava addosso? E, cosa forse più importante di tutte, lei voleva rivederlo? Wolf stava ancora rimuginando sull'intera situazione quando sollevò lo sguardo e vide Mozart accompagnare la donna che non riusciva a levarsi dalla testa a bordo dell'aereo.

Che diavolo? Mozart sapeva che ai civili non era permesso salire a bordo dei voli militari ufficiali. Wolf si alzò per cazziarlo, ma Mozart gli rivolse il gesto che significata "aspetta". Wolf si passò le mani tra i capelli, frustrato. Cosa gli era sfuggito? Perché Mozart era andato a prendere Caroline? Non era il tipo da ribellarsi all'autorità, ma ora si stava comportando proprio in quel modo. Cosa stava accadendo? Wolf tornò a sedersi e prese tempo. Si fidava della sua squadra, ma voleva sapere cosa stava succedendo.

Non era sicuro che sarebbe riuscito a trascorrere dell'altro tempo con Caroline solo per vedersi respinto di nuovo. La prima volta gli aveva già fatto abbastanza male. Sì, gli aveva fatto male, ammise a se stesso. Tutti i suoi istinti gli stavano urlando di alzarsi e andare da Caroline, ma se Mozart voleva che lui aspettasse, c'era una ragione dannatamente buona. Wolf gli avrebbe concesso un po' di tempo, ma non appena avessero preso il volo, avrebbe scoperto cosa diavolo stava succedendo.

Caroline cercò per la decima volta di convincere Sam a lasciarle il braccio. Ma l'uomo non voleva saperne. Aveva risalito le scale, l'aveva raggiunta in coda, l'aveva presa per un braccio e l'aveva portata via. Via dall'aeroporto e lì, a quell'aereo. Dove stava Matthew.

Caroline aveva cercato di dirgli di lasciarla andare, aveva provato a ragionare con lui, aveva cercato di provocarlo, aveva cercato di fare tutto quello che le veniva in mente, ma l'uomo aveva semplicemente mantenuto la presa e continuato a camminare. Non le aveva detto nulla lungo la strada, se non: "Forza, Ice, tu vieni a Norfolk con noi." Tutto lì. Nient'altro. Caroline non sapeva nemmeno dove sarebbero andati una volta raggiunta la Virginia, ma probabilmente qualunque destinazione era migliore che starsene seduta in aeroporto.

Caroline si sedette con titubanza sul sedile a cui l'aveva condotta Sam. L'uomo la aiutò ad allacciare la cintura, poi si allontanò per prendere posto a sua volta. Grazie a Dio non l'aveva messa accanto a Matthew. Caroline non voleva che lui sapesse che si era fatta male. Appoggiarsi allo schienale era doloroso, per cui lei rimase seduta con la schiena rigida. Cosa abbastanza sorprendente, nessuno dei SEAL venne a sedersi accanto a lei. Caroline aveva visto Matthew e Christopher a bordo dell'aereo, ma nessuno dei due uomini la avvicinò.

Lei ne fu lieta, ma anche triste. Soprattutto, però, era confusa. Mentre l'aereo percorreva la pista di decollo, Caroline cercò di rilassarsi e di non pensare ai dirottatori. Non le sarebbe successo nulla su quel volo. Si trattava di un aereo militare, pilotato da personale militare e con tre SEAL a bordo. Non c'erano assistenti di volo, solo i quattro passeggeri e i piloti. Caroline cercò di rilassarsi, ma non ci riuscì. Non riusciva a levarsi di dosso il pensiero dei terroristi.

Non appena l'aereo fu in volo e a una quota relativamente sicura, Mozart si alzò e si recò da Ice. Mentre si incamminavano, rivolse a Wolf e a Abe il gesto per "ferita".

Wolf guardò Mozart alzarsi. Non intendeva andare da Caroline. Lei non avrebbe voluto venire con loro. Con lui. Che gli venisse un colpo se... proprio mentre cominciavano a girargli a gran velocità, vide il gesto di Mozart. Merda. Ferita? Come diavolo aveva fatto a non accorgersene? Raggiunse Caroline più o meno nello stesso istante di Mozart. Non ricordava di essersi alzato, ma eccolo lì. *Caroline era ferita? Che cazzo?*

Mozart lasciò che Wolf scivolasse accanto a lui e, nel frattempo, gli disse a bassa voce: "Ho visto il sangue sulla tua maglietta; ti si è sporcata quando l'hai afferrata in aeroporto." Come volevasi dimostrare, Wolf abbassò lo sguardo e vide la macchiolina di sangue. Non l'aveva notata. Cristo. Grazie a Dio, Mozart se n'era accorto. Non gliel'avrebbe mai fatta passare liscia, ma in quel momento a Wolf non importava nulla.

Si inginocchiò accanto al sedile di Caroline. La donna aveva la cintura slacciata, ma sedeva dritta, con una rigidità innaturale. Ora che lui sapeva che era ferita, riusciva a vedere quanto fosse scomoda la sua postura.

"Caroline, dov'è che ti fa male? Fammi vedere."

Caroline scosse la testa, ma non guardò Matthew. "Sto bene, davvero..."

Wolf rivolse un cenno del mento a Abe e Mozart e indicò loro a gesti di preparare la brandina improvvisata sul retro. Come la maggior parte degli aerei militari, anche quello era attrezzato con uno spazio per il trasporto dei soldati feriti.

"Su, Caroline, in piedi. Andiamo sul retro. Fammi dare un'occhiata, per assicurarmi che vada tutto bene." Wolf le slacciò velocemente la cintura, allontanandole le mani quando lei cercò di impedirgli di prendersi cura di lei.

"Sul serio, Matthew, sto bene. Voglio solo starmene seduta qui. Sono stanca." Caroline piagnucolò, cercando di resistere, ma era troppo stanca e sofferente per prodursi in una resistenza più che simbolica.

"Caroline, per favore. Lascia che ti aiuti."

Fu il "per favore" a convincerla. Caroline sospirò e annuì, sconfitta. Matthew avrebbe fatto quello che voleva, qualunque cosa lei dicesse. E poi, erano già in volo; lei non poteva certo ignorare i SEAL o andarsene.

Wolf aiutò Caroline a raggiungere il fondo dell'aereo e la fece sedere su una branda. Si sedette accanto a lei e mise la mano sopra la sua, sul ginocchio.

"Adesso Mozart ti darà un'occhiata." Quando Caroline si divincolò un po' e diede mostra di volersi alzare, Mozart si chinò su di lei.

"Guardami, Ice," le ordinò. Di fronte al tono della sua voce, Caroline lo guardò col panico negli occhi.

"Ti darò solo un'occhiata. Sono sicuro che tu stia bene, ma fammi almeno vedere... d'accordo? Non ti farò del male. Sono *davvero* un medico, sai?" disse Mozart in tono ironico.

"Non è per..." Di fronte alle occhiate di attesa degli uomini, Caroline sospirò e disse sarcastica: "D'accordo, ma se doveste essere colti dal desiderio impellente di saltarmi addosso, non è colpa mia!" Sapeva a che genere di donne erano abituati quegli uomini: donne alte e magre, senza l'ombra di un chilo in più. Lei non era così, assolutamente. Di solito non gliene importava nulla, ma denudarsi di fronte a loro, soprattutto di fronte a Matthew, non era un'esperienza che lei volesse fare in vita sua. Sembrava che le fosse impossibile perdere gli ultimi otto chili che le erano rimasti cocciutamente attaccati al ventre e alle cosce. Non era abbronzata e... non riuscì a farsi venire in mente altro, perché Mozart le sollevò la maglietta e le scoprì la pancia e il fianco. Caroline cercò di prendere fiato e, al tempo stesso, di contrarre gli addominali.

"Rilassati," mormorò Wolf, accanto alla sua testa. L'uomo le inclinò il capo, in modo da costringerla a guardarlo negli occhi. "Parlami, Caroline," le ordinò.

"C-cosa vuoi che ti dica?" balbettò lei, cercando di ignorare quello che stava facendo Mozart.

"Raccontami quello che è successo dopo che mi sono alzato per andare nella cabina di pilotaggio," insistette Wolf.

Caroline tacque per un istante, poi cercò di sminuire quello che era accaduto.

"Quando ti sei alzato, quel tizio stava venendo da te, per cui io gli ho fatto lo sgambetto. Questo lo ha fermato per un momento, ma tu eri ancora impegnato e lui si stava alzando. L'ho afferrato per rallentarlo e poi Sam è arrivato e lo ha ucciso." Concluse la frase tutto d'un fiato, distogliendo lo sguardo da quello di Wolf.

"Ora dimmi quello che è successo *davvero*," ringhiò l'uomo. "Fai schifo come bugiarda." Fece una pausa e quando lei non proseguì, aggiunse: "Dimmelo, per favore. Caroline, ho partecipato a centinaia di missioni per il mio Paese, ma non ho parole per esprimere quanto sia grato per il fatto che tu fossi seduta accanto a me su quell'aereo. Non Mozart, non Abe... *tu*. Hai fatto quello che dovevi e hai salvato la mia vita e le vite di tutti quelli che erano su quell'aereo, non una volta sola, ma due. Ora raccontami tutto."

Caroline chinò la testa. Cacchio. Non aveva fatto nulla di cui vergognarsi, ma per qualche ragione non voleva proprio dire a Matthew ciò che era davvero accaduto. Non riusciva a non convincersi che avrebbe potuto fare di più. Inalò seccamente quando Sam fece qualcosa che le fece dolere molto il fianco. Perdiana. Biascicò rapidamente la sua risposta, per cavarsi il dente e per cercare di distrarsi dalle indagini di Sam.

"Il terrorista era a terra, ma si stava rialzando, e tu stavi ancora cercando di entrare nella cabina di pilotaggio. Sapevo che avrei dovuto fare qualcosa, o saremmo morti tutti. Per cui, gli sono saltata sulla schiena. Ho cercato di tenerlo giù, ma era troppo forte per me. Mi ha lanciata via e abbiamo iniziato a prenderci a pugni e a calci. Non sapevo che avesse un coltello, il che fa di me una sciocca, immagino, ma deve essere riuscito a usarlo mentre lottavamo."

"Perché non hai detto nulla, dopo? Prima che atterrassimo o quando c'erano i paramedici? Non sei stata da un soccorritore?" chiese improvvisamente Abe, da un punto vicino al suo fianco sano. Caroline spostò lo sguardo su di lui.

"Per lo stesso motivo per cui non l'hai fatto tu, Christopher," spiegò lentamente. "Ho sentito quello che hai detto a quella donna sull'aereo. Lei ti aveva chiesto perché non volevi che qualcuno si prendesse cura di te. Tu hai risposto che gli ospedali erano già abbastanza impegnati con gli altri passeggeri. Non avrebbero avuto tempo per te e non sarebbe stato giusto nei confronti degli altri passeggeri. Io ero d'accordo; e poi, era solo un graffio. Mi sono fatta dare delle salviettine antisettiche dal soccorritore e ieri sera ho cercato di pulire la ferita. È solo questa mattina che ha cominciato ad arrossarsi."

Calò il silenzio. I tre SEAL erano rimasti completamente sbalorditi. Cristo, quella donna era più coraggiosa e meno egoista di molte delle persone con cui loro lavoravano quotidianamente.

Mozart ruppe il silenzio e disse a Caroline: "Sembrerebbe che il coltello non sia penetrato a fondo, Ice, ma hai un bel taglio sul fianco. Non è solo un graffio. Si è infettato. Credo che tu abbia bisogno di punti e di antibiotici."

Caroline trasse un respiro profondo e non disse nulla. Guardò Matthew e lo vide stringere i denti e muovere la mascella. Distolse lo sguardo. Perché era arrabbiato con lei?

"Non voglio andare in ospedale. N-non mi piacciono gli ospedali," implorò Caroline, con una certa disperazione. Tenne lo sguardo fisso sull'uomo che la stava visitando, non riuscendo a guardare il disappunto che sapeva essere presente sul viso di Matthew.

Wolf fece voltare nuovamente la testa di Caroline verso di lui, in modo che lei lo guardasse negli occhi. "Mozart è in grado di ricucirti, se ti fidi di lui."

Caroline non esitò. "Mi fido. Mi fido di tutti voi. È solo…" Fece una pausa. Trasse un respiro profondo e proseguì. "È solo che non voglio che voi ragazzi mi consideriate una pappamolle."

Non aveva esitato a dire di fidarsi di loro; quello faceva sì che Wolf si sentisse molto meglio. Ma una pappamolle? Davvero?

"Ice," disse con fermezza Abe prima ancora che Wolf potesse spiccicare una parola. "Tu non sei una pappamolle. Anzi, direi che te la sei cavata meglio di alcuni dei SEAL in addestramento a San Diego. Lascia che ci prendiamo cura di questa faccenda per te. Presto starai benissimo."

Wolf guardò il suo compagno di squadra. Interessante. Abe non era famoso per essere un uomo molto paziente, soprattutto con le donne. Lui sapeva che Abe le rispettava e che cercava di essere educato con loro, ma di solito tendeva a essere secco e brusco: le desiderava sessualmente e basta. Ma c'era qualcosa in

Caroline che risvegliava l'istinto di protezione di tutti loro.

"Noi non ti lasceremo sola, Ice," promise con fermezza Abe. Caroline annuì e chiuse gli occhi. Wolf doveva distrarla. Vedeva che tutti i muscoli del suo corpo erano contratti in attesa di qualunque cosa pensasse che Mozart stesse per farle.

"Dove sei andata ieri notte, Caroline?" chiese Wolf.

Caroline rispose senza aprire gli occhi. Aveva le sopracciglia ancora contratte mentre aspettava che Sam facesse qualcosa. "Da nessuna parte. Ho trascorso la notte in aeroporto."

Wolf incrociò colpevolmente lo sguardo di Abe. Abe ci aveva visto giusto.

"Perché? Perché non sei andata in albergo? Non ti hanno offerto una stanza gratuita?" chiese Wolf; conosceva già la risposta, ma chiese comunque.

"Sì, ma ho pensato che fosse meglio restare in aeroporto, dato che speravo di andarmene questa mattina presto. E poi, quando sono arrivata, non avevo soldi per comprarmi da mangiare e cose del genere. La stanza era gratis, ma non sapevo se fosse compreso anche il vitto." Caroline grugnì mentre Sam le faceva una puntura per anestetizzarle il fianco.

"Cribbio, perché non hai chiesto, Caroline? Se avevi bisogno di soldi, sono sicuro che uno degli uomini te li avrebbe prestati," la rimproverò bonariamente Wolf.

Caroline aprì gli occhi di fronte al tono di voce dell'uomo. Lo guardò dritto negli occhi. Voleva che lui *sentisse* quello che aveva da dire. Senza distogliere lo sguardo da Matthew, pose a Christopher una semplice domanda.

"Christopher, quand'è che mi hai notata per la prima volta?"

Abe rispose senza la minima esitazione e ridacchiando. "Quando sei caduta addosso a Mozart mentre percorrevi il corridoio dell'aereo."

"Sam, quand'è che *tu* mi hai notata per la prima volta?"

Mozart, che stava aspettando che l'anestetico facesse effetto, rispose sinceramente: "Come Abe, ti ho vista camminare in corridoio e poi, naturalmente, quando mi sei caduta in grembo."

Caroline non aveva distolto lo sguardo da Matthew mentre gli altri rispondevano alla sua domanda. Gli chiese la stessa cosa.

Wolf rifletté e, all'improvviso, capì qual era lo scopo di quell'interrogatorio. Aprì la bocca per mentire quando lei lo interruppe, come se gli avesse letto nel pensiero. "E non mentire, Matthew."

Merda. Wolf sospirò. "Ti ho notata quando ti sei offerta di fare cambio di posto con me."

Caroline annuì, come se tutti le avessero dato le risposte che si era aspettata.

"Christopher, tu e io ci siamo conosciuti al self-service dell'aeroporto di San Diego. Ero proprio di fronte a te. Hai lasciato cadere la forchetta e io l'ho raccolta. Tu mi hai ringraziato e sei andato a sederti."

Abe arrossì; ora che Caroline glielo aveva ricordato, quel momento gli era tornato in mente. Ma Caroline non aveva finito.

"Sam, tu eri seduto in fondo a una fila di sedie coi piedi allungati. Io ho cercato di scavalcarti le gambe senza disturbarti, ma tu te ne sei accorto comunque, ti sei scusato e ti sei spostato. Io ho detto che non c'era problema, tu hai annuito e io sono andata a sedermi nella tua stessa fila." Caroline ancora non aveva guardato gli altri uomini, ma sentì Mozart dire a bassa voce: "Cribbio."

Caroline trasse un respiro profondo. "Matthew, tu e io ci siamo incrociati mentre andavamo all'aeroporto. Io avevo problemi a far passare la valigia dalla porta, perché si era rotta una delle rotelle, e..."

Wolf la interruppe. "... e io ti ho aiutata a portare la valigia oltre la porta e fino al check-in."

Caroline annuì, con una certa tristezza. "Mi hai augurato buon viaggio e ti sei allontanato verso la zona dei controlli di sicurezza." Cadde il silenzio, rotto solo dal rombo dei motori.

"Mi hai domandato perché non ho chiesto aiuto, Matthew," proseguì Caroline qualche istante dopo. "È perché non sono il genere di donna di cui le persone si accorgono. Voi tre mi avete rivolto tutti la parola, ma poi vi siete dimenticati di me. Non sono il genere di donna di cui la gente si ricorda o che si sforza di aiutare." Tutti e tre gli uomini fecero per interromperla, ma Caroline sollevò stancamente una mano per zittirli e proseguì. "Non è un problema. So cosa sono e cosa non sono. Quello che non sono è una di quelle donne sull'aereo. Hai presente, Christopher, la bionda che ti stava appiccicata? Quella a cui tutti gli uomini facevano il filo? Anche se io avessi chiesto aiuto, probabilmente nessuno me lo avrebbe dato. Avrebbero rifiutato cortesemente, ne sono certa, ma avrebbero rifiutato comunque. In una stanza piena di persone, nessuno si accorge di me. È così che vanno le cose e *va bene*," sottolineò Caroline. "Per cui, non dispiacetevi. Non ho chiesto aiuto perché sapevo che me la sarei cavata in aeroporto, per una notte sola. Perdiana, capita a tutti di trascorrere una notte in aeroporto. Semplicemente, ieri sera non avevo le forze perché me ne importasse di qualcosa. E ora non ho le forze per sentirmi in imbarazzo per avervi raccontato tutto questo. Per cui, non parliamone più, d'accordo?" Caroline cercò di rasserenare gli uomini. Sapeva che si sentivano in colpa, ma lei non lo voleva. Non era per quello che aveva dato loro la sua spiegazione. "Voglio solo che voi ragazzi sappiate che capisco perché vi sentite in obbligo di aiutarmi, ma sto bene. Me la caverò." Chiuse gli occhi; non sopportava più il senso di colpa che vedeva negli occhi di Matthew.

"Non credo che tu abbia capito come siamo fatti noi, Caroline," ribatté Wolf. Non aggiunse altro.

Caroline non aprì gli occhi, né disse altro. Wolf sapeva che lo aveva sentito; semplicemente, stava ignorando le sue parole.

Mozart punzecchiò il fianco di Caroline per un

attimo e, quando lei non sussultò, dichiarò ad alta voce che il fianco era abbastanza anestetizzato per mettere i punti. Wolf si alzò e aiutò con cura Caroline a sdraiarsi sulla branda, per poi inginocchiarsi sul pavimento accanto a lei. Caroline si sdraiò sull'altro fianco. Aveva una mano sotto la testa e l'altra stretta al petto, come se si stesse preparando al dolore dei punti.

Mozart cercò con lo sguardo l'approvazione di Wolf prima di chinarsi e cominciare a ricucire il fianco. Non ci sarebbero voluti molti punti, ma voleva essere particolarmente preciso. Dato che si trattava di Ice, voleva risparmiarle quanto più dolore possibile e lasciare una cicatrice il più piccola possibile.

Abe si era allontanato per un attimo mentre Mozart ricuciva Caroline, ma tornò con un'altra siringa non appena Mozart ebbe finito di lavorare. Anche Abe cercò con lo sguardo l'approvazione di Wolf prima di procedere. Wolf annuì. Ottenuta l'approvazione di Wolf, Abe si chinò e allungò il braccio che Caroline si era stretta al petto. Trovò una vena all'interno del gomito e somministrò il medicinale prima che la donna potesse anche solo accennare a protestare.

Caroline si voltò a guardare stupita Matthew.

Wolf sentì il petto allargarsi: Caroline aveva guardato lui in cerca di rassicurazione, non Abe o Mozart. Di fronte alla sua occhiata interrogativa, si limitò a dirle: "È per aiutarti a dormire."

Caroline annuì, ma rise. "Non credo di aver bisogno

di aiuto per dormire, Matthew. Non ho dormito molto bene ieri notte."

Wolf si chinò vicino alla testa di Caroline. Cribbio, non si era mai lamentata. Aveva sofferto, la stavano ricucendo in aereo e aveva permesso a un uomo che non conosceva davvero di iniettarle un medicinale sconosciuto. Wolf l'avrebbe sculacciata, se non fosse stato così orgoglioso di lei per la forza da lei dimostrata.

Si disse che doveva fare un'ulteriore domanda prima che Caroline perdesse conoscenza. Loro non avevano avuto l'occasione di parlarle dell'interrogatorio da parte dei federali. Detestava farlo adesso, ma dovevano conoscere la versione fornita dagli altri durante l'interrogatorio civile, prima di incontrarsi col comandante a Norfolk.

"Cos'hai detto all'FBI riguardo a quello che è successo, Caroline?" Avrebbe voluto rimandare a più tardi quella domanda sgradevole e i possibili brutti ricordi che essa avrebbe potuto suscitare nella donna, ma sapeva, in quanto caposquadra, che era necessario saperlo prima di esporsi personalmente.

"Nulla, Matthew," rispose Caroline, assonnata.

"Nulla?" insistette Wolf, scettico.

"Nulla," confermò Caroline. "Erano più interessati alle storie degli altri passeggeri. Loro erano disposti a parlare e a dire quello che sapevano, che non era molto. Pensavano che voi ragazzi foste probabilmente militari di qualche genere, ma dato che erano in coda all'aereo durante quasi tutta l'azione, non avevano molto da dire.

Mi hanno interrogata, ma nessuno sembrava davvero interessato. Come vi ho già detto, gli altri non si accorgono di me."

Sebbene Wolf fosse felice che lei non avesse detto nulla, perché questo avrebbe consentito loro di sfuggire all'attenzione, era ancora perplesso da quella donna. Tutti e tre si guardarono di fronte alla sagoma assonnata di Caroline. Se lei aveva davvero taciuto, ciò li avrebbe aiutati a far fronte a qualunque cosa stessero combinando i federali. Questi ultimi avevano mostrato grande interesse sul motivo per cui il piano dei terroristi fosse fallito, al punto da risultare sospetti. Nessuno dei SEAL voleva che Caroline rimanesse coinvolta in qualunque piano stessero ordendo i federali.

Mozart pose la domanda che era sulla bocca di tutti. "Perché non hai detto loro quello che hai fatto, Ice?" chiese a bassa voce accanto a lei.

Caroline cercò di aprire gli occhi, ma le palpebre erano troppo pesanti. *Cristo, cosa c'era in quella siringa? "Io* non ho fatto nulla; *voi* avete fatto tutto il lavoro duro… e io non volevo cacciarvi nei guai," mormorò. "So che di solito quello che fate voi SEAL viene tenuto segreto e non volevo dire qualcosa che voi non aveste già spiegato, per cui non ho detto nulla. Ho pensato che sarebbe stato meglio così." La sua voce si faceva sempre più biascicante. "Credetemi, avrei voluto che tutti sapessero quanto siete sexy e so che siete degli eroi e ho assistito a quello che avete fatto, ma so che di solito non operate così…" Lasciò in sospeso la frase. Era andata.

I tre SEAL non dissero nulla mentre ripulivano Caroline e la mettevano comoda sulla brandina. Dovettero legarla, in modo che non rotolasse via all'atterraggio. Mozart le aveva somministrato abbastanza sedativo da tenerla addormentata per un po'. Wolf le rimase accanto, tenendola per mano, mentre Abe e Mozart prendevano posto sui sedili vuoti.

Avevano tutti molto a cui pensare. Quello scricciolo di donna li aveva toccati tutti, in maniera diversa. Nessuno di loro sarebbe mai più stato lo stesso. L'avrebbero protetta tutti con la vita, se necessario. Non sapevano cosa sarebbe accaduto poi, ma in qualche modo sapevano che non era finita. L'istinto urlava loro che qualcosa non andava. Nessuno di loro voleva vedere Caroline svanire dalle loro vite. Semplicemente essendo se stessa, quella donna era diventata importante per loro. Era una persona senza pretese e loro erano così dannatamente orgogliosi di lei da trovarlo insopportabile.

CAPITOLO DIECI

Caroline si svegliò lentamente, sentendosi come se avesse la testa piena di cotone. Rotolò su se stessa e gemette dal dolore. Ahi, si era dimenticata del fianco. Sollevò la maglietta e vide la fila ordinata di punti. Sam aveva lavorato bene. Rimase un po' sorpresa quando vide che i punti non erano coperti da una benda, ma si disse che Sam sapeva quello che stava facendo. Grazie a Dio non l'avevano portata in ospedale. Lei odiava sul serio gli ospedali. Ripensò a quella volta in cui aveva dovuto trascorrerci del tempo e rabbrividì; avrebbe preferito farsi ricucire nuovamente da Sam piuttosto che passarci di nuovo.

Guardandosi attorno, capì di trovarsi in una stanza d'albergo, senza altre indicazioni. Avrebbe dovuto dare di matto, ma l'ultima cosa che ricordava erano i tre SEAL che la guardavano con affetto mentre perdeva conoscenza sulla brandina dell'aereo. Se non poteva fidarsi di un SEAL, non poteva fidarsi di nessuno.

Si alzò con prudenza dal letto e barcollò verso il bagno come un'ubriaca. Non ricordava l'ultima volta in cui aveva mangiato e si sentiva molto debole e incerta sulle gambe. Usò con gratitudine il bagno, quindi notò lo spazzolino e il dentifricio nuovi di zecca sul mobile. Li agguantò e si lavò per bene i denti. Non avrebbe mai più dato per scontato quel privilegio.

Alla vista della doccia, avvertì all'improvviso un forte bisogno di pulirsi. Sapeva che probabilmente non avrebbe dovuto bagnare i punti, ma *doveva* fare quella doccia. Si disse che avrebbe cercato di tenere il fianco ferito lontano dall'acqua, ma l'avrebbe fatto a qualunque costo. Sentiva ancora addosso il sangue che era schizzato dal collo del terrorista. Le prudeva tutto e non voleva nemmeno pensare ai germi che aveva racimolato quando si era rotolata sul pavimento dell'aereo e quando aveva dormito per terra in aeroporto. Si strappò di dosso la maglietta, che non voleva rivedere mai più, e la buttò nella spazzatura. Si soffermò per un istante sul fatto che non indossava i pantaloni. Qualcuno, sperava Matthew, glieli aveva tolti prima di metterla a letto. Il pensiero la fece formicolare dentro, ma lei lo scacciò. L'uomo era stato palesemente abbastanza cortese da non toglierle la maglietta e sebbene lei non lo conoscesse davvero, si disse che probabilmente aveva voltato la testa mentre le slacciava e le toglieva i pantaloni.

Fece una doccia molto più rapida di quanto avrebbe

voluto, il minimo necessario per pulirsi e lavarsi i capelli, ma si prese il tempo di fare uno shampoo doppio. Sarebbe rimasta sotto la doccia per tutto il giorno, godendosi la cascata di acqua calda sulla schiena, ma doveva capire cosa stesse succedendo e dove fosse. Uscì dalla doccia e si avvolse nella comoda vestaglia che era appesa alla porta.

Rientrò nella stanza e notò per la prima volta la sua valigia per terra. Che diavolo? Come aveva fatto ad arrivare lì? L'ultima cosa che lei ricordava era che la compagnia aerea aveva detto che avrebbero mandato tutti i bagagli in Virginia una volta concluse le indagini. Cribbio. Detestava non sapere cosa fosse accaduto. Ricordava di essere stata sull'aereo con Sam, Christopher e Matthew, ma nulla dopo che Sam aveva cominciato a metterle i punti. Quell'iniezione era stata decisamente più forte di qualunque cosa lei avesse mai preso in passato. Reagiva sempre molto bene ai medicinali, cosa che gli uomini non potevano sapere.

Sospirò e si sedette sul letto. Notò un foglietto di carta sul comodino e si allungò lentamente, per non piegare il fianco, ad afferrarlo.

Caroline. Se stai leggendo questo messaggio, io non sono lì per spiegarti tutto. Non preoccuparti: va tutto bene. Eri priva di conoscenza quando siamo atterrati, ieri. Abbiamo incontrato i federali e loro ci hanno consegnato la tua borsa (dopotutto, essere SEAL ha i suoi vantaggi). Ti ho portata qui, dato che non sapevo quali fossero i tuoi programmi.

Hai dormito per tutta la notte e io avrei tanto voluto parlarti al tuo risveglio. Mozart mi ha assicurato che stavi bene, che eri solo addormentata. Ha detto che ti saresti svegliata quando saresti stata pronta.

Questa mattina siamo dovuti andare alla base per riferire quanto accaduto sull'aereo. Ma non me ne sono andato per sempre. Tornerò il prima possibile. Ho fatto sì che trovassi del cibo nel frigo dell'albergo: probabilmente, avrai fame. La macchinetta del caffè è già pronta: devi solo premere il pulsante.

Spero che tu ti senta meglio, oggi. Parleremo quando tornerò dalla base.

Matthew

Caroline si strinse il biglietto al petto. Wow. Non diceva davvero nulla di romantico, ma in qualche modo era la cosa più romantica che le fosse mai stata data da un uomo... D'accordo, che diamine, era l'unico biglietto che un uomo le avesse mai lasciato. Non aveva mai ricevuto biglietti alle superiori o in generale. Matthew aveva pensato a lei. Caroline trascurò il pensiero che l'uomo doveva per forza di cose averla portata in braccio nella stanza d'albergo e si concentrò invece sul fatto che egli avesse detto che sarebbe tornato più tardi.

Non aveva idea di quando se ne fosse andato. Guardò l'orologio; al momento, erano le nove di mattina. Caroline balzò in piedi, con tutta la grazia consentitale dai punti al fianco, e frugò nella valigia in cerca di qualcosa di adeguato da indossare. Voleva avere un aspetto informale, ma al tempo stesso ordinato e sofisticato. Optò infine per un paio di jeans e un top aderente. Di solito, quando era in casa, indossava delle magliette, ma non voleva vedere nuovamente Matthew con addosso una di quelle.

Si fermò i capelli con una molletta e andò al cucinino. C'erano un piccolo frigorifero, un forno a microonde e una piccola macchinetta del caffè. Caroline controllò e, come promesso, Matthew l'aveva caricata con caffè fresco e acqua. La accese e si mise a riordinare la stanza.

Aprì il frigo e vide che Matthew si era *davvero* premurato che ci fosse del cibo. Non era molto, ma sarebbe dovuto bastare per alleviarle la fame. Caroline prese uno yogurt e una striscia di formaggio incartata. Li mangiò mentre aspettava che il caffè fosse pronto.

Si sedette quindi sul letto e sorseggiò il caffè dopo aver riempito il bicchierino. Dio, quanto era buono. Non sapeva cosa fare. Di solito era una persona molto operosa, ma dato che non avrebbe cominciato a lavorare prima di una settimana e che non aveva nessun posto dove andare e nulla da fare, si ritrovò a godersi per una volta il caffè che stava bevendo.

Una volta finito di bere, si alzò e poggiò il bicchierino sul tavolo. Poi si sdraiò sul letto e si rilassò.

Proprio mentre stava per addormentarsi, sentì il rumore della serratura della porta che scattava. Si alzò lentamente e vide Matthew entrare nell'altra stanza della suite. Era chiaro che l'uomo stava cercando di non fare rumore.

"Ciao," lo salutò a bassa voce.

Wolf si voltò e le sorrise. Accidenti. Il sorriso di quell'uomo era un'arma letale. I suoi denti erano dritti e, quando lui sorrideva, Caroline riusciva a vedere le piccole rughe attorno ai suoi occhi. E se lei aveva pensato che avesse un bell'aspetto in jeans e maglietta, con l'uniforme addosso era qualcosa di mortale.

"Ehi, come va?" le chiese Wolf, con un barlume di gioia negli occhi.

Wolf era lieto di vedere che Caroline era sveglia. Come le aveva detto nel suo biglietto, si era preoccupato per lei. Mozart lo aveva assicurato che la donna stava bene, ma lui non era stato sicuro di credergli fino a quando non l'aveva vista sveglia di persona. Quando erano arrivati all'albergo, lei era completamente andata.

"Piuttosto bene, tutto sommato," rispose Caroline. "Com'è andata la mattinata alla base?"

"Bene. Volevamo evitare di fare il tuo nome, ma abbiamo dovuto raccontare quello che hai fatto al comandante."

Caroline annuì. "Lo avevo immaginato. Non c'è problema. Parlerò con chiunque sia necessario per dare una mano. Se qualcuno pensa di poter evitare che la cosa si ripeta, sarò felice di farlo."

In qualche modo, Wolf aveva sempre saputo che Caroline avrebbe dato quella risposta. Le rivolse un ampio sorriso. "Tutti sono molto interessati a chi fossero quei tizi e a cosa volessero ottenere. Noi non abbiamo dato loro il tempo di dirci dove stessero andando. Hai detto che due di loro stavano parlando di coordinate, giusto?"

Quando lei annuì, Matthew proseguì. "Non sappiamo se avessero intenzione di schiantarsi da qualche parte, come i terroristi dell'11 settembre, o se volessero far atterrare l'aereo in qualche posto."

Wolf si sedette sul letto accanto a Caroline. Il solo fatto che fossero entrambi seduti su un letto sembrava molto intimo. Caroline non riuscì a trattenere il rossore che le risalì sul viso.

Wolf alzò un dito e lo passò delicatamente sulla guancia della donna. Quando lei arrossì ancora di più e si morse il labbro coi denti, ma non si staccò, lui avvicinò il viso. Le guardò le labbra e quasi gemette quando la lingua di lei guizzò fuori per inumidirle. Dio, come aveva fatto a non vederla subito? A non vederla davvero, prima di conoscerla.

Le sfiorò delicatamente con l'indice il labbro inferiore, il punto che lei aveva appena morso e leccato. Sentì il calore umido sul polpastrello.

"Adesso ti bacerò, Caroline," le disse in tono vagamente burbero. Quando la donna non disse nulla, lui ringhiò un avvertimento. "Se non vuoi, è la tua ultima occasione di dire qualcosa."

Wolf vide la giugulare di Caroline pulsare velocemente. La donna deglutì, ma non lo fermò. Lui si chinò su di lei e usò l'indice con cui le aveva appena accarezzato il labbro per sollevarle il mento. Voleva guardarla negli occhi, per capire se lo volesse davvero, ma non riusciva a distogliere lo sguardo da quella bocca appetitosa. Alla fine, le sue labbra incontrarono quelle di lei.

Le labbra di Caroline si schiusero immediatamente per lasciarlo entrare. Wolf non affondò subito nella sua bocca; invece, passò la lingua sul suo labbro superiore, fermandosi per stuzzicare quello stesso labbro con un rapido morso. Si allontanò di pochi centimetri per guardarla. Caroline aveva gli occhi chiusi ed era aggrappata alla sua uniforme con entrambe le mani.

Wolf decise di smetterla di scherzare e si lanciò nuovamente all'attacco. Questa volta, quando le loro labbra si incontrarono, Wolf infilò la lingua nella bocca di Caroline e gioì quando lei gli venne incontro. Si scambiarono dei baci molto profondi. Wolf si ritrasse e lei lo seguì, poi lui spinse nuovamente la lingua dentro ed esplorò la bocca di lei con la propria.

Alla fine, quando Wolf capì che doveva fermarsi, per non rischiare di andare oltre quello a cui erano pronti, si staccò. Una delle sue mani era finita dietro la nuca di Caroline, che aveva stretto a sé. L'altra era in fondo alla schiena della donna. Se fossero stati in piedi o sdraiati, le avrebbe premuto l'inguine contro il suo. Trasse un respiro profondo, ma non mosse le mani.

Lentamente, Caroline aprì gli occhi. Porco cane. Matthew era delizioso. Lei era già stata baciata, ma mai in quel modo. Era come se Matthew avesse bisogno di lei per respirare. Come se lei fosse preziosa. Non sapeva cosa ci fosse di diverso, in quel bacio, da tutti gli altri baci che aveva dato in vita sua, ma nel profondo di sé sapeva che era *davvero* diverso.

Caroline adorava la sensazione delle mani di Matthew sul suo corpo; la mano dietro la nuca la teneva ferma e sentiva il calore dell'altra sulla schiena. Appoggiò la fronte alla spalla dell'uomo. Matthew non le tolse la mano dalla nuca: la seguì e la strinse a sé.

"Wow," fu tutto ciò che lui riuscì a dire in quel momento.

"Già, wow," sentì dire alla voce soffocata di Caroline contro la sua spalla.

Ridacchiò. Si sentiva benissimo. Meglio di quanto non si sentisse da tempo. Stranamente, la consapevolezza che Caroline fosse coinvolta quanto lui lo aiutò notevolmente a calmarsi.

"Che ne diresti di prenderci la giornata per fare un giro?"

Caroline sollevò la testa dal petto di Matthew e lo guardò. "Un giro?"

"Sì, un giro. Hai presente quella cosa che fanno le persone quando non lavorano e sono in vacanza?"

Caroline ridacchiò. "Sì, va bene." Se Matthew non voleva parlare del bacio, a lei stava bene. "Cosa c'è da fare, da queste parti?"

Era chiaro a Wolf che Caroline era lieta del fatto che non stessero parlando del bacio. Le avrebbe dato il tempo per digerirlo e per fare la pace con quello che era accaduto, ma sapeva che prima o poi avrebbero dovuto parlarne. Lui voleva di più, molto di più.

"Beh, potrei farti fare un giro della stazione navale, oppure potremmo andare allo zoo o ai giardini botanici. Se ti piacciono i musei, qui ce ne sono diversi. Che cosa hai voglia di fare e cosa ti senti in grado di fare? Non voglio che tu ti faccia male ancora di più."

Caroline si raddrizzò e non riuscì a non sussultare quando il movimento le allungò la pelle del fianco, tirandole i punti.

Wolf, naturalmente, se ne accorse. "D'accordo, prima di andare voglio dare un'occhiata al tuo fianco. Poi, che ne diresti se ti accompagnassi alla base, dove possiamo mangiare qualcosa? Poi potremo tornare qui e guardare un film. In questo modo, io non dovrò continuare a chiederti come ti senti e tu non ti sentirai obbligata a mentirmi."

Caroline scoppiò a ridere. Cacchio. Come faceva a conoscerla talmente bene così presto? "Suona bene."

Quando Matthew non accennò ad alzarsi, Caroline sorrise e disse: "Devi pur lasciarmi andare se vogliamo fare un giro da qualche parte."

Matthew si chinò e mormorò: "E se non volessi?"

Caroline non aveva niente da dire, ma la pelle d'oca che le spuntò sulle braccia era una risposta sufficiente. Matthew le sorrise, tolse la mano dalla sua nuca e gliela passò lungo il braccio, la baciò sulle labbra e si alzò. Poi tese la mano per aiutarla ad alzarsi.

Non le lasciò la mano una volta che si fu alzata, ma

si limitò a voltarsi e ad accompagnarla in bagno. La aiutò a sedersi sul piano e le fece sollevare la maglietta per controllare il fianco.

Wolf cercò di trattenersi dal passare le mani su tutta quella pelle candida, ma fu difficile. Caroline non era magra, ma nemmeno grassa. Era... morbida e a lui questo piaceva moltissimo. Aveva avuto donne di ogni genere, ma quella gli faceva perdere il suo leggendario controllo più in fretta di tutte le altre.

Incapace di resistere, le passò il dorso della mano sul fianco, fino a poco sotto il seno. Quando lei trasse di scatto il fiato, Wolf sorrise e lasciò che le sue dita scendessero nuovamente verso il fianco e i punti. Questi ultimi avevano un bell'aspetto. Mozart aveva detto che non era necessario bendare la ferita, purché ciò non le desse fastidio.

"Ti fa male? Hai bisogno di coprirla?"

Caroline scosse la testa. "Non fa male. A volte, i punti si impigliano nella maglietta, ma non mi fa male."

Wolf annuì, quindi passò un'altra volta le dita attorno ai punti. Adorava vedere Caroline che rabbrividiva in risposta. Le abbassò con riluttanza la maglietta e disse: "Andiamo, prima che io decida che è meglio restare qui e conoscerci meglio."

Wolf guardò Caroline mentre lei raccoglieva le cose di cui aveva bisogno per la giornata; poi, finalmente, uscirono dalla porta.

Caroline non ricordava di aver mai vissuto un giorno più bello. Il tempo era piacevole e stare all'aperto era bellissimo. Avevano trascorso il primo pomeriggio passeggiando lentamente attorno alla base. Matthew le aveva indicato gli edifici importanti e le targhe storiche. Erano persino riusciti a fare una visita guidata a bordo di una di quelle enormi navi. Non ricordava di che categoria di nave si trattasse, ma era rimasta affascinata da come funzionavano le cose a bordo. La nave aveva un suo ufficio postale, una sua cucina e persino una prigione.

Dopo la visita, Caroline si sentiva stanca. Le ultime quarantott'ore erano state dure per lei, che sentiva ancora l'effetto del sedativo. Matthew se ne accorse, naturalmente, e insistette per fermarsi a prendere qualcosa da asporto piuttosto che mangiare in un ristorante.

Quando Caroline non si lamentò della sua scelta, Wolf capì che probabilmente soffriva più di quanto desse a vedere. Più tempo lui trascorreva con lei e più imparava a conoscerla. Probabilmente, quella donna avrebbe preferito cadere di faccia piuttosto che ammettere di essere stanca o dolorante.

Erano tornati all'albergo e avevano apparecchiato la cena sul tavolino da caffè. Caroline si era accoccolata contro il fianco di Matthew dopo aver mangiato e insieme avevano trovato un film d'azione da guardare in televisione.

Wolf sorrise alla donna fra le sue braccia. Caroline si incastrava perfettamente a lui. Wolf non ricordava un appuntamento più piacevole, soprattutto considerato che il sesso non era mai stato previsto. Sapeva che avrebbero dovuto aspettare. Caroline non era fisicamente pronta e lui non voleva metterle fretta. Gli piaceva molto anche solo stare seduto e parlarle, conoscerla meglio. Forse era quello che gli era mancato negli altri appuntamenti: la connessione, il conoscersi fuori dalla camera da letto.

"Perché il tuo soprannome è Wolf?" mormorò dolcemente Caroline accanto a lui, senza preavviso.

Wolf abbassò lo sguardo. Era strano sentire il suo nomignolo dalle labbra di Caroline. Era abituato a sentirsi chiamare Matthew da lei; anzi, lo preferiva.

"Mi piacerebbe poter dire che è perché sono furtivo o perché ho la pazienza di un lupo, ma purtroppo la spiegazione non è così virile."

Caroline mosse la testa per guardarlo meglio.

"Ora sì che sono curiosa. Dimmi."

"Molto spesso, nelle forze armate, i soprannomi derivano dai nomi propri. Ad esempio, se il mio cognome fosse Wolfgang o Wolfowitz, i sergenti istruttori e i ragazzi comincerebbero a chiamarmi Wolf."

"Ma il tuo cognome non è Wolfgang o Wolfowitz," disse ridacchiando Caroline, affermando l'ovvio.

Wolf le diede un colpetto sotto il mento. "Sì, beh, il mio soprannome risale ai tempi dell'addestramento. È stata un'esperienza completamente nuova per me e mi hanno fatto sgobbare più di quanto avessi mai sgobbato in vita mia. Avevo sempre fame. A quanto pare, tutte le volte che andavamo a mangiare, io mangiavo così in fretta che spazzolavo tutto prima di tutti gli altri. Ed ero anche felice di mangiare quello che gli altri non volevano."

Caroline si raddrizzò completamente, ora del tutto sveglia. "Mio Dio, non dirmi che avevi sempre *una fame da lupi*?"

Wolf rise e afferrò Caroline, che gli ricadde addosso. Gli piacque molto il modo in cui lei tornò ad accoccolarsi contro di lui, cambiando posizione fino a quando non fu comoda, come un animale che si preparava il letto per la notte. "Era da una vita che non sentivo quel detto. Cristo. Ma sì, è così. Mangiavo sempre come un lupo. E il soprannome è rimasto."

Adorava sentire Caroline che ridacchiava. Sapeva che, negli ultimi tempi, la donna non aveva avuto molti motivi per ridere.

Si misero entrambi comodi a guardare il film. Circa venti minuti dopo, quando Wolf cambiò posizione, Caroline borbottò sottovoce e si strinse ancora di più a lui. Il fatto che fosse addormentata, ma che ancora si protendesse verso di lui, gli serrò il cuore. Wolf era sbalordito che la donna avesse il sonno tanto pesante. Nel suo mestiere, dormire così pesantemente non pagava, per cui era da molto tempo che lui non assisteva a una scena del genere.

Per la seconda notte di fila, Wolf sollevò Caroline e la mise a letto. La stese e le rimboccò le coperte. Non osò spogliarla. Era già abbastanza grave che l'avesse vista così scoperta quella mattina, quando le aveva controllato i punti, e la sera prima. Non aveva voluto farla dormire coi pantaloni: sarebbe stata molto scomoda. Le aveva infilato una mano sotto la maglietta e le aveva sbottonato i pantaloni. Il calore della pelle di Caroline contro le dita era stato una sensazione paradisiaca. Ora, pensò di toglierle maglietta e pantaloni per farle indossare qualcosa di più comodo, ma sapeva che, se avesse cominciato, non era sicuro che sarebbe riuscito fermarsi, e non voleva approfittarsi di lei.

Caroline avrebbe dovuto dormire coi jeans. Wolf non aveva la forza di toglierglieli nuovamente e di lasciarla da sola a letto.

Si sedette perciò sul bordo del letto e si limitò a guardarla mentre dormiva. La osservò attentamente e cercò di capire cosa la rendesse diversa da tutte le altre donne che erano venute prima di lei. Dopo un po', ci rinunciò. La situazione era quella e lui non voleva continuare ad analizzarla. Voleva solo godersela.

Aveva ancora parecchio tempo libero prima di dover partire per la missione successiva. Sebbene volesse andare a trovare il suo amico Tex, voleva trascorrere la maggior parte della sua vacanza lì con Caroline. In un batter d'occhi, le sue priorità erano cambiate. Wolf non cercò di opporvisi.

Si chinò a baciare Caroline sulla fronte. Uscì dalla camera d'albergo chiudendo piano la porta e percorse il corridoio fino all'ascensore. Si sarebbe ricongiunto con Mozart ed Abe a casa di Tex, poi sarebbe tornato nella prima mattinata. Non vedeva l'ora di trascorrere un'altra giornata con Caroline.

CAPITOLO UNDICI

IL MATTINO DOPO, Caroline rotolò su un fianco e gemette. Merda. Era successo di nuovo: si era addormentata e Matthew aveva dovuto metterla a letto. Sbadigliò e si stiracchiò, pensando che come donna da frequentare faceva davvero schifo.

Si alzò dal letto e invece di andare subito in bagno, controllò la macchinetta del caffè... e sorrise. Era già pronta. Era palese che Matthew aveva preparato tutto prima di andarsene, la sera prima. Le piaceva sapere che l'uomo teneva tanto a metterla a suo agio. Era trascorso molto tempo da quando qualcuno aveva fatto qualcosa di tanto semplice per lei. Era contenta che qualcuno si prendesse cura di lei. Caroline accese l'interruttore della macchinetta e tornò alla camera da letto per prepararsi per la giornata.

Dopo aver fatto la doccia e aver controllato i punti – la ferita stava guarendo bene –si versò una tazza di caffè e si mise sul divano a guardare la TV. Era bello avere del tempo libero per poltrire e non dover correre al lavoro. Quel momento sarebbe arrivato presto, per cui lei era felice di stare tranquilla per un po'.

Passando lo sguardo sulla stanza, le venne in mente che avrebbe dovuto pensare al check-out. Probabilmente, le spese erano al momento a carico di Matthew: lei non aveva certo dato la sua carta di credito alla reception. Avrebbe chiesto all'hotel di spostare il conto sulla sua carta una volta fatto il check-out. Non era giusto che Matthew pagasse per la sua stanza.

Dato che aveva preso in affitto un appartamento prima di lasciare la California, era stata comunque sua intenzione trascorrere qualche giorno in albergo, fino all'arrivo dei suoi bagagli. Quello era un posto come un altro. Dicendosi che aveva un altro paio di giorni prima che i suoi mobili arrivassero dalla California, tornò a rilassarsi contro il divano. Ahhhh, era così bello starsene sdraiata a mo' di barbona. Non le capitava spesso di poterlo fare e ora era un lusso che poteva concedersi.

Lo squillo del telefono accanto a lei la spaventò al punto da farle versare il caffè. Accidenti. Sfregò il caffè che le era caduto sui jeans mentre si allungava per rispondere al telefono. Doveva essere Matthew: lei non conosceva nessuno da quelle parti.

"Pronto?"

"Buongiorno, Caroline. Come ti senti oggi?"

Dio, Caroline aveva creduto che la voce di Matthew fosse sexy di persona, ma al telefono, che le gorgogliava nell'orecchio? Roba da fondere le mutande. "Sto bene. Mi dispiace di essermi addormentata, ieri sera. Mi porti sempre a letto." Arrossì non appena lo disse. Ad alta voce, sembrava molto più sporco di quanto fosse parso nella sua testa.

Wolf rise. "Credimi, Ice, io adoro metterti a letto. Spero che, nel futuro prossimo, potrò anche raggiungerti."

Caroline si zittì per lo stupore. Cribbio, aveva pensato a quanto avrebbe voluto che Matthew la raggiungesse a letto, ma non aveva creduto che l'uomo lo avrebbe detto esplicitamente. Non sapeva cosa replicare.

"Caroline? Sei ancora lì? Ho parlato troppo presto?"

"Sì... ehm... no..." Merda. Non sapeva che pesci pigliare. Sentì Matthew ridacchiare e cercò di chiarire. "Sì, sono ancora qui e... un po'... ma credo di volerlo anch'io." Ancora non riusciva a credere che Matthew, con l'aspetto che aveva, alto, scuro e attraente, un uomo che avrebbe potuto portarsi a letto tutte le donne che voleva, sembrasse volere *lei*.

Doveva averlo detto ad alta voce, perché Matthew rispose: "Ma certo che ti voglio, Ice. Sei intelligente, hai i piedi per terra, e io ti voglio da quando ti ho stretto la mano su quel dannato aereo."

"Ecco..." fu tutto ciò che uscì dalla bocca di Caroline. Porca. Troia.

Matthew proseguì come se non le avesse appena fatto scoppiare il cervello. "Senti, vengo a prenderti tra un'ora. Vorrei farti conoscere il mio amico Tex. Hai presente quello di cui ti ho parlato in aereo? Sta organizzando un piccolo ritrovo con noi, Abe e Mozart, e alcuni dei suoi amici qui in città. Vorrei fartelo conoscere. È una cosa informale, per cui non vestirti troppo bene. D'accordo?"

Sapendo che conoscere l'amico di Matthew era una faccenda molto importante, Caroline non riuscì a dire altro che "Okay."

"Salgo da te quando arrivo. A presto, Caroline."

Caroline mise giù. Un'ora. Non vedeva l'ora di rivederlo.

Caroline gettò la testa all'indietro e rise senza la minima vergogna rivolta all'amico di Matthew, Tex. Il vero nome dell'uomo era John, ma dato che veniva dal Texas, quando si era arruolato nei SEAL il suo soprannome era diventato, naturalmente, Tex. Aveva ancora un forte accento del Sud ed era nerboruto come tutti gli altri uomini presenti.

Tex era in missione, all'interno di un edificio, quando era stato colpito da un IED.[1] Gli uomini minimizzavano l'evento, ma Caroline aveva capito d'istinto che c'era molto più di quello di cui parlavano.

Tex aveva perso la gamba dopo diverse operazioni volte a risanarla. Le disse che, il giorno dopo essere stato ricoverato per l'ennesima volta in seguito a una grave infezione, aveva implorato i medici di togliergliela e basta. Si era detto che sarebbe stato meglio che affrontare il dolore delle infezioni e delle numerose operazioni destinate a salvarla, anche perché molto probabilmente non sarebbe mai più riuscito a usarla.

Tex era divertentissimo e non la smetteva mai di fare battute scandalose per farla ridere. Caroline non credeva di aver riso così tanto in tutta la sua vita. Le piacevano anche gli amici di Tex e si era divertita a stare con Christopher e Sam. I ragazzi le avevano detto di chiamarli Abe e Mozart, ma come Caroline aveva già detto loro, era strano usare i loro soprannomi quando non faceva parte della squadra. I due avevano discusso, sostenendo che lei *faceva* parte della stramaledetta squadra, ma Caroline aveva incrociato le braccia e aveva affermato senza ombra di dubbio che li avrebbe chiamati come voleva e che loro avrebbero dovuto adeguarsi. Abe e Mozart si erano limitati a ridere e a dirle che poteva chiamarli come preferiva, ma che per loro lei sarebbe stata sempre "Ice".

Nessuno parlò di quello che faceva Tex ora che era stato congedato dalla Marina per motivi di salute. Caroline aveva provato a chiederlo, e aveva notato che l'argomento della conversazione era stato rapidamente cambiato. Si era limitata a stringersi nelle spalle, dicendosi che doveva trattarsi di un segreto militare o che Tex doveva essere semplicemente in imbarazzo. In entrambi i casi, la questione non aveva importanza: probabilmente, lei non lo avrebbe mai più rivisto.

Caroline cercò di non sentirsi in imbarazzo nel corso dell'incontro. C'erano delle altre donne, ma lei si tenne appiccicata al fianco di Matthew. Era difficile per lei aprirsi e si sentiva più a suo agio con Matthew. Lui, dal canto suo, non si lamentava e la toccava costantemente. Le aveva appoggiato la mano sulla vita per sostenerla, le aveva portato un piatto di cibo non appena esso era stato cotto e le aveva sfiorato la mano. Una volta, l'aveva persino baciata sulla fronte quando lei si era dispiaciuta per Tex e per quello che aveva passato. Caroline ne era felicissima, ma era ancora diffidente. Non riusciva proprio a capire cosa ci vedesse Matthew in lei.

Dopo aver lasciato la casa di Tex, Matthew l'aveva portata ai giardini botanici. Era un luogo splendido. Caroline non conosceva i nomi della maggior parte dei fiori, ma adorava osservare il modo artistico in cui erano stati disposti e fatti crescere. Matthew le aveva comprato un bouquet di fiori esotici, dopodiché erano tornati nella stanza d'albergo.

Matthew era salito in camera con lei e insieme si erano messi sul divano. Avevano ordinato il servizio in camera e avevano mangiato godendosi la compagnia reciproca e la conversazione rilassata su nulla in particolare.

Al calare della notte, Caroline si fece sempre più nervosa. Non riusciva a non pensare a quello che aveva detto Matthew quella mattina, riguardo all'andare a letto con lei. Una parte di lei, quella più svergognata, lo voleva. L'altra, quella più pratica, sapeva che era troppo presto.

"A cos'è che pensi così tanto?" chiese Wolf, mettendole un dito sotto il mento e sollevandoglielo in modo da costringerla a guardarlo negli occhi.

"Ecco... È solo che... Io ti voglio." Caroline non riusciva a credere di averlo detto ad alta voce.

"Anch'io ti voglio," rispose Wolf senza esitazione.

"È solo che... ecco..."

Wolf concluse la frase per lei: "È troppo presto."

Caroline annuì. "Tu mi piaci, Matthew, ma non sono sicura. Di noi. Tu sei... tu e io sono io... e tu vivi in California, mentre io mi sono appena trasferita qui..."

Wolf attirò a sé Caroline. Era così giusto averla lì. Non riusciva a credere a quanto fosse giusto. Il suo discorso aveva senso. Molte cose remavano loro contro, soprattutto il fatto che vivevano agli estremi opposti del Paese.

"Shhhh, Ice. So che è assurdo. Ci siamo appena conosciuti, ma voglio dirti una cosa: in vita mia, non ho mai provato per nessuno quello che provo per te. C'è qualcosa in te a cui io fatico a resistere."

Wolf la sentì annuire contro il suo petto e sorrise.

"Mi piacerebbe molto trascorrere la mia licenza con te e vedere se riusciremo a capire se questa cosa fra di noi può funzionare. Non voglio dire che non faremo l'amore, perché lo voglio più di quanto riesca a dire a parole, ma cercherò di andarci piano, per il momento. Va bene?"

Quando Caroline rispose a bassa voce "Va bene," Wolf esalò il fiato che aveva trattenuto. Non sapeva cosa avrebbe fatto se lei avesse detto di no.

"Ma questo non significa che non ti bacerò, che non ti abbraccerò e non ti toccherò il più possibile mentre ci 'andiamo piano.' Voglio essere sicuro che a te stia bene."

Caroline sollevò la testa dal suo petto e lo guardò negli occhi. "Mi sta benissimo, Matthew."

Lui sorrise, si voltò e la fece stendere sotto di lui sul divano. A contatto dal petto alle dita dei piedi, Wolf sentiva il cuore di Caroline che batteva velocemente. Riusciva a vedere il suo respiro accelerare e sentì le sue mani afferrargli la maglietta all'altezza della vita.

Wolf si chinò, abbassò le labbra fino a quando non furono a un pelo da quelle di Caroline, e attese. Lei non lo deluse. Allungò il collo fino a raggiungere la sua bocca. Wolf sospirò per la felicità. Caroline voleva quello che voleva lui. Grazie a Dio. Era importante per lui che fosse la donna a fare il primo passo. Sebbene non fosse timido, né normalmente si preoccupasse di essere quello che prendeva l'iniziativa in una relazione, con Caroline voleva che lei fosse sicura. Voleva che lo volesse quanto lui voleva lei.

Mentre le sue labbra carezzavano quelle della donna, le sue mani vagarono delicatamente sul corpo di lei. Tenne le mani sopra i vestiti, sapendo che non sarebbe riuscito a fermarsi se avesse sentito la pelle candida di Caroline contro le dita. Badò a non toccarle il fianco

    SUSAN STOKER

ferito, ma per il resto non trattenne le sue mani vagabonde.

Le passò delicatamente le mani sui seni, sentendo i capezzoli inturgidirsi al suo tocco. Continuò a muoversi, tranquillizzandola quando lei sgroppò sotto di lui e tenendola stretta a sé in modo che sentisse quanto lui era eccitato. Wolf non voleva che credesse di essere l'unica a provare quell'attrazione.

Alla fine, con una mano sul fianco che la stringeva a lui e una mano sul suo cuore, staccò con riluttanza le labbra da quelle di lei.

"Cristo, Caroline. Sei perfetta. Perfetta per me."

Come si era aspettato, le guance di Caroline si tinsero di un rosa delicato.

"Anche tu non sei male, Matthew."

Lui sorrise e tirò su entrambi. I capelli di Caroline erano scarmigliati e le sue labbra erano gonfie dei loro baci appassionati. Aveva un'aria fantastica. Wolf premette il corpo di lei contro il suo e la baciò sulla sommità del capo.

"Mettiti comoda, Ice. Non voglio ancora andarmene, ma dobbiamo smettere di fare... quello... per riuscire a guardare un film. Che ne pensi?"

Caroline sorrise. La proposta le pareva molto interessante.

———

Wolf si svegliò di scatto. Grazie al suo addestramento

da SEAL, era in grado di passare dal sonno all'azione nel giro di un istante. Non sapeva cosa lo avesse svegliato, ma poi udì un piagnucolio. Caroline si stava agitando fra le sue braccia. Era palese che stava avendo un incubo.

"Svegliati, Ice." Wolf cercò di strapparla al sogno con la voce, ma alle sue parole Caroline non fece che piagnucolare più forte. "Caroline," disse lui, ad alta voce e con fermezza. "Svegliati. È solo un sogno."

Non era pronto per la reazione della donna. Lei si mise a lottare come se fosse di nuovo sull'aereo, a lottare col terrorista.

Caroline lottò con tutte le sue forze. Il terrorista voleva fare del male a Matthew; lei doveva assicurarsi che non lo raggiungesse. Spettava a lei salvare Matthew. Colpì le mani che cercavano di afferrarla, ignorando le parole dell'uomo. Doveva lottare; in caso contrario, lui l'avrebbe uccisa.

L'agitazione di Caroline li aveva fatti cadere dal divano; per fortuna, Wolf era atterrato per primo e aveva attutito la caduta della donna. Il cuore gli fece male alla vista dell'espressione sul volto di lei: era terrorizzata e la presa in cui lui la stringeva non era d'aiuto.

"Caroline!" gridò Wolf. Lei si immobilizzò; ci stava riuscendo. Wolf la fece voltare in modo che giacesse supina sul pavimento. Si mise sopra di lei, senza appoggiare il peso, ma rimanendo abbastanza vicino da sentire il suo calore corporeo. "Svegliati! Sei al sicuro; va tutto bene. Sei in Virginia, non sull'aereo. Torna da me. Sono Matthew."

"Matthew?" La voce di Caroline era bassa, incredula.

"Sì, apri gli occhi."

Caroline si costrinse ad aprire gli occhi e vide che quello era davvero Matthew. Era a cavalcioni su di lei e la stava guardando intensamente negli occhi.

"Merda," mormorò Caroline.

"Forza, ti aiuto a tirarti su." Wolf la aiutò a mettersi seduta e la rimise sul divano. Non appena lo ebbe fatto, le si sedette accanto e se la strinse al petto.

"Tutto bene. Era solo un sogno."

Caroline si scrollò di dosso i residui delle immagini che le erano apparse nella mente. Le era parso tutto molto reale.

"Vuoi parlarne?"

Lei scosse la testa contro il petto dell'uomo, senza sollevare lo sguardo.

"D'accordo. Immagino che c'entri qualcosa quello che è accaduto sull'aereo." Quando lei annuì, Wolf disse: "Devi parlarne con qualcuno, Caroline. Se non lo farai, i sogni non smetteranno di arrivare. Credimi, ne so qualcosa."

A quelle parole, Caroline guardò Matthew. "Davvero?"

L'uomo aveva un'aria cupa, ma incrociò il suo sguardo. "Sì. Col mio lavoro, non c'è verso di tenersi tutto dentro. È vero che la maggior parte degli uomini nelle forze armate non ama ammettere le proprie debolezze, quando si tratta di incubi e PTSD[2], ma abbiamo l'obbligo di sottoporci ad analisi tutte le volte dopo una missione pesante. Anzi, Abe, Mozart e io abbiamo l'obbligo di incontrarci con uno specialista locale per parlare di quello che è successo sull'aereo."

Caroline non riuscì a far altro che fissarlo sbalordita. "Davvero?"

Wolf ridacchiò e se la strinse nuovamente al petto.

Lei gli infilò la testa sotto il mento e gli circondò la vita con le braccia. Wolf cambiò posizione fino a quando non ebbe la testa appoggiata al bracciolo del divano, spostando Caroline finché lei gli giacque lungo il suo fianco. Le braccia della donna gli si posarono sul petto, dove lei disegnò distrattamente delle forme sul suo cuore.

"Sì. Non posso dire che mi piacciano tutti quegli strizzacervelli, ma onestamente, funziona. A volte brontoliamo, ma se questo ci mantiene sani di mente e pronti per la prossima missione, va bene così."

"Stavo lottando contro quel tizio. Sapevo che, se lui mi avesse sopraffatta o se lo avessi lasciato andare, sarebbe venuto a ucciderti. Non volevo che tu morissi." Caroline parlò a bassa voce e dal profondo del cuore.

"Oh, tesoro." Wolf accentuò la presa delle sue braccia attorno a lei. "Sei stat davvero coraggiosa. Sono orgoglioso di te. Ma..." Attese che Caroline alzasse lo sguardo. Una volta che lei lo guardò, proseguì. "Posso prendermi cura di me stesso. Non metterti mai più in pericolo per me. Promettilo."

"Ma Matthew, è che... Io non..." Merda. Caroline

non aveva mai fatto tanta fatica a esprimere i propri desideri. Ma non le venivano le parole giuste.

Matthew scosse la testa. "Niente ma. Promettimelo e basta, Caroline. Pensa per prima cosa a te stessa. Sempre."

Lei non riuscì a far altro che annuire. Lo sguardo negli occhi di Matthew era intenso. Caroline ruppe il contatto visivo e abbassò nuovamente la testa. Accentuò la presa su Matthew e sollevò la mano che aveva posato sul suo petto, passandogliela poi dietro la nuca e stringendo.

"Ora dormi. Ci sono qui io. Farò in modo che non ti accada nulla."

"Grazie. Mi sento al sicuro qui con te."

Caroline si addormentò continuando a stringerlo. Wolf non era mai stato più felice in vita sua. Di solito, si innervosiva all'idea di dormire con una donna; non permetteva mai loro di accoccolarsi contro di lui e se ne andava non appena ciò era socialmente accettabile. Ma con Caroline era tutta un'altra esperienza.

Parecchio tempo dopo che il sole ebbe lasciato il cielo, Wolf si sfilò gentilmente da sotto di lei. Ancora una volta, la portò a letto. Rise a bassa voce tra sé. Quella stava diventando un'abitudine... un'abitudine piacevole.

Mentre stendeva la trapunta su Caroline, udì il trillo acuto del suo telefono nell'altra stanza della suite. Cacchio. Il suo telefono squillava solo quando si trattava di una telefonata di lavoro. No! Avevano ancora più di una settimana prima della partenza prevista. Forse c'era di mezzo la questione dei terroristi? Dopo aver lanciato un'ultima occhiata a Caroline e dopo averle dato un ultimo bacio sulla fronte, Wolf chiuse delicatamente la porta della camera e andò a rispondere al telefono, sperando contro ogni probabilità che non fosse nulla di importante.

Caroline si stiracchiò con prudenza quando si svegliò, stupita della velocità con cui stava guarendo il suo fianco, e si guardò attorno. Cacchio. Sul serio? Tre volte di fila? Ancora una volta, non ricordava come fosse arrivata al letto. Ma ricordava l'incubo e la sessione di limone duro con Matthew.

Sorridendo al ricordo, Caroline guardò subito il cuscino accanto a sé e vide un pezzo di carta piegato.

Il suo cuore accelerò i battiti; non vedeva l'ora di sapere cosa avesse Matthew da dirle. Allungò una mano, afferrò il bigliettino dall'aria insignificante e lo aprì.

Caroline, devi sapere che detesto doverti lasciare un altro biglietto. Spero che un giorno potrò essere accanto a te quando ti sveglierai... Guarda come sei arrossita...

Cristo, quell'uomo la conosceva benissimo. Caroline continuò a ridere.

Come ben sai, Mozart, Abe e io siamo venuti qui a Norfolk

per una vacanza prima dell'inizio della nostra prossima missione; sfortunatamente, quella missione è cominciata prima del previsto. È stato molto bello trascorrere del tempo con te negli ultimi due giorni. Se per te va bene, mi piacerebbe che ci sentissimo, quando io e i ragazzi torneremo. Mi piacerebbe conoscerti meglio. So che abbiamo ancora delle cose di cui discutere, soprattutto la distanza tra le nostre case, ma io voglio ancora esplorare quello che sta succedendo fra di noi. Non so quanto ci metteremo a tornare a Norfolk. A volte, le nostre missioni sono brevi, ma altre possono trascinarsi molto più a lungo di quello che vorremmo. Ti lascio il mio numero di cellulare, in modo che tu possa chiamarmi. Se gradisci che ci vediamo al mio ritorno – e spero che gradirai! – basterà che mi chiami e mi lasci un numero a cui posso raggiungerti. Ti richiamerò non appena saremo tornati. Buona fortuna col nuovo lavoro. Falli fuori tutti! Matthew. PS. Abe e Mozart ti salutano e si scusano per non averci potuti raggiungere ieri sera. Non ho detto loro che a me non dispiace...

Caroline lesse la lettera due volte e se la strinse al petto. Non sapeva cosa fare con Matthew. Era una sensazione inebriante, che lei non aveva mai sperimentato. Nessuno aveva mai voluto conoscerla meglio. Era quasi troppo bello per essere vero.

Con cautela, infilò la lettera in borsa e trasse un respiro profondo. Era ora di tornare alla vita vera. Lei non era un SEAL e doveva contattare il suo datore di lavoro per fargli sapere quello che stava succedendo.

Avrebbe potuto persino cominciare a lavorare in anticipo, se il suo datore di lavoro lo voleva, e quasi lo sperava. Aveva bisogno di qualcosa che la distraesse da Matthew e da tutto ciò che era accaduto di recente.

Caroline fece i bagagli e diede un'ultima occhiata alla stanza d'albergo prima di uscire. Era diretta all'appartamento che aveva affittato prima di recarsi in Virginia. Prima di partire, tirò fuori entrambe le lettere che Matthew le aveva scritto e le lesse un'ultima volta. D'impulso, aggiunse il numero dell'uomo alla sua rubrica. Non che avesse intenzione di chiamarlo... le cose fra di loro non potevano certo funzionare... era meglio chiudere tutto prima di innamorarsi di lui... giusto?

CAPITOLO DODICI

Due settimane dopo.

In generale, il nuovo lavoro piaceva a Caroline. Era molto simile a quello che aveva svolto a San Diego. Il lavoro di chimico non era così entusiasmante per la maggior parte delle persone, non importava dove si svolgesse, ma lei lo adorava. Era difficile spiegare ad altri cosa facesse o perché. Era semplicemente affascinata da come la mescolanza delle sostanze chimiche potesse creare qualcosa di utile e salvifico o qualcosa di distruttivo e mortale. Ricordò l'interesse mostrato da Matthew quando lei aveva cercato di spiegargli quello che faceva.

Negli ultimi giorni, aveva composto il numero di cellulare di Matthew. Tutte le volte, avrebbe voluto lasciare un messaggio in cui accettava di rivederlo al suo ritorno, ma ogni volta si impaurita e aveva desistito. Perdiana, non sapeva nemmeno se lui fosse tornato. E se avesse cambiato idea e deciso che una relazione era troppa fatica? Voleva davvero una relazione, poi? Caroline stava dando di matto.

Aveva deciso di lasciare a Matthew il beneficio del dubbio e di credere che fosse ancora all'estero. Così lo aveva chiamato. Il solo sentire la sua voce alla segreteria telefonica era bastato a farle riprendere il senno. Cosa stava facendo? Avevano trascorso un paio di giorni molto piacevoli insieme, ma poteva anche darsi che l'uomo fosse semplicemente grato del fatto che lei avesse contribuito a salvargli la vita, o che fosse preoccupato per lei come si poteva esserlo per una sorella.

Certo, i baci che si erano dati non le erano *parsi* baci fraterni. Sospirò. Di solito, non era così titubante. Quando voleva qualcosa, se lo prendeva. Ma d'altro canto, nessun uomo con l'aspetto di Matthew le aveva mai dedicato attenzioni.

Nel corso delle ultime due settimane, Caroline aveva pensato molto ai tre SEAL. Probabilmente, non si poteva vivere un'esperienza come la loro senza avvertire un qualche genere di legame. Voleva davvero sapere se Matthew, Sam e Christopher stessero bene e se fossero tornati sani e salvi, ma l'idea di lasciargli un messaggio la imbarazzava. Matthew era il genere d'uomo che una donna poteva solo sognare. Era il genere d'uomo che frequentava donne alte e bellissime, non una come lei: una scienziata sfigata.

Il dirottamento aveva fatto impazzire i media. Tutte le volte che accendeva la televisione, Caroline trovava un servizio sull'argomento. Aveva visto Brandy su tutti i canali. Brandy non sapeva di cosa stava parlando, perché era rimasta nascosta in coda all'aereo mentre succedeva tutto, ma i notiziari facevano ancora carte false per parlare con lei.

Si parlava molto degli uomini "misteriosi" che avevano salvato la situazione, ma stando a quanto poteva constatare Caroline, fino a quel momento nessuno sapeva chi fossero. E il suo nome, grazie a Dio, non era mai saltato fuori.

Una delle notizie ascoltate durante quei servizi che l'aveva resa nervosa era che il dirottamento fosse stato definito una "prova" per un'operazione di sequestri più ampia programmata per il futuro. *Quello* sì che aveva messo in allarme l'intera nazione. L'attenzione sulla sicurezza aeroportuale era stata accentuata e la gente aveva evidentemente paura di volare. Ma a innervosire Caroline era la consapevolezza che non si trattasse solo di quattro persone che avevano agito da sole. C'era qualcuno, o *diversi* qualcuno, che voleva ripetere l'incidente e magari ferire e uccidere più innocenti. Caroline non avrebbe augurato a nessuno di vivere l'esperienza che aveva vissuto lei.

Dopo aver visto quel servizio, aveva quindi evitato altre notizie sul dirottamento. Lei lo aveva vissuto e conosceva la verità, e onestamente, ascoltare tutte le ragioni politiche riguardo a cosa si celava davvero dietro l'accaduto la stava facendo ammattire. Aveva cominciato a tenere in sottofondo una stazione radio dedicata ai vecchi successi piuttosto che accendere la televisione.

Il suo nuovo appartamento non era molto lontano dal suo luogo di lavoro, per cui lei non doveva andare in macchina. Quando doveva spostarsi, prendeva perlopiù l'autobus, ma guidava per andare in spiaggia o lungo la costa. Amava la campagna della Virginia. Rilassava i suoi nervi tesi.

Per quanto riguardava il percorso verso il lavoro, Caroline cambiava costantemente tragitto e tempo di percorrenza, come qualunque donna single sapeva di dover fare, ma era comunque straordinariamente nervosa. Ogni tanto aveva avuto la sensazione di essere seguita, ma quando aveva cercato di capire chi fosse a seguirla, non era riuscita a individuare nessun individuo sospetto. Inoltre, al lavoro, le era capitato di ricevere delle telefonate mute: lei rispondeva al telefono, ma non c'era nessuno, o comunque nessuno diceva nulla.

Non aveva pensato molto a quegli episodi prima di vedere i servizi sul tentativo di dirottamento nel quale era rimasta coinvolta. Col potenziale rischio di altri dirottamenti, ora non riusciva a *non* pensarci. E se qualche membro del gruppo di terroristi sapeva chi era e del suo ruolo nel dirottamento fallito? E se la stavano seguendo?

Qualche giorno dopo aver visto il servizio sul dirottamento, Caroline uscì dall'ufficio a tarda ora; era impegnata in un progetto che aveva avuto una svolta. Anche i suoi colleghi erano rimasti fino a tardi, ma erano già tornati tutti a casa con le loro auto. Caroline li aveva guardati recarsi alle automobili, lasciandola all'ingresso del palazzo di uffici. Aveva scosso mentalmente la testa. Era l'unica a usare i mezzi pubblici e nessuno aveva pensato di offrirle un passaggio. A volte troppo indipendente per il suo stesso bene, Caroline sapeva che avrebbe dovuto semplicemente chiederne uno, ma ormai era troppo tardi.

Pensò mestamente a Matthew. Sapeva che lui era il genere d'uomo che non avrebbe mai permesso a una donna di prendere un mezzo pubblico a quell'ora della notte. L'avrebbe almeno accompagnata a casa. Sospirò. Non si era mai soffermata a riflettere su quel genere di cose prima di conoscere Matthew e la sua squadra. Le aveva semplicemente date per scontate e si era fatta gli affari suoi.

Caroline estrasse il cellulare e si incamminò con determinazione verso la fermata dell'autobus. Doveva percorrere solo tre isolati, ma fuori c'era buio. Per fortuna, l'autobus arrivò poco dopo il suo arrivo alla fermata, il che era un bene, perché lei non voleva aspettarlo al buio. Era troppo spaventata.

La sensazione che qualcuno la stesse guardando non cessò una volta che lei fu salita sull'autobus. Ancora una volta, non vide nessun passeggero dall'aria sospetta, ma non riusciva a levarsi di dosso quell'inquietudine.

Raggiunta la sua fermata, scese velocemente e camminò a grandi passi fino al suo condominio. Non si rilassò fino a quando non fu entrata e non ebbe chiuso la porta a chiave. Tenendo il cellulare in mano in modo da tormentarsi sull'opportunità di chiamare o meno

Matthew a quell'ora della notte, posò borsa e borsetta e si incamminò verso il bagno. Voleva spruzzarsi dell'acqua fredda sul viso e togliersi gli abiti da lavoro. L'ansia riguardo alla sua relazione incerta con Matthew, la sensazione di essere osservata e lo stress seguito al dirottamento la stavano devastando. Non dormiva bene ed era sempre esausta.

Mentre raggiungeva il bagno, udì un rumore alle sue spalle. Si voltò e vide la maniglia della porta che girava. La porta era chiusa a chiave, ma c'era qualcuno là fuori. Porca troia. Non stava perdendo la testa. Qualcuno l'aveva *davvero* seguita. Se si fosse trattato di qualcuno che aveva un motivo legittimo per parlarle, avrebbe bussato. Nessuno si avvicinava alla porta e girava la maniglia per aprirla; si bussava e ci si annunciava... a meno di non avere cattive intenzioni.

Caroline non attese di scoprire chi fosse alla porta, o di verificare se sarebbe riuscito a entrare o meno. Corse in camera da letto e aprì la finestra che dava sulla scala antincendio. Non aveva idea se così facendo sarebbe riuscita a convincere la persona alla porta di essere uscita da lì o meno, ma forse, solo forse, lo sconosciuto avrebbe pensato che lei fosse fuggita e non avrebbe fatto lo sforzo di perquisire il resto dell'appartamento.

Corse verso il bagno proprio mentre udiva lo scricchiolare della porta d'ingresso, che le fece capire che qualcuno l'aveva appena aperta. Evidentemente, aveva usato un qualche genere di grimaldello; in caso contrario, lei avrebbe sentito il rumore della porta che veniva sfondata. Stavano cercando di entrare furtivamente per coglierla alla sprovvista. Sempre in modo palese, chiunque fosse non voleva fare troppo baccano per non insospettire gli altri condomini.

Col cuore in gola, Caroline entrò in bagno e lasciò la porta aperta. Pregò che la finestra aperta della camera da letto avrebbe convinto quella persona che lei fosse uscita da quella parte. Sperava che la porta aperta del bagno avrebbe convinto l'intruso che lì non ci fosse nessuno. Entrò nella vasca e accostò la tenda della doccia. Non la chiuse completamente, ancora una volta nella speranza di dare l'impressione che nella doccia non ci fosse nessuno.

Caroline si accorse di avere il telefono in mano. Grazie a Dio. Per poco non si mise a piangere dal sollievo. Chiamò rapidamente il 911 e attese che qualcuno rispondesse.

"Pronto, 911, qual è la sua emergenza?"

Caroline udì la voce all'altro capo del telefono e crollò letteralmente dal sollievo. Non aveva idea di chi fosse quella persona o di che aspetto avesse e non gliene importava davvero. L'unica cosa importante era che c'era qualcuno ad aiutarla.

Mormorando con voce talmente bassa da non avere idea se la donna dall'altro capo della linea potesse sentirla, disse: "Sono nel mio appartamento. È appena entrato qualcuno. Sono nascosta nella doccia. Sbrigatevi, per favore!"

"D'accordo, ho trovato il suo indirizzo. La polizia sta

arrivando. Stia tranquilla e in silenzio. Arriveranno il prima possibile."

Caroline trasse un sospiro di sollievo. La voce dell'operatrice del 911 era calma e rilassante, proprio quello di cui lei aveva bisogno in quel momento. Sempre mormorando, Caroline disse: "Grazie," poi premette il pulsante per interrompere la chiamata. Sapeva che, probabilmente, avrebbe dovuto rimanere in linea fino all'arrivo della polizia, ma non poteva; voleva sentire la voce di Matthew.

Caroline premette il suo nome nella rubrica e lo chiamò, quasi in automatico. Non sapeva chi ci fosse in casa sua, ma chiunque fosse non le avrebbe permesso di vivere, se aveva qualche legame con l'attacco terroristico. Lo sapeva.

Caroline non voleva che Matthew pensasse che lei non volesse rivederlo mai più. Se l'uomo fosse tornato dalla sua missione e non avesse avuto sue notizie, avrebbe pensato che le cose stessero così. Probabilmente, non avrebbe mai saputo che lei aveva pensato a lui né quanto le fosse piaciuto il tempo che avevano trascorso insieme. Era ora di lasciargli quel messaggio.

Attese che finisse il messaggio registrato, piangendo nell'udire la voce bassa e borbottante dell'uomo. Dopo il bip, mormorò: *"Ciao, Matthew, sono io, Caroline... ehm... Ice. Volevo farti sapere che mi sarebbe piaciuto molto rivederti al tuo ritorno. Non volevo che tu pensassi che non volessi... ma non so se ci sarò ancora... Sono nel mio appartamento, ma qualcuno è appena entrato. Sono nascosta nel bagno. Ho chiamato il*

911, ma se non dovessero arrivare in tempo... volevo che tu sapessi che volevo disperatamente rivederti..."

Caroline premette il pulsante per terminare la chiamata e spense il cellulare. Non voleva che l'operatrice, che le era parsa molto preoccupata, la richiamasse e che il cellulare squillasse al momento sbagliato. Anche quando impostava la vibrazione, il telefono produceva comunque un suono udibile.

Cercò di rallentare il respiro e di rimanere il più in silenzio possibile. Era più difficile di quanto avesse creduto. La spaventava che stesse addirittura sperando che l'intruso volesse semplicemente rapinarla, o addirittura violentarla, ma nel profondo di sé sapeva che chiunque fosse l'avrebbe uccisa, se l'avesse trovata. Ascoltò la persona che era entrata nel suo appartamento raggiungere la sua camera da letto e chiudere la finestra. Le parve di sentirlo imprecare, poi lo sentì frugare nei cassetti. Non riusciva nemmeno a sentirsi in imbarazzo. L'uomo poteva guardare le sue mutandine fin quando voleva; bastava che se ne andasse.

A un certo punto, l'uomo entrò addirittura in bagno, frugò nel suo armadietto dei medicinali e usò persino il water. Caroline aveva paura di respirare. Aveva più paura ora di quanta ne avesse avuta sull'aereo. Sarebbe bastato un respiro, un movimento sbagliato, un colpo di tosse, uno starnuto, per informare l'uomo della sua presenza. Matthew e la sua squadra non erano lì ad aiutarla. Caroline era sola e all'improvviso si rese conto di quanto fosse al di fuori del suo elemento. Credeva di essere coraggiosa, ma all'atto pratico si rese conto di non esserlo per nulla. Non si era mai sentita così sola in vita sua.

Alla fine quell'uomo, chiunque egli fosse, uscì dal bagno. Caroline udì delle sirene in lontananza, un rumore di passi di corsa e la sua porta chiudersi velocemente. Cristo, l'uomo non aveva nemmeno sbattuto la porta. Questo la diceva lunga sul suo autocontrollo e sulla sua professionalità. Caroline non si mosse. E se c'era un complice? E se quella persona non se n'era andata davvero e voleva solo che lei *credesse* che avesse lasciato l'appartamento per cercare di stanarla?

Caroline rimase ferma e in silenzio anche quando udì la polizia bussare fortemente alla porta. Era paralizzata dalla paura, ma voleva disperatamente correre alla porta e buttarsi tra le braccia dei poliziotti. Ma più ci pensava e più si rendeva conto che non poteva fidarsi nemmeno della polizia. E se non erano davvero poliziotti, quelli? Non si mosse fino a quando non udì gli agenti entrare nel suo piccolo appartamento. Sapendo di non poter restare accovacciata nella doccia per sempre, scostò lentamente la tenda e chiamò gli agenti.

CAPITOLO TREDICI

WOLF NON VEDEVA l'ora che la nave su cui si trovava si avvicinasse alla terraferma. Voleva controllare i messaggi in segreteria, ma sapeva che non avrebbe potuto farlo fino a quando non fossero entrati nel raggio d'azione di un ripetitore sul suolo americano. Rimpianse per la millesima volta di non avere un telefono satellitare, ma naturalmente sarebbe stato poco pratico per l'uso quotidiano. Scosse la testa e rise di sé. Era messo peggio di un ragazzino alla sua prima cotta.

Mozart ed Abe lo avevano preso per il culo, ma lui sapeva che erano altrettanto ansiosi di avere notizie di Caroline, di assicurarsi che stesse bene. Si erano davvero affezionati a lei e non facevano che ripetere a Wolf quanto lui fosse fortunato.

Cookie, Benny e Dude non avevano conosciuto Caroline, ma avevano sentito parlare un sacco di lei dalla squadra. Erano rimasti sconvolti dalle sue gesta e avevano fatto un milione di domande sul suo lavoro di chimico. Wolf sapeva che anche loro l'avrebbero trovata fantastica. Purché tenessero le mani a posto, sarebbe andato tutto bene.

Wolf avrebbe dovuto stupirsi di quanto possessivo fosse nei confronti di Caroline, ma così non era. Gli sembrava semplicemente giusto. Non poteva certo averne paura quando si sentiva *così*.

Andava contro tutti i principi di Wolf aver lasciato Caroline in quel letto d'albergo senza prima parlarle, ma non aveva avuto scelta. Non appena aveva risposto al telefono, si era reso conto che avrebbe dovuto andare. Il suo capo gli aveva riferito che la situazione era cambiata e che dovevano partire subito. Nessuno aveva obiettato: la vita del Navy SEAL era quella. Ma Wolf non era stato contento. Per la prima volta in vita sua, c'era una persona più importante del suo lavoro.

Essere un Navy SEAL era sempre stato la cosa più importante. Sempre. Wolf non aveva mai permesso a una donna di dettare legge. Era strano, perché in passato, quando una donna aveva cercato di vincolarlo, lui si era innervosito e aveva mandato tutto a monte. Ora *voleva* che Caroline lo vincolasse. Non sapeva se la amasse o meno, ma considerati i sentimenti che già nutriva per lei nonostante il poco tempo trascorso insieme, era sulla buona strada.

Quando era arrivato alla nave, Mozart ed Abe gli

avevano chiesto come stava Caroline. Come andava il fianco? I punti davano problemi? Wolf aveva risposto alle loro domande e aveva detto loro quanto si era goduto il tempo trascorso con la donna. Poiché si aspettava che i ragazzi lo prendessero per il culo, era rimasto sconvolto quando quelli si erano limitati a sorridere e gli avevano detto che era ora che si trovasse una donna buona abbastanza per lui.

Persino Tex, a casa sua, lo aveva preso in disparte e gli aveva detto quanto gli piaceva Caroline. Tex era sempre stato un tipo alla mano e non aveva mai fatto un singolo commento sulle scelte di Wolf in fatto di donne... fino a quando non era arrivata Caroline. L'approvazione della sua squadra significava molto per lui. Non che Wolf avrebbe dato loro retta, se Caroline non fosse stata nelle loro grazie; ma era lieto che piacesse loro. Sperava che l'avrebbero vista molto più spesso in futuro.

Finalmente, il telefono nella mano di Wolf vibrò. Erano arrivati abbastanza vicini agli Stati Uniti da far sì che ci fosse campo. Grazie a Dio, aveva un messaggio! Si portò con ansia il telefono all'orecchio, sperando di udire la voce di Caroline che gli diceva che voleva rivederlo.

"Ciao, Matthew, sono io, Caroline... ehm... Ice." All'inizio, Wolf fu entusiasta di sentire la sua voce, ma non capiva perché Caroline stesse bisbigliando. Poi gli si gelò il sangue. *Che diavolo? Merda.* La sua Caroline era nei guai. Il suono della sua voce bassa che tremolava di paura era

devastante. Era stata nei guai e aveva chiamato per rassicurare *lui*. Cristo. Caroline sapeva che lui non poteva aiutarla, ma lo aveva chiamato comunque. Wolf non riusciva nemmeno a pensare. *Lui*, il Navy SEAL, non aveva idea di cosa fare.

Si voltò, salì la scaletta due gradini alla volta e fece irruzione nella sala ricreativa. Tutti e quattro i membri della sua squadra sollevarono di scatto lo sguardo, subito in allerta. Non avevano mai visto Wolf così sconvolto e ciò equivaleva per loro a un allarme rosso.

"Caroline," fu l'unica parola che gli uscì di bocca. Respirava affannosamente ed era palesemente in preda al panico. Mozart ed Abe lo raggiunsero e Wolf si limitò a sollevare il telefono. Abe lo afferrò e riprodusse il messaggio in viva voce, in modo che tutti sentissero.

Nessuno disse una parola fino a quando Mozart non borbottò: "Cazzo." Sembrava che Caroline avesse chiamato circa ventiquattr'ore prima. Ventiquattro dannate ore. Non c'erano altri messaggi da lei. Nessuno voleva dirlo ad alta voce, ma tutti sapevano che non era un buon segno.

Non avrebbero avuto modo di scendere dalla nave per *almeno* altre quattro ore. Prima dovevano attraccare e ottenere il via libera. Benny, Cookie e Dude non avevano conosciuto Caroline, ma con tutto quello che avevano sentito dire su di lei dagli altri, erano preoccupati quanto Mozart, Abe e Wolf. Beh, forse non quanto Wolf.

Wolf chiamò immediatamente il numero dal quale

aveva chiamato Caroline. Ascoltò uno squillo dopo l'altro. Quando scattò la segreteria, non si prese la briga di ascoltare il messaggio. Per quanto volesse sentire di nuovo la sua voce, voleva sentirla di persona, non registrata. Mise giù e richiamò. Non aveva idea di quante volte avrebbe richiamato – probabilmente fino a quando un altro membro della squadra non gli avesse confiscato il telefono – ma, per fortuna, al terzo tentativo Caroline rispose.

"Pronto?" disse timidamente la donna.

"Caroline?" disse in tono urgente Wolf, sperando davvero che fosse lei. Non aveva idea di come avesse fatto a diventare così importante per lui in così poco tempo. Ma era la verità. Nel momento in cui aveva sentito bisbigliare la sua voce e si era reso conto di non essere lì e di non poterla aiutare, si era reso conto che Caroline era sua. Punto. Sua.

"Sì, sono io," disse Caroline con voce tremante. Non si era ancora ripresa dall'intrusione nel suo appartamento e non riconobbe la voce all'altro capo della linea.

"Sono io, Wolf... ehm, Matthew. Stai bene? Cristo, Caroline. Parlami."

"Matthew!" Caroline trasse un sospiro di sollievo. Dio, era talmente sollevata dal sentire la voce dell'uomo che dovette sedersi. Si lasciò cadere su una sedia che, fortunatamente, era proprio nei paraggi, poi ricordò il messaggio che gli aveva lasciato. "Sei tornato? Mi stai chiamando per sapere quando vogliamo vederci?" Caroline cercò di fare la finta tonta e di fingere che Matthew stesse chiamando per un appuntamento. Magari non aveva ancora controllato la segreteria. Non era lucida, perché altrimenti si sarebbe resa conto che Matthew non avrebbe potuto conoscere il suo numero se non avesse controllato i messaggi. Inoltre, capì dal tono di voce che aveva usato quando le aveva chiesto se stesse bene che aveva sentito il suo messaggio impanicato.

"Che diavolo, Caroline?" L'uomo stava praticamente ruggendo. "Va tutto bene? Che diavolo sta succedendo?"

Caroline sussultò. Merda. Forse non avrebbe dovuto chiamarlo dal suo appartamento, in fondo. L'uomo suonava incazzato, non felice di sentirla. Si piegò in due sulla sedia, stringendosi lo stomaco. Le tremava il labbro inferiore. Chiuse gli occhi.

Abe strappò di mano il telefono a Wolf e lo guardò storto mentre si portava l'apparecchio all'orecchio. Abe sapeva che Wolf era fuori di sé, ma Cristo, avrebbe fatto incazzare Ice o l'avrebbe spaventata se non si fosse dato una calmata.

"Sono Abe. Quello che Wolf *voleva* dire è che ha ricevuto il tuo messaggio e che voleva essere sicuro che andasse tutto bene," disse, gesticolando in silenzio a Wolf "calmati" e lanciandogli occhiate assassine.

Caroline sospirò e trattenne un singhiozzo. "Va tutto bene, Christopher. Grazie. Puoi passarmi Matthew, per favore?" Caroline era colpita dal fatto di aver ricordato il vero nome dell'uomo. Aveva temuto di dimenticarseli, per cui se li era ripetuti diverse volte nel corso delle settimane precedenti, assicurandosi di conoscerli per bene.

Abe guardò il suo caposquadra. Wolf era seduto con la testa appoggiata ai pugni serrati. Abe vedeva il bianco delle nocche di Wolf e sapeva che questi non era ancora nelle condizioni di parlare razionalmente.

"Ehm, no, mi dispiace. Non adesso. Perché non mi racconti quello che sta succedendo?"

Caroline sospirò. Christopher le aveva chiesto di raccontargli cosa stava succedendo, ma lei sapeva che quella non era davvero una domanda. Era un ordine.

"Non volevo sconvolgerlo, Christopher. Dio, glielo puoi dire? È solo che... cavoli... Se fosse successo qualcosa, non volevo che Matthew pensasse che non volessi rivederlo. Tutto qui. Lui è la cosa migliore che mi sia mai capitata." Caroline fece una pausa, trasse un respiro profondo e proseguì. "Poi ho... avuto un impegno... e mi sono dimenticata di richiamarlo." Era una menzogna, ma al momento era più sicuro stiracchiare la verità. Non voleva dire che Matthew le mancava terribilmente e che avrebbe voluto chiamarlo tutti i giorni, a tutte le ore. Era un po' troppo da stalker, persino per lei.

Abe ripeté la domanda. "Cosa sta succedendo? Sento che non mi stai dicendo tutto. *Sai* che odio quando la gente mente. Parla, Ice. Subito."

Caroline non amava la durezza nella voce di Christopher, ma sapeva che non sarebbe riuscita a tirarla ancora per le lunghe. Gli raccontò una versione annacquata di quello che era accaduto all'appartamento.

"Sono tornata a casa dal lavoro e qualcuno ha cercato di entrare. Mi sono nascosta nel bagno fino a quando non è arrivata la polizia e chiunque fosse se n'è andato."

Abe sapeva che Caroline non gli aveva raccontato tutto. Cribbio, quella donna aveva cercato di minimizzare il fatto di aver lottato con un dannato terrorista; era impossibile che quella spiegazione di due frasi fosse anche solo *vicina* a quanto era accaduto. Decidendo di lasciare tutto in sospeso fino a quando non avrebbero avuto l'occasione di vedersi di persona, la informò: "Ci metteremo un po' a raggiungerti, probabilmente circa cinque ore, ma tu *non allontanarti* dal tuo appartamento prima del nostro arrivo. D'accordo?"

Caroline esitò.

"D'accordo, Ice?" chiese nuovamente Abe, impaziente, quando lei non rispose subito in modo affermativo.

"Non sono al mio appartamento, Christopher," gli disse Caroline con voce flebile.

"Allora dove diavolo sei?" chiese Abe, praticamente urlando.

Caroline, all'altro capo del telefono, sussultò mentre si raddrizzava. Le doleva lo stomaco. Era una situazione orribile. Voleva che Matthew e la sua squadra fossero lì, ma voleva ancora di più che fossero al sicuro. Perché le stavano urlando contro? Cacchio. Sollevò i piedi e li appoggiò alla sedia, vicino al sedere. Si afferrò le ginocchia con un braccio e si tenne il telefono vicino all'orecchio con la mano libera. Non poteva affrontare quella situazione assieme a tutto il resto. Una nuova voce si udì all'altro capo del telefono.

Dude aveva preso il cellulare a Abe. "Ice? Mi chiamo Dude e sono nella squadra di Wolf. Mi pare di capire che non sei a casa, giusto? Perché non mi dici dove sei? Così potremmo venire a verificare che stai bene."

Caroline scosse la testa. "Scusami, Faulkner... tu *sei* Faulkner, giusto? Sto cercando di abbinare i nomi di tutti ai soprannomi. Matthew mi ha detto tutto di voi e credo di esserci arrivata, ma potrei sbagliarmi." Caroline sapeva di stare procrastinando, per cui proseguì. "Però, io non ti conosco. Non voglio dire dove mi trovo a qualcuno che non conosco, anche se sei nella stessa stanza con Matthew e Christopher."

Dopo quella dichiarazione calò il silenzio; poi, un'altra voce la raggiunse dall'altro capo della linea.

"Ice, sono Mozart. Ti ricordi di me, vero?"

Caroline sbuffò; ne uscì un suono a metà fra una risata e un singhiozzo. Era come se stessero continuando a passarsi il telefono per far parlare tutti con lei. "Secondo te? Ma certo che mi ricordo. Mi hai fatto un bel ricamino al fianco, Sam." Cercò di usare un tono leggero.

"Proprio così. Dove sei ora?" Mozart tagliò corto, lieto di sentire la voce della donna e di sapere che sembrava che andasse tutto bene, ma scontento per il modo in cui stava tergiversando. "Perché non sei al tuo appartamento?"

"È una storia lunga, Sam, ma ora non posso parlarne."

"Perché no, Ice? Per favore, sai che puoi fidarti di noi. Ti aiuteremo."

"Lo so, ma non ho il perme... Non posso e basta. Okay?"

"Il permesso? Non hai il permesso di dircelo? Che *diavolo*, Ice?" farfugliò Mozart, sempre più furioso e preoccupato per lei.

Nel frattempo, Wolf aveva finalmente ripreso il controllo di sé e fece cenno che gli fosse restituito il telefono. Mozart vide che Wolf sembrava davvero aver ritrovato la propria fermezza e gli diede il telefono, mormorando urgentemente: "Scopri cosa diavolo sta succedendo e fallo subito. Qualcosa non va."

Wolf annuì seccamente e cercò di ammorbidire il tono della voce quando parlò nuovamente al telefono. "Caroline? Sono Matthew."

"Lo so," disse a bassa voce Caroline. "Ormai conosco la tua voce."

"Ho bisogno di sapere dove sei, tesoro," implorò Wolf, la voce carica di emozione. "Ti prego."

"Matthew, non posso dirlo a nessuno. Non dovrei nemmeno essere al telefono."

Ignorando la parte di "non posso", Wolf cercò di fare un passo indietro. Prima o poi, Caroline sarebbe arrivata al punto; lui doveva solo rassicurarla e riconquistare la sua fiducia. Con voce dolce, disse: "Dicci cosa è successo, Caroline. Per favore. Ti metto in viva voce, così ti sentiremo tutti e tu non dovrai ripeterti."

Caroline sospirò. Quando Matthew le parlava con quel tono basso e urgente, lei non riusciva proprio a negargli nulla. Non era felice di essere in viva voce e che tutta la squadra di Matthew sentisse quello che era accaduto, ma Matthew non aveva torto. Nemmeno lei voleva ripetere la sua storia un milione di volte.

"Era buio quando sono tornata a casa dal lavoro, e mentre rientravo ho avuto la sensazione che qualcuno mi stesse guardando. Anzi, era da tutta la settimana che mi sentivo così."

Prima che Caroline potesse proseguire, Wolf la interruppe. "Perché sei uscita così tardi dal lavoro? Perché nessuno si è assicurato che tu tornassi a casa sana e salva?"

Caroline esitò; non voleva che Faulkner, Hunter o Kason dovessero sentirsi raccontare com'era lei. "Matthew, ti ho *già* parlato di me. Lo *sai*."

Wolf strinse i denti. Perdiana.

Abe intervenne prima che Wolf potesse dire qualcosa. "Caroline, sono Abe. Forse non ti abbiamo notata in aeroporto prima di conoscerti, ma qualunque uomo degno di tale nome si sarebbe assicurato che tu arrivassi a casa sana e salva."

Caroline scosse la testa. Loro non capivano. E sì che c'erano stati. Avevano visto gli uomini sull'aereo allontanarsi con le donne belle e ignorare lei quando aveva deciso di restare in aeroporto. Perdiana, anche *loro* l'avevano lasciata lì. Scacciò le lacrime. Non era il momento di piangere. Doveva arrivare in fondo a quella storia.

"Comunque, ho avuto la sensazione che qualcuno mi seguisse, ma non ho visto nessuno. Quando sono arrivata a casa, ho sentito che qualcuno stava cercando di entrare. Ho aperto la finestra della camera da letto che dà sulla scala antincendio, sperando che chiunque fosse entrato pensasse che lo avessi sentito e che fossi uscita da lì. Poi mi sono nascosta in bagno, nella doccia, e ho chiamato il 911. La donna che ha risposto è stata molto gentile. Ha mantenuto la calma e ha cercato di fare in modo che *io* facessi lo stesso."

Wolf sentì la voce di Caroline tremolare mentre raccontava di aver chiesto aiuto nascosta nella dannata doccia. "Hai chiamato anche me," mormorò a bassa voce.

Dimenticando di essere in viva voce e che tutta la squadra di Matthew poteva sentirla, Caroline ammise: "Sì. Tutto ciò a cui riuscivo a pensare era che, se ci fossi stato tu, io mi sarei sentita molto più al sicuro e tu avresti pensato a tutto... a me."

Cristo. Wolf cercò di rassicurarla. Capiva dal suo tono di voce quanta paura avesse avuto. "Mi dispiace di non esserci stato. Hai ragione; ci avrei pensato io." Dopo aver lasciato alle sue parole il tempo di fare effetto, invitò Caroline a proseguire. "Su, raccontaci il resto."

"Beh, è arrivata la polizia e io ho raccontato loro quello che era successo. E poi, prima che me ne rendessi conto, è arrivata l'FBI a interrogarmi e a dirmi che dovevo andare in una casa rifugio." Caroline abbassò la voce. "Non capisco cosa stia succedendo, Matthew. L'FBI non ha voluto dirmi perché abbiano ritenuto opportuno mettermi qui. Non so di chi fidarmi e non so cosa stia succedendo. Non credo che c'entri qualcosa l'aereo, ma anche se così fosse, non ho detto nulla all'FBI. Giuro che non l'ho fatto, Matthew."

"Shhh, lo so che non lo hai fatto, tesoro. Prometto che troveremo una soluzione. Ti fidi di noi, vero? Ti fidi di me?"

"Sì, Matthew. Di tutti quelli che ho conosciuto finora, mi fido di te, di Christopher e di Sam."

"Caroline, puoi fidarti anche di Benny, di Cookie e di Dude. Non fidarti di altri se non dei membri della mia squadra. Nessuno. Hai capito?"

Caroline annuì; poi, ricordandosi che lui non poteva vederla, disse: "Sì, ho capito. Ma non ho mai conosciuto i tuoi compagni di squadra, per cui non so che faccia abbiano. Come posso fidarmi di loro se non sono in grado di riconoscerli quando li vedo?"

Wolf non ci aveva pensato. Abe prese la parola.

"Ice, ti ricordi il codice che hai usato sull'aereo per farmi capire che qualcosa non andava?"

Caroline aveva dimenticato che Christopher e gli altri potevano udire la sua conversazione con Matthew.

"Sì," disse lentamente.

"Quando incontrerai un membro della nostra squadra, incorporeremo quel segnale nella stretta di mano. Per cui, se qualcuno dicesse di essere Dude, Cookie o Benny, tu gli stringessi la mano e quello non ti desse il segnale, saprai che non è davvero uno di loro. Hai capito?"

"Sì, ma tutto questo è davvero necessario? Mi state spaventando," disse Caroline a bassa voce. "Io sono solo un chimico. Perché io? Non sono fatta per queste cose."

Cookie intervenne. "Ice, sono Cookie. Prima di tutto, grazie per aver salvato quegli sfigati dei miei commilitoni sull'aereo. Capisco che tu faccia fatica a fidarti; per ora, non è un problema. Ma sappi che, mentre tu deciderai se fidarti o meno di noi, noi capiremo cosa sta succedendo e ti terremo al sicuro. D'accordo?"

Caroline trasse un respiro profondo. "D'accordo, ma rimanete al sicuro anche voi. Non so quale sia la situazione, ma è meglio evitare che vi facciate del male o rimaniate coinvolti in qualunque cosa stia succedendo. Sono sicura che l'FBI abbia tutto sotto controllo... Oh... sta arrivando qualcuno... Devo andare."

Prima che lei potesse metter giù, Wolf disse a bassa voce: "Stiamo venendo a prenderti, Ice. Fatti forza." Poi, la chiamata si interruppe.

La squadra di Wolf rimase in silenzio per qualche istante, i suoi membri che si guardavano a vicenda.

Alla fine, Cookie disse: "Troveremo una soluzione, Wolf. Terremo al sicuro la tua donna. A costo della vita."

"Ci conto, Cookie. Ci conto," rispose a bassa voce Wolf, rendendosi conto ancora una volta di quello che la sua squadra già sapeva. Caroline era sua. E lui proteggeva quello che era suo. Anche la sua squadra l'avrebbe protetta. Tutto questo perché lei apparteneva a Wolf.

CAPITOLO QUATTORDICI

Caroline sedeva nella stanza del piccolo capanno, senza sapere davvero cosa stesse succedendo. Aveva parlato con uno degli agenti dell'FBI che la sorvegliavano. L'uomo non le aveva detto molto, ma le sue parole erano bastate a consentirle di formulare alcune deduzioni.

A quanto pareva, il tentativo di dirottamento faceva *davvero* parte di un piano terroristico più ampio. Il fatto che non avesse avuto successo e che la sicurezza aeroportuale fosse stata incrementata aveva fatto incazzare i terroristi, che avevano preso di mira lei. Caroline non era certa di come quelli facessero anche solo a *sapere* che lei era stata a bordo dell'aereo, figurarsi ciò che era accaduto, dato che tutti e quattro i terroristi a bordo erano morti. Era quella la parte più spaventosa. Qualcuno sapeva e quella persona aveva comunicato il suo nome a dei terroristi. *Terroristi*, per la miseria.

Caroline aveva la sensazione di essere in un film. Cose come quelle non accadevano alle persone come lei. Era spaventosamente ordinaria. Non era coraggiosa, non era un eroe, non era tagliata per quelle situazioni.

Era preoccupata per il suo lavoro. Aveva appena cominciato e ora le dicevano che non sarebbe potuta tornare fino a quando non avrebbero catturato chiunque ci fosse dietro alle minacce e le persone che l'avevano presa di mira. Cristo, chissà quanti erano. Caroline detestava pensare che avrebbe potuto essere costretta a rinunciare alla sua professione, al suo lavoro, e finire inscatolata nel Programma di Protezione Testimoni. Non aveva idea di cosa ne pensasse il suo nuovo capo. Probabilmente, l'aveva data per persa e stava cercando una nuova persona da assumere.

La prospettiva peggiore dell'essere costretta a entrare nel Programma di Protezione Testimoni era perdere Matthew. Caroline aveva appena cominciato a conoscerlo. Non era ingenua al punto da credere che si sarebbero sposati o cose del genere – avevano appena cominciato a frequentarsi e a conoscersi – ma il pensiero di andarsene e di non avere mai l'occasione di conoscerlo meglio era deprimente. Tipico: proprio quando trovava l'uomo più sexy che avesse mai visto e questi sembrava interessato a lei, era costretta a sparire per sempre.

Sospirò. Non poteva nemmeno *parlare* con Matthew, perché l'agente dell'FBI l'aveva sorpresa mentre chiudeva la conversazione e lui e la sua squadra le avevano sequestrato il cellulare. L'agente dell'FBI si era arrabbiato, ma si era arrabbiata anche lei. Non era giusto. Cosa avrebbe dovuto *fare* in quello stupido capanno? Perché non poteva parlare con nessuno? Quanta gente era stata portata al riparo in un capanno solo per poi morire perché qualcuno si era avvicinato di nascosto? Caroline non sapeva se si sarebbe sentita più al sicuro in un appartamento in città, ma lì si sentiva esposta.

Aveva sentito il telefono squillare qualche volta mentre era in camera sua, ma l'aveva ignorato. Era il telefono dell'agente dell'FBI. Caroline era rimasta a letto. Non dormiva, ma era davvero stanca. Non avrebbe voluto altro che riuscire a cadere in un sonno senza sogni, ma tutte le volte che chiudeva gli occhi riviveva il dirottamento e faceva altri sogni su nemici senza volto che le sparavano e cercavano di ucciderla. Non aveva avuto gli incubi da quando era stata in albergo con Matthew, ma dopo l'irruzione in casa sua questi erano ritornati, più spaventosi che mai.

Erano trascorsi un paio di giorni da quando aveva parlato con Matthew e con la sua squadra. Quando gli aveva parlato, l'uomo le aveva detto che avrebbe impiegato circa cinque ore a raggiungere il suo appartamento, ma lei non aveva detto loro dove si trovava adesso. Non lo avrebbe fatto nemmeno se lo avesse saputo esattamente. Se fosse accaduto loro qualcosa per colpa sua, non se lo sarebbe mai perdonata. Caroline non sapeva cosa stesse succedendo, ma di sicuro non voleva coinvolgere altre persone. E poi, cercò di convincersi, gli uomini erano appena tornati da una missione e anche loro avevano bisogno di riposare. Lei era sola, proprio come era sempre stata.

Caroline non sapeva quanto a lungo fosse rimasta seduta sul letto a fissare il vuoto quando udì delle voci provenienti dall'altra stanza. Non si alzò. Erano solo gli agenti che si davano il cambio. Attese che uno di loro bussasse alla porta, si presentasse e controllasse come stava. Era accaduto tutte le volte che era arrivata una persona nuova. Quando lei continuò a sentire le voci, andò alla porta e la aprì. Rimase sconvolta. Matthew! Cosa ci faceva lì? Come aveva fatto a trovarla? Cosa stava succedendo?

Wolf sorrise a Caroline. Aveva un'aria fantastica... beh, no, in verità no. Aveva un'aria stanca e stressata, ma lui era felicissima di vederlo. Si rivolse nuovamente all'agente. La sua squadra ci aveva messo un po', con l'aiuto di Tex, a rintracciare Caroline, e nessuno di loro era stato contento di ciò che avevano scoperto nel farlo.

Wolf aveva parlato col loro comandante a San Diego e lo aveva convinto che stava succedendo qualcosa di grosso e che lui e la sua squadra dovevano essere coinvolti. Il comandante aveva concordato che c'era stata una fuga di notizie da qualche parte, probabilmente all'interno dell'FBI, e aveva promesso che avrebbe indagato con discrezione.

Il suo superiore aveva detto a Wolf che le loro azioni non avrebbero avuto l'approvazione ufficiale della Marina, ma che lui avrebbe fatto il possibile per evitare che venissero puniti. Aveva inoltre permesso loro di restare in Virginia e di lavorare sul caso in maniera informale. Aveva riscosso qualche favore presso gente che conosceva tanto nell'FBI quanto in Marina, e ora la loro collaborazione era ufficiale.

C'era un doppiogiochista all'interno dell'FBI. Era l'unica spiegazione sensata. Qualcuno aveva lasciato trapelare all'organizzazione terroristica delle informazioni riguardo a ciò che era accaduto su quel volo e aveva detto loro che Caroline aveva avuto un ruolo nel fallimento della missione. Di conseguenza, Caroline aveva una taglia sulla testa. I terroristi la volevano morta. Si erano detti che, se non potevano colpire i SEAL responsabili, avrebbero ucciso Caroline. Wolf era furioso. Senza volerlo, si era reso responsabile che Caroline fosse in quella dannata casa rifugio e in pericolo.

Inoltre, Wolf aveva paura. La paura era un'emozione nuova per lui. Non aveva paura per se stesso; non ne aveva mai. Sapeva ciò che poteva e non poteva fare e sapeva di essere in grado di affrontare qualunque cosa i terroristi gli avrebbero scagliato contro. Aveva paura per Caroline. Non aveva mai provato nulla di simile per un altro essere umano in vita sua. Le donne lo avevano sempre lasciato indifferente, ma non Caroline. Nel breve periodo in cui aveva avuto modo di conoscerla, era rimasto dannatamente colpito dal suo modo di affrontare la vita e dal comportamento che lei aveva tenuto su quell'aereo.

Wolf sapeva che non c'erano molte persone in grado di fare quello che aveva fatto lei.

Per cui, lui e la sua squadra, grazie ai trucchetti del suo comandante a San Diego, facevano ora parte del gruppo che proteggeva Caroline. Non avevano idea di chi fosse il doppiogiochista, ma almeno, in quel modo, potevano proteggere Caroline mentre cercavano il bastardo.

Abe, Benny, Dude, Mozart e Cookie stavano al momento acquisendo familiarità col terreno attorno al capanno in cui l'FBI aveva nascosto Caroline. Stavano creando dei perimetri e assicurandosi che nulla raggiungesse il capanno senza prima allertare loro. Gli uomini avrebbero organizzato dei turni di guardia. Non c'era alcun dubbio su chi sarebbe rimasto nel capanno con Caroline: quella lì dentro era la donna di Wolf e tutti avrebbero protetto il loro caposquadra e la sua donna.

Caroline non sapeva cosa diavolo stesse succedendo, solo che aveva pensato a Matthew e che lui era apparso all'improvviso. Aveva un'aria splendida. Forte, capace... e assolutamente fuori dalla sua portata. Caroline ricambiò il sorriso di Matthew, poi rientrò distrattamente nella sua stanza e chiuse la porta. Quell'esperienza sarebbe stata la sua morte. Non sapeva esattamente cosa ci facesse Matthew lì, ma era palese che l'agente dell'FBI la stesse aspettando.

Dopo che fu passato un po' di tempo, Wolf bussò piano alla porta di Caroline.

"Posso entrare, Ice?" chiese. Quando non giunse

risposta, girò la maniglia e aprì la porta. Caroline era seduta sul letto, con le spalle al muro, le ginocchia al petto e le braccia che le stringevano forte. Aveva un'aria vulnerabile da spezzare il cuore.

Wolf lasciò la porta aperta e si recò al punto in cui lei era seduta. Si sedette delicatamente all'estremità del letto. Ci volle tutta la sua forza di volontà per non prenderla tra le braccia e stringerla forte. Lei lo aveva spaventato a morte col suo messaggio e solo ora, vedendo coi suoi occhi che stava bene, lui riuscì a rilassarsi leggermente.

"Cosa ci fai qui, Matthew?" chiese a bassa voce la donna.

"Sono qui perché ci sei tu," rispose onestamente lui.

Caroline si limitò a scuotere la testa. "Non capisco. Tu non mi conosci davvero. Non capisco perché tu sia venuto qui. Non puoi stare qui."

Matthew sapeva che lei era confusa. Diamine, era confuso anche lui. Cercò di spiegare. "C'è qualcosa fra di noi, Caroline," disse onestamente. "Non riesco a spiegarlo più di quanto ci riesca tu. I baci che ci siamo dati sono stati i più onesti e i più eccitanti della mia vita. *Sai* quanto avrei voluto sdraiarmi con te e amarti per tutta la notte. Non hai idea di quanto tu abbia messo alla prova la mia forza di volontà tutte le notti, quando io ti mettevo a letto. Avrei voluto raggiungerti e mostrarti quanto mi piaci, stare con te."

Caroline succhiò aria nei polmoni, incredula.

"Sì, hai sentito bene. Solo a baciarti mi è venuto più

duro che tutte le altre volte che sono stato con una donna. Ma non è solo sesso. Tu mi piaci. Sei intelligente, di buona compagnia, e io voglio sapere tutto di te. Quando ho sentito che eri nei guai, ho avvertito il bisogno di essere qui con te. Di proteggerti. Di fare in modo che tu fossi al sicuro." Quando lei non disse nulla, ma continuò a fissarlo coi suoi grandi occhi marroni, Wolf chiese: "Qual è il vero motivo per cui mi hai chiamato, quel giorno nel tuo appartamento, Caroline? Sii onesta."

Caroline sospirò. Matthew aveva ragione. Meritava di conoscere la verità. Lei non sapeva cosa ci fosse fra loro due, ma di qualunque cosa si trattasse, se non altro anche lui sembrava avvertirlo.

Con la voce che tremava per l'emozione ed era a malapena più forte di un sussurro, rispose sinceramente: "Ti ho chiamato perché sei la prima persona che mi è venuta in mente quando ho avuto paura. Ti ha chiamato perché, se fossi morta, volevo che tu sapessi che stavo pensando a te, che desideravo rivederti. Non volevo che tu tornassi a Norfolk e credessi che non volessi più vederti. Lo volevo più di quanto tu sappia e ho pensato che non avrei avuto l'occasione..." Caroline lasciò in sospeso la frase.

Wolf non disse nulla; si limitò a fare ciò che aveva desiderato sin da quando l'aveva vista in quella stanza. Allungò le mani e la prese fra le braccia. All'inizio, Caroline si irrigidì; poi si sciolse contro di lui. Aveva un profumo di fiori. Forse era il suo shampoo, forse un balsamo che usava, ma le diede subito alla testa. Accentuò l'abbraccio e Caroline cedette. Pianse. Pianse per la paura che aveva provato sull'aereo, pianse per il dolore fisico, pianse al ricordo di quanto si fosse sentita sola e spaventata nel suo appartamento quando solo un sottile pezzo di plastica aveva impedito a un assassino di scoprire che era in bagno, pianse di sollievo perché Matthew era tornato dalla sua missione. Wolf la cullò e la tenne stretta. Non era abituato alle lacrime delle donne, ma era impossibile che la lasciasse andare.

Alla fine, le lacrime di Caroline si asciugarono e lei si limitò a tirare occasionalmente su col naso. Wolf si ritrasse un poco e la guardò in viso. Non era una di quelle donne belle quando piangevano: il suo volto era rosso e chiazzato. Si rifiutava di sollevare lo sguardo. Wolf le massaggiò le guance coi pollici e poi le sollevò il mento in modo che Caroline fosse costretta a guardarlo. Non disse nulla; si limitò a chinare la testa e a toccarle le labbra con le sue. Non fu un bacio appassionato, ma gli parve giusto. Era un bacio di conforto. Era esattamente ciò di cui lei aveva bisogno da lui in quel momento.

Wolf si staccò e la guardò negli occhi. "Se al sicuro, ora. Farò tutto ciò che è in mio potere per assicurarmi che tu lo rimanga."

Caroline gli credeva. Matthew era un vero eroe. E per il momento, era il *suo* eroe. Sollevò il mento, cercando nuovamente le labbra dell'uomo con le sue.

Non appena lei si mosse, Wolf reagì. Aveva cercato

di trattenersi con lei. Caroline si sentiva vulnerabile e lui non voleva approfittarsene. Ma al primo contatto di labbra, si perse.

La divorò. Le accarezzò la lingua con la sua e lei ricambiò. Ricadde sul letto, trascinandola con sé. Sentiva ogni centimetro dell'appetitoso corpo della donna contro il suo. Caroline era procace e morbida e lui sentiva i suoi capezzoli indurirsi contro il petto.

Le mise una mano fra i capelli e le spostò la testa dove la voleva. Assunse il pieno controllo del bacio e li fece rotolare fino a quando Caroline non fu sotto di lui. Wolf sentì la sua gamba piegarsi per agevolarlo. Si mise in mezzo alle gambe di lei e sentì la sua erezione affondare nel calore del centro di Caroline. Cristo santissimo. Doveva fermarsi. Subito. Altrimenti, non sarebbe mai riuscito a farlo. Fu il pensiero dell'agente dell'FBI nell'altra stanza ad arrestarlo, finalmente. Perdiana, non aveva nemmeno chiuso la porta. Quando avrebbe preso Caroline, non sarebbe accaduto in uno schifoso capanno con una persona che poteva o meno essere un traditore del Paese a origliare.

Wolf si ritrasse, ma non sopportava di rompere il contatto con Caroline. Affondò la testa contro il collo della donna e leccò e succhiò il lobo del suo orecchio. I piccoli versi che giunsero dalla gola di Caroline glielo fecero venire ancora più duro. La donna si inarcò contro di lui, cercando di avvicinarsi. Era dannatamente sexy.

"Cristo, tesoro. Darei qualunque cosa per fare quello che vogliamo entrambi, ma non posso, non ora, non qui

e non finché sarai in pericolo." Sperava dannatamente
che Caroline non si sarebbe offesa.

Caroline serrò le palpebre. Dio, era così bello avere
Matthew addosso. Era fradicia. Nessun altro uomo
l'aveva mai fatta bagnare così tanto e così velocemente.
Solo Matthew. Solo lui. Quando lo sentì cambiare posizione, aprì lentamente gli occhi. Cristo. L'uomo era così
sexy ed era lì con lei. Di per sé, quello era un miracolo.
Vide la linea dura della sua mascella e le sue labbra
gonfie di baci. Non avrebbe voluto altro che farsi
spogliare tutta da lui, ma sfortunatamente, sapeva che
Matthew aveva ragione.

"L-lo so. Resterai? Qui? Con me?" Caroline era
leggermente imbarazzata anche solo a chiederlo, ma
aveva bisogno di lui. Aveva bisogno della sua vicinanza;
aveva bisogno della sicurezza promessa dal suo
abbraccio.

"Ma certo, tesoro." Senza lasciarla andare, Wolf li
fece scivolare entrambi più avanti lungo il letto e li fece
voltare sul fianco. Strinse Caroline contro il proprio
corpo massiccio. La schiena della donna era premuta
contro il suo petto. Giacquero così, in silenzio, per
alcuni minuti. Wolf le aveva passato un braccio sotto la
testa e con l'altro la stringeva. Il suo avambraccio era fra
i seni di lei e la sua mano sulla spalla. Caroline era
avvolta come in un bozzolo fra le sue braccia e la sensazione era paradisiaca.

"Cosa sta succedendo, Matthew?" chiese Caroline
con voce assonnata.

"Shhhhh. Ti dirò tutto domani," le disse lui. "Ora dormi. Ci sono qui io."

Caroline si addormentò quasi subito. Per la prima volta da molto tempo, si sentiva al sicuro. Matthew era lì; non avrebbe lasciato che le accadesse nulla. Persino priva di conoscenza, nelle profondità del sonno, il suo corpo sapeva che lei era al sicuro. Non ebbe nemmeno un incubo, quella notte.

CAPITOLO QUINDICI

I GIORNI A VENIRE PASSARONO senza che accadesse nulla di interessante. Matthew veniva al rifugio tutte le sere, ma usciva sempre la mattina presto. Le aveva detto che lui e la sua squadra erano lì e facevano la guardia, ma Caroline aveva visto solo Matthew. Le sarebbe piaciuto parlare con Christopher e Sam, ma era fuori dal suo elemento. Non fece alcuna domanda a Matthew, se non quelle più ovvie. Non chiese dove fosse la sua squadra; era certa che lui avrebbe fatto in modo di tenerla al sicuro.

Matthew dormiva tutte le notti con lei. Avevano condiviso altri di quei baci profondissimi, ma l'uomo non aveva permesso che accadesse nulla di più. Da un lato, questo la stava facendo impazzire, ma al tempo stesso lei si rendeva conto che Matthew stava "lavorando"; avrebbero dovuto aspettare. Per il momento, le bastava potersi addormentare stretta fra le sue braccia, al sicuro. Non era convinta che l'uomo volesse *davvero* una come lei, ma non perdeva la speranza. Mattew la stava convincendo una notte alla volta. Caroline sperava che la taglia sulla sua testa sarebbe stata presto cancellata; poi, loro due avrebbero fatto una lunga chiacchierata.

A volte, Caroline si convinceva che tutto fosse terribilmente ridicolo. Lei viveva a Norfolk, ora, mentre Matthew viveva a San Diego... quando non era all'estero. Caroline non gli faceva una colpa del suo lavoro, ma sapeva che era difficile avere un rapporto con un militare e soprattutto con un SEAL. Ma a quel punto della loro relazione, lei poteva onestamente dire che voleva dar loro una possibilità. Matthew era la cosa migliore che le fosse successa da molto tempo e non voleva rinunciarci.

E non era solo per via dell'aspetto fisico dell'uomo. Probabilmente, esso aveva il suo peso, ma i tratti più importanti erano la sua fedeltà, intelligenza e premura. Matthew la copriva di attenzioni come se lei fosse la persona più importante della sua vita. Caroline sapeva che, se fossero rimasti insieme, lei sarebbe sempre venuta per prima, prima degli amici di Matthew e persino prima delle forze armate... se ciò era possibile. Sarebbe stata davvero stupida a lasciarselo sfuggire. Se Matthew voleva scoprire se la loro relazione si sarebbe evoluta al termine di quella situazione schifosa, lei era d'accordissimo.

Caroline non sapeva cosa l'avesse svegliata, ma

quando fece per voltarsi su un fianco avvertì la massiccia mano di Matthew che le copriva la bocca. Si irrigidì. Sapeva che quello alle sue spalle era Matthew, perché sentiva il suo profumo unico, ma l'uomo era immobile come una statua e più rigido di quanto lei avesse mai sentito. Lo sentì chinarsi verso la sua testa.

"Non fare rumore. D'accordo?" le mormorò direttamente nell'orecchio, con voce priva di inflessione.

Caroline annuì e lui le tolse la mano dalla bocca. L'uomo rotolò giù dal letto senza emettere un suono, e una pistola si materializzò nella sua mano. Caroline non sapeva da dove venisse l'arma, ma era lieta di constatare che Matthew ne aveva una. Lo guardò mentre infilava i piedi in un paio di stivali. Aveva paura di muoversi, ma si costrinse a mettersi seduta e scivolare fino al bordo del letto. Voleva essere pronta, nel caso avesse dovuto muoversi velocemente. Anche lei si chinò e infilò le scarpe appoggiate accanto al letto. Caroline non sentiva nulla, ma era evidente che Matthew aveva udito qualcosa di sospetto.

Wolf tese l'orecchio vicino alla porta della camera da letto. La aprì leggermente, ma ancora non vide né sentì nulla. Riportò lo sguardo su Caroline, seduta sul letto. Gli ultimi giorni erano stati un inferno: tenerla stretta, baciarla, ma senza fare l'amore con lei. Avrebbe voluto tuffarsi dentro di lei così profondamente da farle capire che era sua, ma si tratteneva. Non era né il luogo né il momento adatto, ma sperava che presto lo sarebbero stati. Stavano facendo progressi. Tutti i giorni, lui e la sua squadra si incontravano ed esaminavano dei documenti, e lui aveva la sensazione che fossero sulla pista giusta per trovare il traditore.

Wolf si portò un dito alle labbra e fece cenno a Caroline di restare dov'era. La vide annuire e uscì furtivamente dalla stanza. Era molto orgoglioso di lei. Non si era lasciata prendere dal panico e non gli aveva fatto domande. Capiva cosa c'era in ballo e confidava che lui avrebbe saputo fare il suo lavoro. Quella fiducia lo faceva sentire alto tre metri. Non l'avrebbe delusa.

Wolf si levò dalla testa il pensiero di Caroline e si concentrò sullo scoprire cosa ci fosse che non andava. Aveva un compito da svolgere e sapeva che non avrebbe potuto farlo se avesse pensato a lei. Era stata la sensazione che ci fosse qualcosa di sbagliato a svegliarlo. Credeva di aver avvertito qualcosa, ma non ne era sicuro. Tuttavia, non era disposto a correre il rischio, non quando c'era di mezzo la sicurezza di Caroline.

Uscì con passo felpato nel piccolo locale esterno, cercando di scoprire se ci fosse davvero qualche problema. Guardò a destra e a sinistra, poi si fermò all'improvviso. Merda. Sentiva odore di benzina. Proprio mentre faceva un passo indietro verso la porta della camera, l'ingresso del capanno prese improvvisamente fuoco con un forte *whoosh*.

Wolf fu scagliato all'indietro da un'ondata di calore. Rimase sul pavimento per un istante, cercando di orientarsi. Prima che potesse rialzarsi, la parete dalla parte opposta del capanno prese fuoco. Wolf non riusciva a riprendere fiato. Le fiamme avevano divorato in un istante tutto l'ossigeno presente nella stanza. Cercò di trascinarsi lungo il corridoio, verso Caroline. Doveva raggiungerla. Dove diavolo era la sua squadra? Non aveva idea di cosa fosse andato storto, ma era palese che era capitato loro qualcosa di brutto. Era impossibile che qualcuno fosse riuscito a oltrepassarli per dare fuoco al capanno.

I terroristi avevano fatto bene il loro lavoro e avevano bloccato entrambe le uscite del capanno; erano in trappola. L'ultimo pensiero che Wolf formulò prima di svenire a causa dell'aria ardente e tossica fu rivolto a Caroline e a lui, disgustato nei confronti di se stesso per essere venuto meno.

Caroline non si mosse dal letto fino a quando non udì la prima esplosione. Allora balzò in piedi e corse fino alla porta della camera. Che diavolo? Il calore proveniente dall'ambiente principale per poco non la spinse a tornare indietro. Si mise gattoni e, senza pensare due volte a quello che stava facendo, si trascinò nella stanza in fiamme.

Vide Matthew sul pavimento, poi l'altra parete prese fuoco. Caroline si gettò a terra e si coprì la testa con le mani. Merda. Merda. Merda. Era riuscita a non squittire come una ragazzina, ma un gracidio spaventato le sfuggì prima che lei potesse trattenerlo.

Sollevò lo sguardo e vide Matthew cercare di trascinarsi verso di lei, per poi cadere a terra immobile. Caroline non perse tempo a pensare. Si trascinò rapidamente verso di lui, lo afferrò da sotto le ascelle – come aveva fatto col terrorista sull'aereo – e lo trascinò in camera da letto. Fu un procedimento lento, perché Matthew era pesante e lo sforzo, combinato al fumo che stava riempiendo la stanza, rendeva difficile muoversi in fretta.

Il capanno si stava rapidamente riempiendo di fumo. Solo una volta che ebbe riportato Matthew nella camera e che ebbe chiuso la porta, Caroline si rese conto che erano intrappolati in casa. Corse al bagno annesso alla camera da letto, afferrò un asciugamano, lo inzuppò rapidamente di acqua del rubinetto e lo infilò sotto la porta della camera. Quell'espediente ridusse leggermente la quantità di fumo che entrava, ma non lo eliminò del tutto. In poco tempo, la camera si sarebbe riempita di fumo e non ci sarebbe voluto molto prima che le fiamme oltrepassassero la parete.

Caroline afferrò due delle sue magliette dal cassettone. Corse in bagno, ben sapendo che il tempo era poco, e le inzuppò con l'acqua del lavandino. Se ne mise una attorno al naso e alla bocca e corse di nuovo da Matthew. L'uomo giaceva ancora nel punto in cui lei lo aveva lasciato. Caroline gli legò grossolanamente l'altra maglietta attorno alla testa. Doveva proteggerlo dal fumo che stava entrando nella stanza. Ormai, agiva completamente in automatico.

Corse all'unica finestra della stanza. Scostò con prudenza la tenda e guardò fuori.

BAM.

Caroline balzò indietro e si accovacciò proprio

mentre la finestra si infrangeva. Non riuscì a trattenere un grido di paura, questa volta, e si coprì la testa mentre il vetro della finestra le pioveva addosso. Merda. Gattonò fino al punto in cui Matthew giaceva immobile sul pavimento.

"Questo sarebbe un ottimo momento per svegliarsi, Matthew," disse con voce tremante mentre gli toglieva la pistola di mano. Gli diede un forte scossone. L'uomo non si mosse e Caroline lasciò che un singhiozzo disperato le fuggisse dalla gola prima di soffocarlo. Se si fosse messa a piangere ora, non sarebbe riuscita a fermarsi.

Sembrava che i terroristi l'avessero trovata. Avevano dato fuoco alla facciata e al fianco del capanno per costringerla a chiudersi nella sua stanza e l'unica via di fuga era la finestra... peccato che ci fossero palesemente degli uomini in agguato che attendevano che lei uscisse da lì. Sarebbe morta. Non voleva morire e di certo non voleva che Matthew morisse. Non aveva intenzione di arrendersi, se non all'ultimo momento. Non era un SEAL, ma c'era davvero qualcosa che potesse fare?

Cercò di pensare come un soldato. Cosa avrebbe fatto Matthew, se fosse stato cosciente? Quando si avvicinò lentamente alla finestra e non vide nessuno dei cattivi, si sgonfiò un po'. Come avrebbe dovuto difendersi con la pistola che ora aveva in mano, se non riusciva nemmeno a vedere quelli a cui avrebbe dovuto sparare?

Lasciò che qualche lacrima vagabonda le scivolasse dagli occhi. Qual era il modo migliore di morire?

Bruciata in un rogo? Soffocata dal fumo? Sotto i colpi di un'arma da fuoco? Merda. Nessuna delle alternative era piacevole. Doveva darsi una mossa. Matthew non si sarebbe certo arreso. Se fosse stata lei quella a terra priva di conoscenza, l'uomo avrebbe fatto tutto il necessario per tenerla al sicuro. Quindi, lei avrebbe fatto lo stesso.

Cercò di riflettere. Doveva credere che la squadra di Matthew l'avrebbe raggiunta. L'uomo aveva detto che erano di pattuglia attorno al capanno. Sarebbero arrivati presto; Caroline allora decise di comportarsi come se fossero là fuori in quel momento, alla ricerca di un modo per portare fuori lei e Matthew. Azzardò una nuova occhiata fuori dalla finestra. Ecco! Finalmente, vide qualcuno: un uomo sulla destra. Sporse la pistola dalla finestra e premette il grilletto. Il rinculo dell'arma fu più violento di quanto lei avesse previsto e la sua forza la fece cadere all'indietro. Udì un grido proveniente dall'esterno, seguito di nuovo dal silenzio. Aveva colpito l'uomo? Ne dubitava. Azzardò una nuova occhiata. No, i terroristi erano ancora lì.

Il fumo nella stanza si stava facendo più fitto. Caroline tornò da Matthew e lo trascinò più vicino alla finestra, cercando di evitare i vetri sparsi a terra. Non sapeva esattamente come ne sarebbero usciti, ma non intendeva abbandonare l'uomo. Il codice dei SEAL non diceva forse qualcosa al riguardo? Caroline cercò di ricordare. Sì, Christopher le aveva detto qualcosa al riguardo in aeroporto, quando erano venuti a cercarla.

Beh, lei non era un SEAL, ma non intendeva lasciare Matthew a morire in quello stupido capanno. L'unica ragione per cui l'uomo si trovava lì era *lei*. Non sarebbe mai riuscita a guardarsi allo specchio se fosse rimasto ucciso a causa sua. Merda. Doveva smettere di pensare alla morte di Matthew.

Proprio mentre si preparava per guardare di nuovo fuori dalla finestra, udì degli altri spari. Sperava che quello fosse un buon segno. Si disse che doveva esserlo, dato che nessun proiettile stava attraversando le pareti della sua prigione. Ottimisticamente, era la cavalleria giunta in suo soccorso. Dopo un breve intervallo, udì una voce che la chiamava con urgenza da fuori.

"Wolf? Ice?"

Caroline azzardò una nuova sbirciata fuori dalla finestra. Era Sam. Era in piedi fuori dalla finestra. Lei si alzò ed esclamò: "Qui!"

Mozart non era mai stato più felice di vedere qualcuno come quando vide Ice. Era stato colto di sorpresa quando il capanno aveva preso fuoco. Qualcuno, forse più di una persona, era palesemente riuscito a oltrepassare le loro pattuglie attorno al perimetro del capanno. Mozart si era messo immediatamente in moto per cercare i colpevoli e tirare fuori Wolf e la sua donna dal rifugio.

"Dov'è Wolf?" chiese urgentemente.

"È qui, ma è svenuto." Caroline fece una pausa per tossire. Non aveva idea che cercare di respirare all'interno di un edificio in fiamme potesse fare così male.

Ancora una volta, era stata un'idea stupida, ma come avrebbe potuto saperlo lei?

"Andiamo. Poi tornerò a prendere lui," ordinò Mozart. Aveva rimesso la pistola nella fondina e ora si allungò verso Ice. La finestra era al primo piano, ma dato che su quel lato del capanno c'era una piccola collina, il salto fino a terra era appena di un metro e mezzo. Caroline scosse la testa.

"No. Prima Matthew."

Mozart fece per contraddirla, ma Caroline svanì dalla finestra. Cribbio, non aveva tempo per discutere con lei. Non sapeva se ci fossero altri terroristi, ma sapeva che Ice e Wolf stavano esaurendo il tempo. Il tetto era in fiamme e l'intero capanno stava per trasformarsi in un falò. Vide Ice cercare di sollevare il corpo immobile di Wolf vicino alla finestra. Afferrò il davanzale per trascinarsi all'interno e darle una mano, ma mollò immediatamente la presa. Il metallo attorno alla finestra era ardente.

"Attenta, Ice," disse in tono urgente. "È caldissimo."

Caroline annuì. Lo aveva sentito, ma non distolse lo sguardo da Matthew. L'uomo aveva emesso qualche gemito e lei sperava che si stesse riprendendo. Lo trascinò il più vicino possibile alla finestra e si slacciò la maglietta dal viso per stenderla sul davanzale. La sentì sfrigolare quando il tessuto umido toccò il metallo rovente del davanzale. Spinse con tutta la sua forza fino a quando Matthew non fu sdraiato bocconi proprio sotto la finestra.

Caroline afferrò di nuovo Matthew e lo sollevò a sufficienza per farlo uscire dalla finestra aperta. Gli fece penzolare le braccia e gridò a Sam di afferrarlo. Con l'aiuto di Sam, lei spinse, Mozart tirò e Matthew scivolò fuori dalla casa. Caroline lanciò una rapida occhiata all'esterno e vide che Sam lo aveva afferrato quasi del tutto e lo stava abbassando sul terreno, levandogli la maglietta dal viso mentre lo stendeva.

"D'accordo, ora tocca a te, Ice. Ci sono." Mozart tese le braccia per aiutare Caroline a uscire dal capanno in fiamme.

Caroline scosse nuovamente la testa. "No. Prendi Matthew e vattene. Io vi seguirò; non ho bisogno di aiuto. Portalo via da qui e basta."

Mozart era frustrato, ma Ice aveva ragione. Dovevano portare via Wolf. Si chinò e si mise in spalla il suo commilitone.

"D'accordo, ce l'ho; tu levati da lì, *ora*!" gridò Mozart ad Ice.

Caroline ignorò la collera nella voce di Sam. Sapeva che l'uomo era stressato e che non ce l'aveva davvero con lei. Si voltò per passare lo sguardo nella stanza, in cerca di qualcosa che potesse aiutarla a uscire dalla finestra senza ustionarsi. La maglietta che aveva steso per proteggere Matthew era scivolata via assieme al corpo dell'uomo.

Afferrò un cuscino dal letto. Lo stese sul davanzale ardente e lo vide immediatamente cominciare a fumare. Ora o mai più. Non aveva tempo da perdere. Infilò prima una gamba e poi l'altra fuori dalla finestra e si mise seduta sul cuscino posato sul davanzale. Si diede un'ultima occhiata alle spalle e vide che la camera da letto stava crollando. Emise un piccolo strillo e saltò. Non era molto lontana dal terreno, ma quando atterrò cadde comunque su un fianco. Si rialzò subito e corse dietro a Sam.

Mozart si prese il tempo per voltarsi a guardare Ice mentre correvano via dal capanno in fiamme. La donna era proprio accanto a lui. Aveva tagli sulle braccia e sulle gambe, provocati dal vetro della finestra; il suo viso era coperto di fuliggine e tossiva come una fumatrice quarantenne, ma riusciva a muoversi e a correre. Per il momento, sarebbe dovuto bastare.

"Perché non sei uscita da lì, Ice?" chiese Mozart, che non aveva nemmeno il fiato corto. Era palesemente in ottima forma; per lui, quella era solo una corsetta.

"I SEAL non abbandonano i SEAL," ansimò Caroline tra un colpo di tosse e l'altro. "Non potevo lasciarlo lì. Non potevo."

Proprio mentre stavano per raggiungere la vicina linea degli alberi, un uomo uscì da dietro un tronco, puntando una pistola contro di loro.

"Fermi dove siete," disse lo sconosciuto con fare minaccioso.

Mozart sapeva di poterlo far fuori senza nessun problema. Mentre si chinava per posare a terra Wolf, vide altri uomini uscire dagli alberi, tutti armati di fucili o pistole che puntarono loro contro. Merda. Lui era forte, ma non *così* forte. Dov'era la squadra?

"Scommetto che ti stai chiedendo dov'è la tua squadra, vero?" L'uomo fece una smorfia, leggendogli apparentemente nel pensiero. "Non verranno. Sono 'indisposti'." L'uomo gettò indietro la testa e rise nella maniera più perfida che Caroline avesse mai udito.

"Sei stata una spina nel fianco per un po', troia, ma adesso ti frego io. Voi SEAL pensate di essere indistruttibili, ma non lo siete."

Prima che uno di loro potesse fare qualcosa, l'uomo sollevò la pistola e sparò a Mozart. Mozart sentì il proiettile sfiorargli la testa e cadde a terra come un sacco di patate. Cribbio, che male. Sentì Ice gridare. Dio, Ice. Il peso di Wolf gli gravava sulla schiena. Cercò di non svenire. Doveva restare sveglio e portare Caroline via da lì. Doveva proteggerla e fare in modo che Wolf se la cavasse.

Caroline urlò mentre guardava Sam cadere a terra col corpo di Matthew addosso. Due uomini uscirono da dietro gli alberi, la raggiunsero e la afferrarono prima che lei potesse anche solo pensare di fuggire o di combattere. Caroline si dimenò e cercò di prenderli a calci, ma quelli le legarono le mani dietro la schiena prima che lei potesse fare alcunché.

Le fascette che avevano usato le penetrarono immediatamente nella carne. Le avevano strette al punto da arrestarle la circolazione. Evidentemente, non si preoccupavano per il suo benessere. Ciò la spaventava più di tutto il resto.

"No, fermi. Cosa state facendo?" disse, continuando a lottare contro la stretta dei due uomini e contro i legacci. Gli uomini la fecero camminare verso quello che aveva sparato a Sam.

"Tu vieni con noi, troia." L'uomo sogghignò e le sferrò un violento manrovescio al viso. Caroline sarebbe caduta a terra se gli altri due uomini non l'avessero tenuta in piedi. Porca miseria, che male. Le girava la testa. Tossì. Cristo, era nei guai fino al collo.

Mozart cercò di rialzarsi. Aveva udito le parole dell'uomo. Merda, doveva andare da Ice; non poteva lasciare che quel tizio la portasse via. Gli girava la testa e non riusciva a far funzionare le braccia. Stava per svenire; non sarebbe riuscito ad aiutarla.

L'uomo rivolse la propria attenzione su Sam e su Matthew, a terra. Puntò la pistola verso di loro.

"No. No. *No*! gridò Caroline, lottando ancora di più, ignorando il dolore alle braccia provocato dal modo in cui era legata. "Lasciateli stare. Cosa volete? Me? Eccomi. Lasciateli stare!"

L'uomo si voltò nuovamente verso Caroline, con un barlume negli occhi. "Non vuoi che io li uccida?" disse in tono venefico.

Caroline scosse vigorosamente la testa.

L'uomo rise malignamente. "Cosa farai per me se li lascio vivere?"

Caroline era terrorizzata. Non aveva idea di cosa

avesse in serbo per lei quell'uomo, ma sapeva che non le stava davvero chiedendo il permesso. Avrebbe ucciso Matthew e Sam in un batter d'occhi, se avesse voluto. "Quello che vuoi. Farò tutto quello che vuoi. Ma non ucciderli. Sono qui solo a causa mia." Si sarebbe messa in ginocchio se avesse creduto che ciò potesse servire, ma l'uomo non le diede nemmeno la possibilità di farlo.

L'assalitore le voltò le spalle e andò da Sam e Matthew. Estrasse un coltello dalla tasca e si chinò su di Sam. Prima che Caroline potesse implorarlo di non fargli nel male, l'uomo tagliò la guancia di Sam. Ridendo, ripeté il gesto, poi ancora. Rialzandosi, sollevò lo stivale e lo pestò sul viso di Sam, come se stesse schiacciando un insetto.

Voltandosi verso Caroline, che stava assistendo inorridita alla scena, sogghignò. "Va bene, non li ucciderò, ma quando i miei uomini avranno finito con loro, rimpiangeranno di non essere morti. Conoscono altri modi per farli soffrire." L'uomo rivolse un cenno del capo agli altri due nelle vicinanze e questi si diressero verso Sam e Matthew.

Caroline lottò con tutte le sue forze, ma l'unico risultato che ottenne fu di scarnificarsi a sangue i polsi. L'ultima cosa che vide mentre la portavano via furono i due uomini prendere a calci Sam e Matthew, che giacevano a terra privi di conoscenza.

CAPITOLO SEDICI

Wolf camminava avanti e indietro per la stanza. Erano trascorse sei ore da quando Caroline era stata portata via. Gli bruciava ancora la gola per il fumo che aveva inalato e continuava a tossire, ma era vivo. Era lieto di non ricordare le botte che lui e Mozart avevano subito sul campo. Il resto della squadra era arrivato in tempo per evitare che quelle due carogne li uccidessero.

I terroristi erano capaci. Avevano creato un diversivo che aveva spinto Benny, Dude e Cookie a dare la caccia ai fantasmi. Wolf sapeva solo che la sua squadra gli aveva riferito di aver visto quando erano incappati nei terroristi che stavano prendendo a calci lui e Mozart, e ciò non era molto. Non aveva idea di cosa fosse accaduto a Caroline e di come lei e Mozart fossero usciti dal capanno. Molto probabilmente, Mozart aveva salvato entrambi, dopodiché erano stati sopraffatti durante la fuga.

Mozart era ancora privo di conoscenza. Un proiettile gli aveva sfiorato la testa e quello, assieme alle botte, lo aveva mandato in ospedale. Wolf era particolarmente preoccupato per il suo viso. Qualcuno lo aveva tagliato e la ferita si era riempita di terra e di sporcizia sufficienti a provocare una grave infezione. Mozart era sempre stato il "bello" del gruppo e Wolf temeva che i suoi giorni di seduttore fossero finiti. Il viso del suo compagno era ridotto male, ma a quel punto, era ben altro a preoccupare i medici. Avrebbero dovuto aspettare e vedere quanto ci avrebbe messo Mozart a riprendersi. Dude, Abe, Benny, Cookie e lui stavano ora cercando di capire cosa diavolo fosse accaduto e dove cazzo fosse Caroline.

Wolf era dolorante, ma ignorò le ferite. Gli era capitato di peggio, in passato, e lui aveva tirato avanti. Questa volta, tuttavia, era diverso; quegli uomini avevano la sua Caroline. Chiuse gli occhi disperato, poi li riaprì rapidamente. Non aveva tempo per commiserarsi o per lasciarsi prendere dal panico. Doveva scoprire cosa diavolo stesse succedendo e dove fosse Caroline. Era ora di chiamare Tex. Se c'era qualcuno che poteva trovarla, si trattava di Tex.

————————

Caroline aprì lentamente gli occhi. Le faceva male tutto. Non aveva idea di dove fosse. L'uomo che l'aveva rapita l'aveva ficcata in un SUV e un altro le aveva fatto perdere conoscenza premendole uno straccio contro la bocca e il naso. Lei aveva capito subito che si trattava di cloroformio e aveva lottato il più duramente possibile, ma ovviamente non era riuscita a contrastare gli effetti del composto chimico.

Quando aveva ripreso conoscenza, si era ritrovata legata a quella stupida sedia. Aveva ancora quelle dannate fascette ai polsi, ma ora esse erano legate ai braccioli della sedia su cui era seduta. Vedeva il sangue scivolare oltre l'orlo dei braccioli e gocciolare a terra. Cristo, era come essere in un brutto film. La sedia, le fascette, il cloroformio... se non stesse accadendo a lei e lei non avesse avuto così paura, si sarebbe messa a ridere.

L'uomo che aveva tagliato Sam e ordinato che lui e Matthew venissero picchiati – lei sperava che i due non fossero stati uccisi, nonostante le promesse del terrorista – entrò nella stanza. Caroline si trovava in una specie di magazzino. L'uomo le si mise davanti e le sputò in faccia. Lei era talmente stupita che non fece nulla per cercare di evitare lo sputo. Sentì la saliva gocciolarle lungo la guancia mentre l'uomo le gridava contro.

"Stupida troia," ringhiò l'uomo. "Mi sei costata *tutto*! Avevo pianificato tutto. Avrebbe funzionato e tu hai rovinato tutto. *Tu*. È tutta colpa *tua*! Quei deficienti di SEAL non avrebbero scoperto nulla se non fosse stato per te."

L'uomo continuò a inveire. "Ora mi dirai tutto quello

che è successo su quell'aereo. Voglio sapere esattamente come hai fatto a scoprire del ghiaccio e come sei riuscita a sopraffare i miei uomini!"

Caroline non voleva dirgli nulla. Era già abbastanza che lui sapesse del suo coinvolgimento. Non aveva mai avuto tanta paura in vita sua. Nemmeno quando si era nascosta nella doccia, timorosa di respirare troppo rumorosamente, aveva avuto *così* tanta paura. Cristo, continuava a passare dalla padella alla brace. Questa volta, era sicura che sarebbe morta. Il governo non trattava coi terroristi, e poi, nessuno sapeva dove lei fosse. Matthew e Sam erano incoscienti quando era stata trascinata via dalla radura vicino al capanno e lei non aveva visto nessuno nei paraggi. Se gli uomini di Wolf fossero stati nei paraggi, avrebbero impedito ai terroristi di catturarla... giusto?

Nello stesso istante in cui quel breve pensiero le lampeggiava nella mente – che forse i SEAL avevano lasciato che i terroristi la catturassero per salvare i loro compagni – Caroline lo scartò. Non aveva ancora conosciuto il resto della squadra, ma se somigliavano anche solo un po' a Matthew – perdiana, se somigliavano anche solo un po' a Christopher o a Sam – non avrebbero permesso ai terroristi di catturarla. Doveva controllarsi. Pensare in maniera irrazionale non le avrebbe salvato la vita. Se voleva avere una possibilità di cavarsi d'impiccio, doveva usare il cervello.

Pur essendo terrorizzata, promise a se stessa che

non avrebbe detto a quel pazzo nulla che potesse aiutarlo a far precipitare un altro aereo o a far del male ad altre persone. Distolse lo sguardo dall'uomo, passandolo invece nella stanza. Per avere anche solo una possibilità, doveva cominciare a cercare un modo per fuggire.

"Non vuoi parlare, troia?"

Lo sguardo di Caroline tornò al folle che aveva di fronte. Si limitò a guardarlo, senza dire una parola.

L'uomo si chinò su di lei. Caroline riusciva a sentire la sua puzza disgustosa. Era come se non si lavasse da giorni, no, settimane. Il terrorista si chinò su di lei come avrebbe fatto un amante e le mormorò nell'orecchio.

"Tu mi dirai quello che è successo o io ti ridurrò talmente male che mi implorerai di permetterti di raccontarmi tutto quello che voglio sapere. Poi mi pregherai di ucciderti." La leccò dal collo fino all'orecchio, con una lunga strisciata di lingua. Poi le morse il lobo così forte che Caroline temette che lo avrebbe lacerato. Non riuscì a trattenere un singhiozzo e a non cercare di allontanarsi dal dolore. Non voleva dirgli nulla, ma non era una dura. Era solo... se stessa.

L'uomo si raddrizzò e le diede un manrovescio. Non le diede modo di riprendersi prima di colpirla ancora e ancora. Poi le sferrò un violentissimo calcio negli stinchi. Continuò a colpirla e a schiaffeggiarla, e di tanto in tanto a morderla. Fece tutto il possibile per farla parlare, ma Caroline tenne la bocca chiusa.

All'inizio, lei cercò di rimanere stoica e di non

reagire alle percosse, ma presto cominciò a gridare a ogni colpo e sentì le lacrime che le scorrevano lungo le guance. L'uomo sapeva che le stava facendo del male, ma non si fermò. Rideva mentre la picchiava.

Caroline sapeva che sarebbe morta, ma che le venisse un colpo se avrebbe permesso a quel pazzo di usare quello che sapeva per ferire e uccidere altri. Durante le percosse, non disse nulla; si limitò a cercare di schivare pugni e calci quando poteva, ossia non spesso.

Finalmente, l'uomo si fermò. Caroline sapeva che ciò non era dovuto a qualcosa che lei aveva fatto, ma più probabilmente alla stanchezza. L'uomo respirava affannosamente, ansimando come se avesse corso per chilometri. Sudava abbondantemente e il suo volto era molto arrossato.

"Sei proprio una cretina. Non temere: adesso me ne andrò, ma ritornerò. Ricominceremo da dove ci siamo interrotti. E porterò con me anche qualcuno dei miei ragazzi. Nel frattempo, tu resta qui e pensa a tutti i modi in cui posso farti soffrire prima di ucciderti lentamente. Ti farò ripassare anche dai miei uomini. Ti hanno mai scopata in gruppo? No? Beh, tu pensaci. Puoi risparmiarti il dolore e l'umiliazione se mi dici quello che voglio sapere. Fallo e ti ucciderò in fretta. Altrimenti, morirai di una morte orribilmente dolorosa. Te lo prometto. I miei uomini faranno in modo di farti sanguinare da tutti i buchi prima di ucciderti. Ti guarderanno morire dissanguata e rideranno." L'uomo le sputò addosso ancora una volta e uscì dalla stanza.

La testa che le ciondolava, Caroline cercò di elaborare il tutto. Era ancora legata alla sedia e il sangue le gocciolava da qualche punto della testa. I suoi occhi erano talmente gonfi da essere quasi chiusi. Ma era ancora viva... per il momento. Credeva senza ombra di dubbio all'uomo: l'avrebbe fatta soffrire. Aveva visto le occhiate che le avevano lanciato gli uomini che l'avevano spinta bruscamente nel SUV. Non sarebbero stati minimamente gentili con lei. Era terrorizzata. Non voleva morire, lentamente o meno, ma non poteva e non voleva condannare a morte altre persone innocenti.

Cercò di capire meglio dove si trovasse. Se voleva avere una minima speranza di fuggire, doveva prestare attenzione. Non riusciva a vederci bene, per colpa degli occhi gonfi e del sangue che le appannava la vista, per cui cercò di tendere le orecchie.

Ecco... Cosa era stato? Gabbiani. Quegli uccellacci gracchiavano sempre quando volavano. Doveva essere vicino al mare. Per un attimo fu orgogliosa di sé, ma poi si rese conto che la maggior parte di Norfolk era vicina all'oceano. Cacchio. Quella non era certo un'informazione utile. Riusciva a sentire quelle che sembravano le sirene di alcune navi. Cercò di concentrarsi di più, ma alla fine si limitò a chiudere gli occhi. Era così stanca...

Potevano essere trascorsi minuti o ore quando udì la porta della stanza cavernosa aprirsi stridendo. Entrò un uomo, diverso da quello che l'aveva picchiata. Lei non lo aveva mai visto, ma costui indossava un completo nero. Aveva i capelli gellati e nulla fuori posto. Nell'atmosfera da segreta di quella stanza lurida, sembrava fuori posto come lo sarebbe stato a un rodeo nel cuore del Texas. Lo seguivano altri tre uomini, compreso quello che l'aveva percossa. *Merda. Cosa sta succedendo?* Caroline trattenne un singhiozzo. Si pentiva con ogni fibra del suo essere di non aver fatto l'amore con Matthew. All'improvviso, avrebbe voluto aver messo da parte le sue preoccupazioni sull'andare troppo in fretta ed essersi buttata.

L'uomo vestito elegantemente non la guardò e non disse nulla. Si diede da fare a preparare quello che sembrava un treppiede. Dio. Voleva *filmare* gli uomini mentre la stupravano? L'uomo montò la videocamera sul treppiede e la orientò verso di lei. Si mise dietro di essa e rivolse un cenno col mento ai tre uomini. Caroline vide la luce rossa accendersi sulla videocamera e rabbrividì, osservando mentre gli uomini si dirigevano verso di lei scrocchiando le dita. No, no, no, non ce la faceva. Gridò mentre quelli allungavano le mani verso di lei.

Wolf era seduto al tavolo, le mani serrate in grembo. Era un SEAL. Si supponeva che fosse in grado di salvare il mondo, ma si sentiva impotente perché non poteva salvare la persona che, nel giro di poco tempo, era arrivata a essere tutto per lui. Lui e la sua squadra avevano discorso per quelle che erano parse ore la mossa successiva. Tex stava lavorando affannosamente coi suoi amici hacker per cercare di scoprire il luogo in cui gli uomini avevano portato Caroline. Avevano degli indizi, ma nessuna indicazione specifica, non ancora. Il telefono di Cookie suonò e questi rispose subito.

"Sissignore. Ho capito. Glielo dirò." Mise giù. "Controlla la mail, Wolf," disse Cookie. "Era il comandante; ha appena ricevuto un video. Mi ha detto di dirti che ne stanno tracciando la provenienza."

Cookie chiamò Tex per aggiornarlo riguardo all'e-mail e per dirgli di mettersi al lavoro sul tracciamento. Sapevano che anche il comandante stava facendo lo stesso, ma più spesso che no, Tex riusciva a ottenere risultati prima di chiunque altro. Wolf aprì subito la mail sul portatile e il resto della squadra si radunò attorno a lui a guardare.

I cinque uomini guardarono il video con rabbia e orrore. Non era nulla che non avessero visto o vissuto di persona in passato. Ma quella era Caroline. La Ice di Wolf. E quello faceva tutta la differenza del mondo.

Il video mostrava Caroline legata a una sedia. Era palese che era stata picchiata. I polsi le sanguinavano dove le fascette la tenevano legata alla sedia e le gocciolava anche del sangue da un qualche punto della testa. Ma il suo viso. Cristo. L'avevano massacrata di botte. Aveva gli occhi gonfi al punto da essere quasi chiusi e il suo viso si stava già coprendo di lividi. La maglietta che indossava era strappata e le penzolava da una spalla. La spallina del reggiseno, di un bianco vivido, contrastava con la sua pelle. Respirava velocemente e in maniera irregolare.

Un uomo stava parlando, ma Wolf lo udì a malapena. La *sua* donna era ferita. Cristo santo. Non ce la faceva. Mise il video in pausa e giunse le mani dietro la nuca. Si mise a camminare velocemente avanti e indietro. Trasse un respiro profondo. *Doveva* farcela. Non poteva venir meno a Caroline. Doveva concentrarsi.

I suoi commilitoni lo lasciarono stare. Nessuno cercò di rivolgergli la parola. Nessuno gli diede false rassicurazioni. Non sapevano cosa avrebbero visto nel resto della registrazione. Spettava a Wolf decidere quando e se guardare il resto del video.

Wolf continuò a camminare, cercando il coraggio per riprendere la visione. Se la sua donna fosse stata uccisa di fronte ai suoi occhi, non sapeva come avrebbe reagito. Doveva resistere. Tormentato dal desiderio di tornare alla sera prima, quando aveva tenuto fra le braccia il corpo morbido e dolce di Caroline, Wolf trasse un respiro profondo. "*Merda*." Quella parola era carica di tutta la sua angoscia e del suo terrore. Nella stanza calò il silenzio. Nessuno disse nulla; sentivano l'angoscia di Wolf.

Finalmente, si voltò verso il portatile e premette il tasto che avrebbe rimesso in movimento quell'orribile video.

"Dimmi quello che è successo!" gridò l'uomo che stava picchiando Caroline. Di fronte al suo silenzio, egli continuò a berciare. "Come facevi a sapere che il ghiaccio era drogato? *So* che sei stata tu. Quei deficienti di SEAL non capiscono un cazzo. So che non sono stati loro. Cosa te l'ha fatto capire? Come sei riuscita a cogliere alla sprovvista i miei uomini?"

I SEAL videro che l'uomo si agitava sempre di più mentre continuava a fare domande a Caroline e lei si rifiutava di rispondere. A un certo punto, Wolf udì Cookie dire sottovoce: "Cristo, diglielo e basta, tesoro. Dio, digli quello che vuole sapere."

Caroline non lo fece.

Alle spalle degli altri, Abe camminava avanti e indietro. Non ce la faceva più a guardare. Che bastardi. Come potevano fare una cosa del genere a una donna? Alla loro Ice? Perché lei non parlava e interrompeva l'agonia?

Guardarono mentre l'uomo che gridava contro Caroline smetteva di chiederle cosa avesse fatto e guardava verso la telecamera. Poi perse la testa, mettendosi a inveire contro i SEAL, a urlare come questi si ritenessero un dono di Dio e pensassero di essere invincibili.

L'uomo continuò a insultare e a percuotere Caroline, ma poi si udì una voce priva di corpo provenire da dietro la telecamera. Non si erano resi conto che ci fosse qualcun altro nella stanza. Riuscivano a vedere solo i tre uomini che picchiavano a turno Caroline. "Che ve ne pare del mio interrogatorio? Io lo trovo molto... divertente." La risatina che seguì quell'affermazione piatta era orribile. All'improvviso, tutto divenne chiaro.

"Quello è il traditore," disse Benny, l'odio che trapelava dalla voce. "Quello è il bastardo che sta dietro a tutto."

Prima che chiunque altro potesse dire qualcosa, l'inquadratura si mosse e la squadra si rese conto che il traditore misterioso aveva preso in mano la telecamera.

I SEAL osservarono tutti mentre lo sconosciuto avvicinava la telecamera a Caroline. Zoomò sulla sua faccia, rivolgendosi direttamente ai SEAL per tutto il tempo.

"Com'è guardarli mentre la picchiano? Com'è vedere il sangue che le scende dal cranio, sapendo che sono stato io a ordinarlo?" L'uomo zoomò sui polsi della donna. "Guardate quanto ha cercato di sfuggirmi. Le fascette le stanno bloccando la circolazione. Vedete come stanno diventando blu le sue dita?"

Poi, l'uomo rise – una risata malefica, crudele, che trafisse Wolf e la sua squadra.

L'uomo fece un passo indietro, in modo da mostrare loro un'ampia visuale di Caroline sulla sedia. Poi, loro videro gli altri uomini raggiungerla da entrambi i lati.

"Cristo, no," gemette Wolf. Non ce la faceva più. Distolse lo sguardo dallo schermo del computer. L'avrebbero uccisa e lui non poteva guardare. Non intendeva interrompere nuovamente il video, ma che gli venisse un colpo se avesse guardato il suo amore morire. Poi, cambiata idea, si voltò bruscamente verso lo schermo. No, voleva guardare. Aveva bisogno della motivazione per tirare avanti senza di lei. Aveva bisogno di un motivo per trovare ciascuno di quegli uomini e tutti i membri dell'organizzazione terroristica, e fargliela pagare.

La squadra guardò uno degli uomini colpire Caroline con tanta forza da farla cadere, ancora legata alla sedia. La donna cadde duramente sul fianco. Gli uomini la sentirono grugnire quando la sua testa rimbalzò sul pavimento duro.

L'uomo al comando non fece altro che ridere sullo sfondo.

"È stato fantastico. Mi stupisce che non si sia spaccata la testa." La telecamera si avvicinò di nuovo al viso di Caroline. La voce senza corpo risuonò nuovamente. "Allora, vuoi dirmi quello che volevo sapere, bellezza?" la prese in giro.

"Te lo dico," biascicò Caroline mentre saliva sanguinolenta gocciolava dalle sue labbra peste e lacere.

Abe gemette ad alta voce. "No, Cristo, non farlo." Nessuno di loro sapeva se fosse meglio che Caroline tenesse la bocca chiusa o se raccontasse a quello psicopatico quello che lui credeva di voler sapere. Chissà cosa avrebbe fatto quello dopo che lei gli avrebbe detto come aveva fatto a capire che il ghiaccio era drogato.

Wolf si chinò verso lo schermo come se potesse convincere l'uomo dietro la telecamera a commettere un errore, a farsi inquadrare anche solo per un istante.

Sarebbe bastata una frazione di secondo. Se ciò fosse accaduto, Tex avrebbe fatto la sua magia e fornito loro una foto a tempo di record. Vide Caroline sputare del sangue e cercare di sollevare la testa. Era ancora sdraiata su un fianco, sospesa alla sedia a cui era legata.

La sua voce aveva un suono terribile. Biascicava e mormorava. "Vuoi sapere cos'è successo, stronzo?"

Quando l'uomo grugnì in segno di assenso, lei proseguì: "Beh, vaffanculo. Tu e il tuo esercito di terroristi pesci lessi potete tornare sulla barchetta da cui siete scesi e andare all'inferno!" Caroline aveva guardato dritto nella telecamera mentre parlava, non verso l'uomo accanto a lei, non negli occhi dell'uomo che impugnava lo strumento. Era come se avesse guardato dritto negli occhi di ciascun membro della squadra di SEAL mentre parlava. Per un attimo, nella stanza calò il silenzio.

Poi, l'uomo dietro la telecamera commentò con nonchalance: "Tsk. Tsk. Tsk. La tua troia non è molto sveglia, eh, Wolf? Ci sentiamo." Il video si interruppe lì.

Wolf cercò di mantenere la calma. Stava perdendo la testa. Non avevano nulla. Nulla. Ringhiò e sferrò un calcio a uno sgabello, che prese il volo.

Nel silenzio, Abe esclamò inaspettatamente: "Torna indietro."

Wolf lo guardò incredulo. "Vuoi riguardare quella merda? Cosa cazzo ti prende, Abe?"

Abe non stava ascoltando. Allungò un braccio oltre Wolf, ignorando la sua domanda incredula, e afferrò il mouse, senza aspettare che lui facesse quello che gli aveva chiesto. Guardarono Caroline venire presa a calci e la guardarono fissare in maniera innaturale la telecamera e udirono la sua voce registrata dire: *"Beh, vaffanculo. Tu e il tuo esercito di terroristi pesci lessi potete tornare sulla barchetta da cui siete scesi e andare all'inferno!"*

Abe fece ripartire la sequenza. E ancora. Wolf stava per massacrare di botte il suo commilitone. Se avesse guardato ancora una volta quel video, avrebbe dato di matto. Non ce la faceva più a sentire le parole biascicate e sofferenti di Caroline. Aveva la sensazione che il suo cuore fosse sul punto di spezzarsi.

Abe si rivolse ai suoi compagni. "L'avete notato?"

"Sì, cavolo," esclamò Dude. "Non è molto, ma è un inizio."

Wolf scosse la testa e fissò i suoi commilitoni. Cosa si era perso? Cosa avevano notato Dude ed Abe che a lui era sfuggito? Per quanto non volesse vedere ancora una volta il viso illividito e massacrato di Caroline o udire ancora una volta la sua voce tormentata, doveva sentire di persona.

"Beh, vaffanculo. Tu e il tuo esercito di terroristi pesci lessi potete tornare sulla barchetta da cui siete scesi e andare all'inferno!"

All'improvviso, capì. Caroline stava dando loro degli indizi. "Pesci lessi" e una "barchetta"... doveva trovarsi vicino all'oceano. Li aveva guardati negli occhi, cercando di farglielo capire. Non era granché come indizio, essendo a Norfolk una città portuale, ma il dettaglio della "barchetta" doveva pur significare *qualcosa*. Caroline conosceva la differenza fra le navi militari, quelle da trasporto e quelle da diporto. Wolf e Caroline avevano persino avuto una conversazione, quando avevano fatto il tour della base, riguardo alla differenza fra una nave e una barca. Lei lo aveva preso in giro, dicendo che Wolf non voleva che la sua virile nave fosse chiamata "barca". La sua scelta di parole non poteva essere una coincidenza.

Gli uomini si alzarono tutti dal tavolo. Cookie era già al telefono col comandante ed Abe al cellulare con Tex. L'avrebbero trovata; dovevano farlo.

Wolf pensò alla sua donna. La amava. Caroline era tutto per lui. Era un sentimento incredibile e lui non sapeva cosa avrebbe fatto se l'avesse persa. Poteva essere già morta, potevano averla uccisa subito dopo aver smesso di riprendere, ma lui non credeva.

Wolf ripensò a come l'uomo dietro la telecamera lo avesse chiamato per nome. Quello lo conosceva, o almeno sapeva della sua esistenza. Dovevano scoprire subito chi fosse. Al momento, la sua preoccupazione principale era Caroline, ma Wolf sapeva che tappare quella falla era una questione di sicurezza nazionale. L'uomo avrebbe certamente voluto tenere in vita Caroline per provocarlo. Pur non sapendo il motivo, Wolf credeva che, se Caroline non era stata uccisa durante il video, doveva essere ancora viva. Avevano intenzione di sfruttarla in qualche modo; lui e la sua squadra dovevano semplicemente raggiungerla prima che ciò accadesse.

"Tieni duro, Ice. Stiamo arrivando." Wolf sperò che le sue parole colme di fervore riuscissero in qualche modo ad attraversare lo spazio che li separava e a raggiungere il cuore di Caroline.

CAPITOLO DICIASSETTE

CAROLINE NON APRÌ gli occhi quando sentì gli uomini rientrare nella stanza. Non si erano presi la briga di raddrizzarla dopo aver spento la videocamera, per cui tutto ciò che lei poteva fare era giacere sul pavimento e concentrarsi sul suo respiro.

Non credeva di essere in grado di sopportare molte altre percosse. Faticava a respirare; probabilmente, le ultime botte le avevano rotto o incrinato un paio di costole. Si chiese se Matthew e gli altri avessero ricevuto il suo messaggio. Non aveva dato loro chissà quale indizio, ma magari gli uomini ne avrebbero ricavato qualcosa.

Mentre aspettava che gli uomini tornassero e riprendessero a picchiarla, si era resa conto che i suoni che udiva dall'esterno non somigliavano a quelli che aveva sentito quando Matthew l'aveva portata al porto militare. E non aveva nemmeno udito nulla che le ricordasse quello che aveva visto al porto commerciale. Per cui, non aveva potuto far altro che giungere alla conclusione di trovarsi in un porto più piccolo. Ecco perché aveva detto "barchetta" e non "nave". Sapeva che Matthew avrebbe capito: lei aveva scherzato dicendo che viveva su una barca e lui l'aveva corretta subito. La sua era una nave, non una barca. Era un espediente improbabile, ma Caroline aveva dovuto cercare di comunicare in qualche modo.

Non riusciva più a pensare lucidamente. Non le avevano dato nulla da mangiare né da bere. Aveva la bocca ben più che secca e avrebbe ucciso per un sorso d'acqua. Probabilmente, se si aveva intenzione di uccidere qualcuno, sfamarlo era troppa fatica. Si disse che, se Matthew e la sua squadra non l'avessero trovata *molto* presto, ciò non avrebbe più avuto grande importanza.

Sentì due uomini sollevare la sedia a cui era legata e raddrizzarla. Caroline si rilassò contro le corde che la tenevano legata alla sedia. Ahi. Sentì le corde allentarsi e per poco non cadde di nuovo a terra. Aveva i polsi ancora legati ai braccioli con le fascette, per cui non poteva andare da nessuna parte. Non cercò di muoversi; non ne era più in grado. Aveva perso del tutto la combattività. Aprì con uno sforzo gli occhi gonfi e guardò l'uomo accovacciato di fronte a lei. Era quello sporco e puzzolente che l'aveva minacciata di stupro. L'uomo raffinato col completo non si vedeva da nessuna parte.

"Non sei più così arrogante, troia?" esclamò, per poi

proseguire come se la loro fosse davvero una conversazione. "È davvero un peccato, sai? I miei uomini volevano davvero fare un giro su di te, ma non sono più interessati. Volevano vedere se saresti stata così vivace mentre ti prendevano da dietro come quando ti avrebbero stuprato da davanti."

Caroline non sussultò nemmeno. Nulla di ciò che quell'uomo potesse dire era più in grado di farle perdere la calma. Sapeva che probabilmente, quello non stava scherzando, ma l'unica cosa che le importava era il modo in cui l'avrebbe uccisa. Sapeva che sarebbe stato sgradevole e stava cercando di prepararsi a tutte le possibilità. Lo escluse chiedendosi se le avrebbe fatto male se le avessero tagliato la gola.

L'uomo continuò a parlare mentre uno dei suoi sgherri infilava un paio di forbici sotto una fascetta ai polsi di Caroline per tagliarla. Caroline gemette quando il dolore la lacerò, ma si rifiutò di gridare. Sapeva che quegli uomini le stavano usando particolare brutalità solo per spingerla a implorare. Lei cercò di prestare attenzione all'uomo puzzolente mentre l'altra fascetta veniva tagliata crudelmente.

"È un peccato che tu non abbia voluto collaborare con noi. Ce l'abbiamo fatta comunque, anche senza di te. Capirò da solo cosa ti ha insospettita. Io ho finito. Lui ha finito. Mi assicurerò che il tuo ragazzo sappia quanto sei stata patetica. Adesso ti portiamo a fare una gitarella in barca... Ti darò un'ultima possibilità..."

Quando lei distolse lo sguardo, rifiutando anche solo

di pensare di dirgli qualcosa, l'uomo grugnì e si alzò. Rivolse un cenno a uno dei suoi sgherri e questi si fece avanti, si chinò e si mise Caroline in spalla. Lei lanciò un grido di dolore. L'agonia lacerò il suo corpo. Le costole che aveva *pensato* fossero rotte rivelarono ora di esserlo sul serio. L'esplosione di dolore nelle costole era quasi insopportabile. Caroline sussultò; era il dolore peggiore che avesse mai provato in vita sua. Desiderò di svenire.

In passato, guardando la televisione, si era dispiaciuta per le donne che erano state picchiate dai loro fidanzati o dai loro mariti, ma non aveva mai davvero pensato al dolore che avevano sopportato. Aveva visto gli occhi neri e le aveva sentite parlare della sofferenza, ma se non la si subiva personalmente, non c'era modo di descrivere la sensazione.

Caroline avrebbe voluto con tutto il suo cuore che Matthew fosse lì. Sapeva che era un pensiero irrazionale e impossibile, ma lo voleva. Non era mai stata il tipo di persona da fare affidamento su un uomo, ma Dio, avrebbe dato qualunque cosa pur di far sì che lui la abbracciasse e le dicesse che sarebbe andato tutto bene. Matthew avrebbe saputo cosa fare.

Caroline avrebbe pianto, se ne avesse avuto la forza, ma tutto ciò che riuscì a fare fu restare aggrappata all'uomo che la trasportava e respirare lentamente e non troppo profondamente. Fortunata com'era, quello l'avrebbe lasciata cadere solo per ridere della sua reazione. Caroline chiuse gli occhi. Dio, sarebbe mai finita?

Wolf osservò attentamente il magazzino. Avevano avuto fortuna. Tex aveva diffuso la voce di stare all'erta nei confronti di attività sospette alla sua vasta rete di militari, investigatori privati, poliziotti e hacker. Dopo appena mezz'ora, uno dei suoi contatti aveva detto di aver notato un certo viavai vicino a un magazzino nei pressi del punto in cui la sua barca era attraccata nella zona vecchia di Norfolk. Nei paraggi c'era una grossa marina dove si trovavano barche che costavano fino a un milione di dollari accanto a piccoli pescherecci.

Tex aveva preso l'iniziativa e aveva indagato di persona, scoprendo attività da cellulare e altri segnali elettronici che provenivano da quella zona. Era penetrato in una telecamera di sicurezza del porto e aveva confermato che almeno uno degli uomini che avevano picchiato Caroline davanti alla videocamera si trovava nella zona.

La squadra di Wolf si era diretta subito laggiù, aveva stabilito un perimetro e aveva sorvegliato la zona per un po'. Avevano visto due degli uomini apparsi nel video entrare nell'edificio. Ci avevano visto giusto. Wolf avrebbe voluto entrare subito e portare via Caroline da quei pazzi furiosi, ma sapeva di non poterlo fare. Doveva lasciare che le cose facessero il loro corso. Aveva affidato a Abe il comando della missione, perché sapeva che non sarebbe mai riuscito a essere obiettivo. Era Caroline, la *sua* Ice, quella che dovevano salvare.

La squadra aveva svolto numerose missioni di salvataggio in passato e probabilmente ne avrebbe svolte molte di più in futuro, ma tutti capivano istintivamente che questa volta era diverso. Stavano fondamentalmente salvando una dei loro. Ice apparteneva a Wolf; lo sapevano tutti ed erano decisi al cento per cento a riportarla indietro viva. Nessuno di loro era rimasto indifferente al coraggio da lei mostrato nella registrazione.

Loro erano stati addestrati ad affrontare gli interrogatori e a ridurre gli effetti delle percosse. Cribbio, l'addestramento di base e il BUD/S erano una tortura maggiore di quanto più persone avrebbero mai dovuto affrontare. Avevano anni di esperienza. Caroline non aveva la loro formazione, eppure aveva affrontato le percosse e il rapimento meglio di qualunque civile. Era la persona più innocente che avessero mai conosciuto. Era loro; era Ice.

Avere il comando non creava nessun problema a Abe. Wolf sapeva che lui, più di tutto il resto della squadra, sapeva quanto fosse importante Caroline per il suo capo e quanto anche lui volesse riportarla indietro sana e salva. Abe aveva assistito ai suoi gesti di coraggio. Sebbene Cookie, Dude e Benny apprezzassero il coraggio di Caroline dal video e da ciò che avevano sentito dire agli altri, non la conoscevano davvero. Sebbene quello non fosse "solo" lavoro per loro, per lui ed Abe era più personale.

Non potevano semplicemente fare irruzione. Dovevano aspettare e mettere le mani sul traditore dietro la videocamera. Era l'unico modo possibile in cui le cose si sarebbero risolte e Caroline sarebbe stata libera di vivere la sua vita. Wolf non voleva pensare a Caroline che lo lasciava, ma voleva che vivesse senza paura. Quell'intera faccenda avrebbe potuto provocare in lei dei ripensamenti riguardo all'avere una relazione con lui. Wolf era persino disposto a respingerla, se avesse creduto che ciò fosse nel suo miglior interesse. Ma voleva che vivesse. Aveva *bisogno* che vivesse.

Non aveva pensato molto oltre al tornare dalla missione e rivedere Caroline, ma tutto ciò che era accaduto nel breve periodo trascorso dopo il ritorno negli Stati Uniti aveva cambiato il suo modo di vedere le cose, soprattutto dopo aver tenuto Caroline fra le sue braccia per una notte. Non voleva lasciarla andare. Non lo avrebbe fatto, se lei avesse mostrato anche solo la metà dell'interesse che provava lui.

Mentre il gruppo teneva d'occhio il magazzino, due uomini uscirono; uno di loro portava in spalla Caroline. Wolf la guardò cercare di sollevarsi con le braccia, ma a fatica. Ci volle la mano di Abe sul suo braccio per fargli capire che era stato sul punto di saltare addosso agli uomini, in quel momento. Permettere che la portassero via senza fare nulla andava contro ogni suo istinto di protezione. *Sapeva* che dovevano trovare l'uomo dietro al tentato dirottamento dell'aereo, ma saperlo era quasi insufficiente. La squadra osservò mentre il terzetto si incamminava verso le barche allineate sul molo dalla parte opposta.

Wolf ed Abe girarono silenziosamente attorno all'edificio. Wolf confidava nel fatto che Benny fosse ancora in posizione. Sulla base di un presentimento, lo avevano messo in retroguardia. Speravano che quelle canaglie non lo avrebbero riconosciuto dal capanno. Nessuno sapeva se i terroristi avessero effettivamente visto gli altri membri della squadra o no, ma dovevano correre il rischio. Comunque, anche se avessero visto Benny, era probabile che non lo avrebbero riconosciuto a causa del suo travestimento.

Benny si era vestito da pescatore intento a pulire il pesce vicino al molo. Volevano ottenere quante più informazioni possibili prima di fare la loro mossa. Se i terroristi avessero cercato di spostare Caroline, volevano che Benny ascoltasse e vedesse il più possibile. Se l'avessero trasportata via mare, era necessario sapere su quale barca si trovasse. Erano troppe per tirare a indovinare. Sapevano tutti che non avrebbero avuto un'altra occasione per trovarla. Era il loro momento.

Guardarono i terroristi avvicinarsi alla posizione di Benny.

"Ha bevuto troppo, eh?" Benny rise, dando l'impressione di aver bevuto una birra di troppo mentre pescava.

L'uomo che trasportava Caroline badò bene a evitare che Benny vedesse la testa della donna. Le diede una pacca sul culo e disse: "Sì, diciamo così." Non rimasero a chiacchierare, ma continuarono a camminare, tenendo d'occhio Benny.

Benny si alzò mentre lo oltrepassavano. Non

accennò a interferire, sapendo di essere in inferiorità numerica e impegnato in quella che era di fatto una missione di ricognizione. Dopo che gli uomini gli furono passati accanto, tornò a sedersi e finse di tornare a lavorare sul suo pesce.

Vedendo che il pescatore non stava facendo nulla di sospetto, gli uomini si voltarono e camminarono veloci verso il molo.

Caroline sollevò la testa per cercare di farsi notare dal pescatore ubriaco. Doveva far capire a qualcuno che la situazione non era normale, che lei era ferita; doveva riuscire a trasmettere un qualche messaggio. Quando sollevò la testa, vide che il pescatore la stava fissando a sua volta. Non voleva trascinare altre persone in quella faccenda, ma doveva fare qualcosa. Aprì la bocca per dire qualcosa; non sapeva cosa, ma qualcosa. Ma prima che riuscisse a dire alcunché, svoltarono un angolo.

Un attimo prima di girare attorno a un piccolo edificio, Caroline ebbe l'impressione di vedere il pescatore sollevare la mano. Sembrava che stesse cercando di dirle qualcosa, ma era troppo tardi. Avevano svoltato l'angolo e l'uomo era svanito alla vista. Caroline era troppo stanca per piangere. Sapeva di essersi giocata l'ultima occasione. La sua testa precipitò. Non sapeva quanto altro sarebbe riuscita a sopportare.

Benny guardò il gruppo svanire dietro l'angolo. Merda. Aveva cercato di far capire ad Ice che erano lì, che stavano venendo a salvarla, ma aveva aspettato troppo e non sapeva se lei avesse capito quello che stava cercando di dirle. Aveva fatto il gesto che significava "stanno arrivando i soccorsi," ma non aveva visto alcun riconoscimento negli occhi della donna e lei non aveva risposto al segnale.

Benny prese il cesto col pesce che aveva finto di pulire e si incamminò ostentando noncuranza verso il magazzino. Doveva incontrare la sua squadra e preparare il motoscafo. Aveva visto la barca su cui gli uomini stavano portando Caroline. Parte di lui era lieta che l'operazione si stesse spostando sull'acqua. In generale, i SEAL erano preparati a ogni genere di scontro, ma non c'era nulla di meglio che spostare una battaglia sull'acqua. Era a quello che loro erano addestrati.

———

Caroline sussultò a malapena quando la buttarono sul sedile di un piccolo motoscafo. Ormai, era al di là della sofferenza. Oh, soffriva comunque, ma la morte imminente stava sopraffacendo le sensazioni dolorose.

Gli uomini non la degnarono di uno sguardo mentre preparavano la barca alla partenza. Caroline pensò di tuffarsi in mare, ma non credeva che ciò le sarebbe stato di grande aiuto. Era una buona nuotatrice, ma i terroristi l'avrebbero semplicemente ripescata. E poi, non era sicura di come se la sarebbe cavata in acqua, ferita com'era. Con la sua fortuna, il sangue che ancora le usciva dai polsi e dalla testa avrebbe attirato uno squalo che se la sarebbe mangiata.

Non dubitava che gli uomini avessero intenzione di continuare a torturarla. Non volevano che lei morisse di una morte buona e indolore. Decise che avrebbe fatto meglio a prendere tempo e scoprire il loro piano. Se avesse avuto l'occasione, magari sarebbe riuscita a scivolare fuori bordo in un loro momento di distrazione. Avrebbe avuto più possibilità una volta raggiunto il mare aperto. Si stava facendo buio e l'assenza di luce le sarebbe stata d'aiuto. Doveva solo aspettare e cercare di essere paziente.

Guardò gli uomini che borbottavano mentre preparavano la barca a lasciare il molo. Proprio mentre stava per partire, il puzzone e l'uomo ben vestito li raggiunsero. Il puzzone si diresse subito da lei e le diede un violento schiaffo sul viso, per poi ridere. L'elegantone, come lo aveva soprannominato lei, la ignorò e si recò nella piccola cabina di pilotaggio. Caroline era morta. Lo sapeva.

———

Wolf era lieto che stesse calando il sole. Ciò avrebbe agito a loro favore. Gli formicolava la pelle. Era pronto ad avere di nuovo Caroline fra le braccia e fuori pericolo. Seguirono il motoscafo da lontano. Non potevano certo perderlo, in mezzo all'oceano. Questo rendeva più difficile seguire i terroristi senza che loro se ne accorgessero, ma dopo un po' non avrebbe più fatto alcuna differenza se questi avessero saputo o meno della loro presenza. Sarebbe stato solo questione di raggiungerli prima che uccidessero Caroline.

Wolf sapeva che la loro barca era più veloce di quella dei terroristi, ma ancora una volta, voleva aspettare e scoprire cosa stessero architettando. In qualunque salvataggio, l'obiettivo era riportare indietro viva la persona catturata. Fino a quando non avessero saputo quali trucchi avevano in serbo i terroristi, non avrebbero potuto garantire la sicurezza di Caroline.

Wolf e i suoi uomini guardarono da lontano mentre il traditore saliva a bordo della barca. Ma non erano abbastanza vicini per vederlo chiaramente. Wolf rimase silenzioso e immobile, quasi troppo immobile. Ogni fibra del suo essere era concentrata sulla barca che fendeva il mare mosso di fronte a loro. Tutti gli uomini che avevano picchiato la sua donna erano su quella barca. Se avesse potuto fare le cose a modo suo, sarebbero tutti morti quel giorno; dopo che lui avrebbe portato in salvo Caroline.

———

Caroline si aggrappò al bordo del sedile, sussultando tutte le volte che la barca urtava un'onda. Le costole le facevano un male d'inferno. Lei cercò di ignorarlo e si concentrò sulla loro posizione. Se avesse dovuto tornare a riva a nuoto, voleva essere sicura di dirigersi nella direzione giusta. Ci mancava solo che sfuggisse ai terroristi solo per nuotare verso il mare invece che verso la spiaggia.

Dopo aver navigato per quelle che parevano miglia, finalmente la barca si fermò. L'uomo col completo uscì dalla cabina di pilotaggio e osservò in silenzio uno degli uomini afferrare Caroline per le caviglie. Poiché lei non stava pensando lucidamente ed era distratta dall'atteggiamento freddo dell'uomo col completo, non ebbe modo di lottare o di saltare fuori bordo. Non notò le catene appesantite che le stavano legando alle caviglie fino a quando esse non furono fermamente chiuse. Cercò di scalciare contro l'uomo più vicino, ma era troppo tardi. Oh. Mio. Dio. Sarebbe morta davvero. In un angolo del cervello aveva conservato la speranza che sarebbe riuscita a fuggire, ma era chiaro cosa quegli uomini avessero in mente per lei.

L'elegantone aveva di nuovo la videocamera in mano.

"Saluta il tuo SEAL, troia. Avremmo potuto evitare di arrivare a questo punto. Sei ancora in tempo per dirmi quello che voglio sapere." L'uomo fece una pausa, come per darle l'occasione di parlare e di salvarsi la vita.

Caroline lo fulminò con lo sguardo, rifiutandosi di parlare. Sapeva che, anche se avesse vuotato il sacco ora, il terrorista l'avrebbe uccisa comunque. Era pazzo. All'apparenza sano di mente, col completo stirato e immacolato, era palese che in realtà era quello più fuori di testa del gruppo. Caroline non voleva morire, ma a quel punto non credeva di avere altre possibilità.

"Proprio come pensavo. Siamo coraggiose fino alla

fine, eh? Beh, vedremo quanto sarai coraggiosa in fondo all'oceano. Oh, non preoccuparti: farò in modo che il tuo SEAL assista ai tuoi ultimi minuti di vita. Sono sicuro che si porterà dietro il senso di colpa per sempre." L'uomo ridacchiò sottovoce, ridendo della sua stessa battuta. Poi rivolse un cenno del capo al puzzone. Questi afferrò Caroline sotto le ascelle, mentre uno degli altri uomini la prese per le gambe. Il terzo uomo sollevò i pesi. Si mossero tutti e tre verso il fianco della barca.

Caroline si dimenò e lottò contro la loro presa. Artigliò con le unghie il viso del più vicino, in preda alla disperazione. Trovò finalmente la voce e si mise a urlare. Li pregò di non farlo e promise loro che avrebbe detto tutto quello che volevano sapere. Nel rendersi conto che la sua morte era imminente, ogni pensiero di nobiltà e coraggio era svanito dalla sua mente. Gli uomini si limitarono a ridere dei suoi deboli tentativi di fuga e la buttarono fuori bordo come se stessero gettando la spazzatura.

Caroline gemette e si irrigidì, sapendo che l'impatto con l'acqua avrebbe fatto male... molto. Quando il momento arrivò, lei tossì e ingoiò un bel po' di acqua. Cribbio, faceva un male cane; era atterrata sul fianco con le costole rotte. Cominciò subito ad affondare. Non le avevano legato le mani, quindi ebbe la fortuna di poterle usare per cercare di raggiungere la superficie. Per fortuna aveva dei galleggianti naturali. Non si sarebbe mai più lamentata di quegli otto chili di troppo.

Trasse un'ampia boccata d'aria prima di affondare di nuovo. Fece uno sforzo e riuscì a tornare a galla abbastanza velocemente da non affondare. Per fortuna, i pesi che le avevano legato alle caviglie non erano troppo pesanti. L'avevano sottovalutata. Ma Caroline sapeva che non avrebbe avuto l'energia di continuare a lungo. Era appesantita, dolorante e stanca e sebbene fosse una buona nuotatrice, sapeva di non essere in grado di restare a galla per un tempo indefinito. Non sarebbe mai riuscita a sopravvivere se l'avessero lasciata sola nel bel mezzo dell'oceano.

Le onde si infrangevano sopra la sua testa mentre lei faceva su e giù. Caroline non sapeva come le fosse venuto in mente che le acque sarebbero state ferme, lì nel mezzo dell'oceano. Per fortuna era un chimico e non un oceanografo. Inghiottiva acqua tutte le volte che ansimava, ma dato che ne ricavava anche un po' di aria, non credeva di potersi lamentare.

Sentì la voce dell'elegantone chiamarla dalla barca. Le stavano rimanendo vicini, ma non abbastanza da permetterle di afferrarsi alla fiancata. Le giravano attorno, come per prenderla ulteriormente in giro.

"Dimmi dell'aereo e ti ripeschiamo. Tutto ciò che devi dirmi è come hai fatto a sapere del ghiaccio e vivrai."

La stava prendendo in giro e lei lo sapeva benissimo. Prima che la gettassero fuoribordo, lei aveva promesso a quegli uomini di rivelare tutto quello che sapeva. Se l'elegantone avesse davvero voluto quelle informazioni, avrebbe potuto ordinare agli uomini di metterla giù e ascoltarla.

"Fottiti!" gridò Caroline all'uomo, anche se con grande fatica. Guardò la stupida luce rossa sulla videocamera che continuava ad ammiccare. Il bastardo la stava ancora riprendendo. L'uomo accanto a lui sollevò un braccio. Cavoli. Sul serio? Ora volevano anche spararle? Trattenne un singhiozzo. Sarebbe stato molto più facile se lei non avesse avuto tanta voglia di vivere.

Caroline trasse un respiro profondo e si lasciò affondare. Che le venisse un colpo se si fosse lasciata colpire da un proiettile dopo tutto quello che le era successo. Dirottata, pugnalata, stalkerata, incendiata, rapita, picchiata, gettata fuori bordo e *poi* uccisa a colpi di pistola? No. Quello proprio no.

Ricordava vagamente uno spettacolo televisivo durante il quale il presentatore dimostrava che tuffarsi sott'acqua poteva proteggere una persona dai proiettili, perché una volta colpita l'acqua, quelli rallentavano, venivano deviati o qualcosa del genere. Caroline non ricordava bene i principi scientifici dietro al ragionamento, ma sperava che non si trattasse di un'invenzione. Affondò velocemente. I pesi alle caviglie contribuirono. Smise di pensare e si limitò ad affondare. Era quasi come galleggiare. Il silenzio era divino.

———

Abe diede gas e si diresse verso l'altra barca, che ora ondeggiava nell'acqua. Avevano osservato con orrore quando Caroline era stata gettata fuori bordo, urlando, poi con sollievo quando lei era riemersa. Ora o mai più. Wolf e Benny erano pronti ad agire, mentre Dude e Cookie avevano indossato le tute subacquee ed erano pronti a tuffarsi. Avevano discusso il piano e ciascuno conosceva il suo ruolo. Avevano lavorato insieme così a lungo da essere quasi in grado di leggersi nel pensiero a vicenda. Erano una squadra di SEAL ed erano lì per fare il loro lavoro. Il fallimento non era un'opzione, *soprattutto* quando c'era di mezzo uno di loro. E Ice era una di loro. Al cento per cento.

Udirono gli spari mentre si avvicinavano alla barca dei terroristi. Wolf aveva il cuore in gola. Caroline doveva star bene; doveva.

"Marina degli Stati Uniti! Gettate le armi!" gridò Abe dall'altoparlante della barca. Mirò il proiettore verso l'altra barca, accecandone parzialmente gli occupanti. Videro due uomini correre nella relativa sicurezza della cabina di pilotaggio. Se non altro, alle loro azioni, gli spari cessarono. Uno degli uomini che era corso in cabina era quello che aveva sparato a Caroline. L'uomo col completo si limitò a ridere e a puntare la videocamera verso di loro. Il quarto uomo, quello che nel video aveva picchiato Caroline più di tutti, rimase dov'era in una posa arrogante.

"Credete di poterla salvare?" gridò l'uomo col completo. "Io non penso proprio. Non avete visto le

catene che aveva attaccate alle caviglie? Non la trove-
rete mai. La troia ha toccato il fondo."

Fallo parlare, fallo parlare, ripeté a se stesso Wolf,
rifiutandosi di cadere nella trappola tesa dall'altro
uomo. Doveva distrarlo. Doveva fare il suo lavoro. La
vita di Caroline dipendeva da quello.

"Consegnatevi ora e avrete salva la vita," rispose ad
alta voce. Sapeva che non sarebbe successo, ma cercò
comunque di convincere l'uomo.

Finalmente, questi posò la telecamera.

"Col cazzo!" gridò in risposta, estraendo una pistola
dei pantaloni. La puntò verso la barca dei SEAL e aprì il
fuoco. Wolf si chinò appena in tempo; avrebbe potuto
giurare di aver sentito il proiettile passargli sopra la
testa.

"Ultima possibilità, stronzo," gridò di nuovo,
badando a tenersi basso.

Quando non ci fu risposta, Benny diede a Abe il
segnale di allontanarsi dalla barca dei terroristi. Avrebbero dovuto agire diversamente. Avevano sempre un
piano B. Anzi, nella maggior parte dei casi, il piano B
era di fatto il piano A, ma loro cercavano sempre di
seguire la strada "gentile" prima.

Wolf sapeva che il comandante si sarebbe incazzato,
ma avevano altre cose a cui pensare: per la precisione,
Caroline. Avevano dato al traditore la possibilità di
arrendersi, ma questi aveva rifiutato. Avrebbero voluto
interrogarlo, scoprire quali fossero i suoi legami e
quanto fosse radicata la cellula terroristica, ma ora non

avevano scelta. Tutti i membri della squadra speravano che il federale lavorasse da solo, ma non lo avrebbero saputo per certo prima di tornare alla base e analizzare il video di quello che stava succedendo.

Era procedura standard filmare le operazioni, quando possibile. Benny aveva acceso la telecamera prima di lasciare il molo. Tex avrebbe potuto controllare il video e verificare fino a dove si fosse spinta la portata del traditore. Perdiana, probabilmente Tex aveva già scoperto la sua identità analizzando i filmati delle telecamere di sicurezza della marina. Quell'uomo era di una bravura inquietante in quello che faceva.

Non c'era molto tempo per salvare Caroline e liberarsi di quelle teste di cazzo. La scelta era fra loro e Caroline; non era davvero una scelta. Era giunto il momento di agire.

I SEAL si allontanarono, facendo credere ai terroristi di averci rinunciato. Uno degli uomini sulla barca dei terroristi avviò il motore e cominciò a condurre il natante lontano da loro. Wolf ed Abe riuscirono giusto a sentire la sua risata sguaiata prima che questi partisse a tutto gas. Contando fino a tre, Wolf voltò la testa per proteggere gli occhi proprio mentre la barca esplodeva.

Frammenti della barca dei terroristi piovvero nell'acqua tutto attorno a loro. Wolf ed Abe sapevano che i terroristi non sarebbero più stati un problema.

Wolf non degnò più di un pensiero i quattro uomini che erano appena letteralmente esplosi di fronte ai suoi occhi. Non gliene fregava niente di loro. L'unica cosa importante era Caroline. Avevano impiegato troppo tempo? Lei era ancora viva?

———

Caroline si sentì affondare sempre più nell'acqua. Le si stapparono le orecchie e ciò la riscosse dal suo torpore. Merda, era affondata troppo. Non credeva che sarebbe riuscita a tornare in superficie prima di esaurire l'aria... o le forze.

Le faceva male tutto, ma doveva provare. Aveva cominciato a usare le braccia per tornare in superficie quando qualcuno l'afferrò da dietro. Fu presa dal panico. Scalciò con le gambe legate, cercò di usare le braccia per colpire quella persona, ma le aveva bloccate lungo i fianchi. Cristo, stava per morire. Stava per morire proprio lì, dopo tutto quello che aveva passato, dopo tutti gli sforzi e le lotte. Non era giusto. Tanto valeva inalare quanta più acqua possibile per farla finita in fretta.

Caroline sentì che qualcosa le veniva messo sulla testa e cercò di sottrarsi a chiunque la stesse trattenendo, ma non riuscì a trattenere la reazione naturale del suo corpo bisognoso di ossigeno da inalare. Ecco, era morta... tranne che, per qualche motivo, non lo era.

Inalò di nuovo. Ossigeno. Quella che le avevano messo sul viso era una maschera subacquea. Inalò avidamente l'ossigeno. Era ancora terrorizzata, ma se non altro, per il momento, aveva dell'aria. Cercò di voltare la testa, ma la mano che le teneva la maschera sul viso era troppo forte. Cominciò a cedere di nuovo al panico. I terroristi l'avevano rapita di nuovo? Avevano atteso in agguato, convincendola che sarebbe morta prima di ricatturarla? Era un nuovo tipo di tortura?

Un attimo prima che potesse scatenarsi in lei un vero e proprio attacco di panico, Caroline sentì la persona alle sue spalle prenderle una mano e premere con forza contro di essa indice e anulare. Per poco non singhiozzò per il sollievo. Matthew... No, non era Matthew, ma un membro della sua squadra. Caroline afferrò la mano dell'uomo e strinse il più forte possibile, il che probabilmente non era molto forte nelle sue condizioni, per comunicargli che aveva capito. Che sapeva di essere con Matthew. Era felicissima che l'avessero trovata. Avrebbe voluto piangere, ma doveva concentrarsi sul respiro.

Non aveva idea di come chiunque fosse alle sue spalle fosse finito in acqua con lei proprio quando Caroline aveva bisogno di lui, ma non era il momento per pensarci. Avrebbe ringraziato più tardi. Cercò di rilassarsi. Si lasciò andare tra le braccia dell'uomo, in modo che questi capisse per certo che lei sapeva che era venuto ad aiutarla.

L'uomo le portò una mano alla maschera che Caroline aveva sul viso e premette forte. Lei annuì. Aveva capito: doveva tenere la maschera addosso. Poteva farcela.

Cookie si rilassò leggermente. Caroline aveva capito. Lui aveva avuto paura che il dolore e il panico le avessero fatto perdere completamente la lucidità e che lei avesse dimenticato il segnale che Wolf aveva stabilito come segno di riconoscimento. Dopo tutto quello che aveva sentito su di lei da Wolf, Abe e Mozart, avrebbe dovuto sapere che Caroline avrebbe mantenuto la calma e confidato che lui avrebbe fatto tutto il necessario per assicurarsi che entrambi ne uscissero vivi.

Cookie era stato pronto a stordirla, se necessario, ma con lei che collaborava era tutto molto più facile. Era doppiamente grato di essere arrivato da lei prima che Caroline perdesse conoscenza. Sarebbe stato molto più difficile se avesse dovuto anche eseguire una rianimazione subacquea. Non era una delle loro manovre preferite, ma erano stati tutti addestrati nelle tecniche di salvataggio. Cookie non sapeva esattamente cosa stesse accadendo sopra le loro teste, ma sapeva di avere i secondi contati.

Non poteva fare nulla per i pesi legati alle caviglie di Caroline, ora, ma il peso in più e il fatto che lei non potesse usare le gambe non lo avrebbero rallentato. Si allontanò scalciando dalla barca dei terroristi. Doveva allontanarsi abbondantemente prima che Dude la facesse saltare. L'onda d'urto subacquea avrebbe potuto essere letale quanto un proiettile o dell'acqua nei polmoni.

Scalciò vigorosamente, controllando periodicamente che Ice avesse ancora la maschera sul viso e stesse respirando l'ossigeno salvavita.

Ogni volta che la guardava, lei stava ancora respirando. Sapeva che la donna aveva rischiato grosso. Persino ora vedeva che lei stava usando tutte le forze che le restavano per tenersi la maschera sul viso. Non stava cercando di aiutarlo a nuotare. Era un peso morto fra le sue braccia.

————

Wolf si guardò attorno. Era difficile vedere qualcosa, coi frammenti della barca esplosa che galleggiavano attorno a loro. Dov'era Dude? Dov'era Cookie? Dov'era Caroline? Merda. Non era mai stato così ansioso per il risultato di una missione, in passato. Ben lo raggiunse alla murata mentre Abe manovrava lentamente attorno alla zona principale dei relitti. Avevano perlustrato tutti insieme la superficie in cerca dei loro compagni di squadra. Fu lui il primo a vedere il segnale. Era Dude. Avvicinò la barca all'uomo e Wolf e Benny lo aiutarono a salire a bordo.

Dude si tolse la maschera.

"Li avete trovati?" chiese, ansioso quanto Wolf. Lui scosse la testa, sapendo che Dude si riferiva ad Ice e Cookie; quindi si raddrizzò per osservare nuovamente la superficie dell'acqua. Dude si alzò e lo raggiunse.

"Cookie e io ci siamo separati a circa sessanta metri dalla barca. Lui è andato a prendere Ice, che si era immersa un attimo prima che quello stronzo le sparasse. Io ho fatto il giro della barca. Proprio come avevamo pianificato, mentre voi lo distraevate, ho assicurato gli esplosivi alla prua e me ne sono andato proprio quando erano sul punto di partire. Sapete già il resto."

Wolf annuì distrattamente. Conosceva il piano e doveva rendere a Dude il merito di aver svolto alla perfezione la sua parte. Nonostante la mano devastata e le dita mancanti, Dude era l'esperto di demolizioni migliore che lui avesse mai conosciuto. Non esisteva bomba che lui non fosse in grado di disinnescare e non esisteva esplosivo che lui non fosse in grado di sfruttare al meglio. Ma nonostante la sua mente fosse colma di gratitudine nei confronti di Dude per aver superato lo stallo, si chiedeva dove fossero Cookie e Caroline. Aveva un bisogno disperato di sapere che lei era sana e salva.

Mentre Cookie portava Ice lontano dalla barca da cui era stata gettata fuori bordo, avvertì l'esplosione. Era vicina, ma non troppo. Ce l'avevano fatta. Continuò a nuotare sott'acqua per assicurarsi che fossero al sicuro da eventuali frammenti volanti. Dopo la traumatica esperienza di Caroline, Cookie non voleva che venissero colpiti da qualcosa, sotto o sopra il pelo dell'acqua. Nuotò un po' oltre quella che riteneva la distanza di sicurezza, tanto per stare sicuro e per tenersi al riparo dell'oscurità. Non sapeva esattamente cosa fosse accaduto sopra le loro teste... Sapeva ciò che *sarebbe* dovuto accadere, ma sapeva anche che non accadeva sempre.

Quando ritenne che si fossero allontanati abbastanza, Cookie risalì lentamente in superficie. Ormai era buio pesto. Vide la barca dei SEAL a circa cinquecento metri di distanza, ma non fece subito un segnale. Doveva assicurarsi che la situazione fosse davvero sotto controllo e che Ice stesse bene. Sapeva che Wolf si sarebbe incazzato per il ritardo, ma non intendeva mettere a rischio la vita di Ice dopo tutto quello che lei aveva passato.

La teneva ancora con fermezza con un braccio. La catena attorno alle caviglie la appesantiva, ma non c'era rischio che affondasse. Cookie era il miglior nuotatore della squadra. Era anche per quello che era stato scelto per agire in acqua. Wolf si era offerto volontario, ma tutti sapevano che doveva restare a bordo della barca. L'uomo del video lo conosceva e sarebbe stato meglio se fosse stato lui a condurre le trattative. Cookie sapeva che era stato devastante, per Wolf, fare un passo indietro e accettare. Era sottinteso che, se Caroline non fosse sopravvissuta a qualunque cosa le avessero fatto i terroristi, Wolf avrebbe perso la testa. Era meglio avere Cookie in acqua, tanto per stare sicuri.

Cookie strinse la schiena di Ice contro il proprio petto con un braccio e con l'altro cercò di allontanarle con delicatezza le mani dalla maschera. La donna la stava ancora tenendo ferma in una morsa di ferro.

Caroline ripeté a se stessa: *Non mollare. Non mollare. Non mollare.* Era il suo mantra. Era stanchissima e in preda a una sofferenza devastante, ma sapeva che doveva tenersi quella maschera stretta al viso o sarebbe morta. Sentì qualcosa... Cercò di concentrarsi, ma era così stanca... Finalmente, si rese conto che qualcuno le stava parlando.

"Va tutto bene, Ice, è tutto a posto. Puoi lasciare la maschera, ora. Va tutto bene. Ce l'hai fatta. Ci sono qui io. Non siamo più sott'acqua... Sei al sicuro..." Cookie continuò a parlare alla donna con voce tranquillizzante. Avrebbe continuato a farlo per tutto il tempo necessario a far sì che lei uscisse dalla trance.

Caroline aprì gli occhi gonfi, per quanto possibile. Non ci vedeva molto, essendo buio, ma riusciva a vedere una luce ondeggiare su e giù in lontananza. Sentiva se stessa ondeggiare su e giù fra le onde. Cercò di rilassare le braccia, ma quelle non volevano saperne di muoversi. Alla fine, costrinse i suoi muscoli urlanti di dolore a mollare la presa sulla maschera. Cookie allungò una mano e gliela tolse dal viso non appena lei mollò la presa e Caroline trasse un respiro poco profondo, per non farsi dolere le costole. Afferrò il braccio che la sosteneva premendolo contro il petto. Non riusciva a vedere l'uomo che aveva alle spalle, ma sapeva che era uno dei buoni: un membro della squadra di Matthew.

"G-g-grazie," disse con voce bassa e rotta.

Cookie le strinse delicatamente il petto in risposta. "Il lavoro duro l'hai fatto tutto tu, Ice. Io sono arrivato solo alla fine, quando avevi bisogno di un piccolo aiuto. Che ne dici di andarcene da qui?" chiese a bassa voce.

Sentì Caroline annuire e sorrise. Attivò la luce di segnalazione e attese.

———

"Guardate!" disse Benny, indicando un punto lontano. Spostarono tutti lo sguardo e videro una luce che ondeggiava sull'acqua, a circa cinquecento metri di distanza.

"Grazie a Dio," mormorò Wolf. Sapeva che quel segnale significava che Cookie aveva trovato Caroline. Non voleva pensare che le cose stessero diversamente. Si voltò per assicurarsi che anche Abe avesse visto Cookie, ma Abe stava già voltando la barca e dirigendosi nella direzione da cui proveniva il segnale. Wolf guardò la luce farsi sempre più vicina. Finalmente, vide Caroline al sicuro fra le braccia di Cookie. Aveva creduto di averla persa per sempre. Dio. Quando non avevano trovato subito lei o Cookie, Wolf aveva cominciato a pensare al peggio. Avrebbe dovuto sapere che Caroline era troppo cocciuta per morire. Abe accostò la barca ai due.

"Attento, Wolf," disse a bassa voce Cookie. "È messa piuttosto male. E non dimentichiamo le catene alle caviglie."

Wolf serrò i pugni. Avrebbe voluto tornare indietro nel tempo e uccidere di nuovo quegli uomini. Annuì rigidamente per far capire che aveva udito le parole del suo commilitone.

Cookie si chinò nuovamente verso Caroline.

"Ice, adesso devi lasciare il mio braccio. C'è qui Wolf... Ti aiuterà lui a salire sulla barca... Va bene?"

Caroline annuì e aprì di nuovo gli occhi gonfi, ma li richiuse subito. La luce proveniente dalla barca glieli faceva dolore. Staccò con prudenza le dita dal braccio di Cookie e attese.

Non riusciva a fare nulla da sola. Si limitò ad aspettare che qualcuno la sollevasse di peso e la mettesse sulla barca. Finalmente, sentì le braccia di Matthew circondarle la vita e Cookie che la lasciava andare. Si sentiva pesantissima... Ah, sì, aveva ancora i pesi alle caviglie.

Wolf sollevò delicatamente Caroline per la vita e la strinse a sé. La donna era pesante e lui vide che ciò era dovuto alla catena e ai pesi alle sue caviglie. La sollevò oltre il bordo della barca e, una volta verificato che lei lo avesse oltrepassato, si sdraiò supino sul ponte con Caroline sopra di lui. L'acqua assorbita dai vestiti di lei lo inzuppò velocemente, ma lui non vi badò. Le braccia di Caroline non si erano allungate attorno a lui, ma erano rimaste strette insieme di fronte a lei, contro il petto di Wolf. Lui riusciva a sentire il suo respiro superficiale.

"Mio Dio, Caroline," le mormorò. "Grazie a Dio. Grazie a Dio. Eccomi. Sei al sicuro." Stava farfugliando e non riusciva a fermarsi. Tutto ciò che sapeva era che Caroline era fra le sue braccia, illividita e malconcia, ma al sicuro.

Caroline udì Matthew dalle profondità della sua

mente. In qualche modo, trovò la forza di schiudere gli occhi. Non riusciva a sollevare la testa dall'incavo del collo dell'uomo, ma riuscì ad aprire un pugno e ad appoggiare la mano sul suo petto. Sentiva il cuore dell'uomo battere sotto la sua mano e questo la calmò. Finalmente, era al sicuro. "Ti sto bagnando tutto," mormorò, per poi perdere subito conoscenza.

Benny e Dude tagliarono la catena dalle caviglie di Caroline mentre la barca tornava a riva. Wolf non si mosse. Non ce la faceva. Circondò la sua donna con le braccia e la strinse a sé. Vedeva i suoi occhi gonfi e il sangue che le scorreva ancora da un punto della testa. Caroline aveva visto l'inferno, ma era lì ed era ancora viva.

Cookie coprì Ice e Wolf con una coperta. Wolf gli rivolse un cenno di ringraziamento. Si strinse Caroline al petto e pregò che se la cavasse. Contò i suoi respiri, sollevato dal fatto che perlomeno Caroline respirava, nonostante la sua terribile disavventura. Gli sembrava così fragile fra le sue braccia. Aveva paura a spostarla. Sapeva che era ferita. Tutto quello che le era successo era accaduto a causa sua. Sapeva che Caroline avrebbe detto il contrario, ma conosceva la verità. Doveva prendere delle decisioni.

CAPITOLO DICIOTTO

CAROLINE GEMETTE. Le faceva male tutto. Cercò di ricordare cosa le fosse successo per essere così dolorante. Tornò tutto in un lampo. Il capanno, Matthew, il magazzino, la barca... Aprì gli occhi, o almeno cercò di farlo. Wow, la faccia le faceva davvero male. Si portò una mano al viso e ne sentì il gonfiore. Porca miseria. Finalmente, riuscì a schiudere un po' gli occhi e si guardò attorno. Una stanza di ospedale. Era in ospedale. Lei *odiava* gli ospedali. Si guardò attorno. Non c'era nessuno tranne lei. Cercò di scacciare la delusione. Matthew non aveva motivo di essere lì al suo risveglio, ma lei aveva sperato di trovarlo comunque. Dov'erano tutti? Voleva uscire da lì... Voleva... Perdiana. Chiuse gli occhi e si riaddormentò nel giro di pochi istanti.

Dopo aver lasciato Caroline all'ospedale della Marina, Wolf e la sua squadra avevano chiamato il loro comandante, spiegando tutto ciò che era accaduto quella notte. Tex aveva analizzato i filmati e li aveva ingranditi. Sorprendentemente, era stato facile identificare l'uomo col completo. Quando Tex aveva mandato il fotogramma a Wolf, lui l'aveva riconosciuto immediatamente.

Era un agente dell'FBI, uno di quelli con cui avevano parlato in Nebraska dopo aver fatto atterrare l'aereo. Non c'era da stupirsi che fosse stato abbastanza vicino al sito dell'atterraggio per parlare con loro. Era stato lui a organizzare l'attentato. Era palese che si era offerto volontario per venire in Nebraska a interrogarli. Wolf, Abe e Mozart avevano avuto la sensazione che qualcosa puzzasse riguardo al loro interrogatore. Il loro istinto ci aveva visto giusto.

Non avevano idea di quale fosse stato il reale movente dietro al tradimento dell'uomo, ma ormai non aveva più importanza. Tutto ciò che contava per Wolf era che fossero riusciti a salvare Caroline. Spettava al resto dei federali cercare di capire fino a che punto si estendesse il tradimento. Per il bene del Paese, Wolf sperava che il traditore avesse agito da solo. Dio solo sapeva che il loro lavoro era già abbastanza duro senza dover affrontare regolarmente terroristi domestici oltre a quelli stranieri.

Wolf era grato che avessero tenuto per loro i dettagli di quanto accaduto. L'unica persona a sapere tutto del volo e del ruolo di Caroline era stata il loro comandante. Avrebbero dovuto fare rapporto sull'incidente in Virginia e molto probabilmente le ripercussioni sarebbero state durature, tanto per l'FBI quanto per la squadra di SEAL, ma Wolf non riusciva proprio a pentirsene. Non finché Caroline era salva.

———

Wolf cercò di ignorare i suoi commilitoni. Non erano felici di lui. No, "non erano felici" era un eufemismo: erano proprio incazzati. Avevano trascorso buona parte della nottata a discutere, ma lui non aveva ceduto. Non era adatto a Caroline. Bastava vedere cosa le era successo dopo averlo conosciuto. Solo cose brutte. Era quasi morta durante un dirottamento, qualcuno era entrato nel suo appartamento, l'avevano messa nel Programma di Protezione Testimoni, era stata rapita, percossa, colpita ed era quasi annegata. Non era sicuro per un SEAL avere una relazione. Perché i membri della sua squadra non riuscivano a capirlo?

Avrebbero dovuto aspettare che Ice si svegliasse, quando l'avevano portata in ospedale. Cookie, Benny e Dude avrebbero dovuto conoscerla quando era cosciente, non semisvenuta in una barca. Soprattutto Cookie. Caroline sembrava fare lo stesso effetto su di tutti. Aveva fatto colpo su Cookie, cosa molto difficile. Lui aveva raccontato a tutti come, nonostante il panico, la donna avesse riconosciuto subito il segnale. Di come si fosse rilassata e avesse lasciato che lui la portasse al sicuro e di come l'aveva persino ringraziato mentre galleggiavano nel bel mezzo del dannato oceano.

Erano incazzati perché Wolf sembrava aver rinunciato a lei. Non riuscivano a capire come Wolf potesse lasciare che Ice facesse la sua convalescenza da sola in ospedale, dopo tutti gli sforzi fatti per salvarla. *Sapevano* che lui l'amava, ma per qualche motivo, ora che ne era sicuro, Wolf faceva il testardo.

Dal canto suo, lui non riusciva a pensare ad altro che a tutto ciò che Caroline aveva subito. Aveva due costole rotte e un numero incalcolabile di tagli, lividi e graffi. Aveva i polsi coperti da spessi bendaggi e le avevano messo otto punti per un taglio sulla testa. Era disidratata e debole, perché non aveva mangiato né bevuto nulla. Aveva preso un sacco di botte, ma ciò nonostante aveva mantenuto la presenza di spirito. Delirando sulla barca e lungo la strada per l'ospedale, aveva continuato a ripetere un sacco di volte: "Non ho parlato, giuro che non ho detto nulla." Wolf era riuscito a rassicurarla, ma non appena l'aveva lasciata andare e l'aveva messa su una barella dell'ospedale, lei aveva ricominciato. Lasciarla lì gli aveva letteralmente spezzato il cuore, ma lui *sapeva* che era la cosa giusta da fare, non importavano le proteste della sua squadra.

———

Cookie, Benny e Dude entrarono in punta di piedi

nella stanza d'ospedale, per quanto potessero muoversi in punta di piedi tre uomini adulti. Si chinarono sulla donna che giaceva nel lettino vicino alla finestra. Stava dormendo. Aveva un aspetto orribile. Il suo volto era coperto di lividi e le sue braccia non erano messe molto meglio. Non riuscivano a vedere altro, ma sapevano che aveva un paio di costole rotte e che molto probabilmente tutto il resto del suo corpo era coperto di lividi.

I tre uomini avrebbero voluto restare con lei quando era stata portata lì, ma Wolf aveva negato loro il permesso. Oggi erano venuti a sua insaputa. Dovevano conoscerla di persona. Avevano imparato molto su di lei da Mozart ed Abe, e anche osservando il comportamento di Wolf con lei sulla barca.

In passato, loro non avevano pensato molto alle donne. Amavano le donne, amavano *andare a letto* con le donne, ma oltre a quello non avevano mai dedicato loro molte attenzioni. Si chiedevano perché quella donna fosse così speciale, cosa ci fosse in lei che aveva spinto i loro commilitoni a compiere delle azioni che non avrebbero mai fatto prima di conoscerla. Cookie e Benny si sedettero da un lato del lettino, Dude dall'altro.

Caroline si mosse irrequieta. Chi era stato a svegliarla? Aprì gli occhi e trattenne a malapena un grido. C'erano tre uomini seduti attorno al suo letto. Tre uomini massicci. Erano lì per farle del male? Wolf aveva catturato tutti i terroristi? Cercò di riflettere... Aveva delle armi a sua disposizione? Poco prima che lei avesse un vero e proprio attacco di panico, uno degli uomini le tese la mano.

"Piacere di conoscerti, Ice. Sono Dude."

Caroline guardò l'uomo e la sua mano tesa. Dude. Era uno degli uomini di Matthew? Allungò la mano e afferrò con prudenza quella dell'uomo, scuotendola. Decise di concedergli il beneficio del dubbio. "Piacere di conoscerti. Sono Caroline." La voce le uscì dalla gola bassa e gracchiante.

Attese e alla fine lo sentì: il secondo e il quarto dito dell'uomo premevano più forte del resto della sua mano. Sorrise. "Faulkner, giusto?" chiese all'omone.

Questi annuì e sorrise, ma disse: "Dude."

"Io sono Benny," le disse a bassa voce uno degli altri uomini. Caroline si voltò verso di lui per stringergli la mano e ricevette lo stesso segnale. Erano i commilitoni di Matthew. Grazie a Dio. Al momento, non credeva di avere le forze di sfuggire a un altro dannato attacco terroristico.

"Benny..." Rifletté per un istante, poi disse con una certa esitazione: "Kason?"

Benny si portò la sua mano alle labbra e la baciò delicatamente. "Sono io."

Caroline si rivolse al terzo uomo mentre Kason le lasciava la mano. "E tu devi essere Hunter," disse con voce tremante, le emozioni messe a nudo di fronte all'uomo che aveva letteralmente stretto la sua vita fra le braccia.

Questi annuì e, invece di tendere la mano, si alzò e si

chinò su di lei. La prese con delicatezza fra le braccia e la strinse in un abbraccio di conforto. Per Caroline, quel gesto sapeva di giusto. Soffriva ancora un poco, ma ignorò il dolore e si concentrò sul dimostrare il proprio apprezzamento nei confronti del grosso SEAL che la stringeva.

"Grazie, Hunter," disse sinceramente nel suo orecchio. "Grazie." Non ebbe bisogno di dire altro. Sentì Hunter annuire; poi, cautamente, questi la fece sdraiare di nuovo sul letto.

Caroline guardò i tre uomini seduti attorno a lei.

"È bello conoscervi, finalmente. State tutti bene? Non so cosa sia successo là fuori. So che Hunter mi ha salvato quando ero sott'acqua, ma ho solo qualche vago ricordo di quello che è successo dopo. Che fine ha fatto l'elegantone?"

Dude capì a chi Caroline si stava riferendo e sentì la paura nella sua voce. "È finita, Ice. Non dovrai mai più preoccuparti di lui. C'era lui dietro a tutto. Era un agente dell'FBI infedele. Sembra che abbia agito da solo e che non avesse un'organizzazione alle spalle o qualcosa di simile. Non può mandare nessun altro a cercarti. Sei al sicuro." Dude non ne era proprio certo, ma non avrebbe mai detto nulla che potesse far preoccupare Ice. Quella donna ne aveva già viste abbastanza.

Caroline esalò un sospiro di sollievo. "Grazie a Dio. Ma voi state bene? Stanno tutti bene?"

Benny annuì. "Noi stiamo tutti benissimo, Ice. È per *te* che siamo preoccupati."

Caroline cercò di non piangere. Era bello avere qualcuno che si preoccupasse per lei, ma se voleva essere onesta con se stessa, non erano quelli gli uomini che voleva davvero vedere. Voleva vedere Matthew, assicurarsi che stesse bene... Diamine, anche solo stare con lui. Ma lui non era passato. Caroline non lo vedeva da quando era stata sulla barca e ricordava ben poco di quell'esperienza. Era palese che l'uomo aveva deciso che lei non ne valeva la pena. Le faceva male. Aveva creduto di piacergli davvero. Matthew era davvero bravo a recitare, quello era sicuro.

"Come sta Sam?" si affrettò a chiedere Caroline, cercando di nascondere il dolore per il fatto che Matthew non volesse vederla.

"Sta bene," disse Cookie. "Continua a rompere i coglioni perché vuole uscire dall'ospedale e tornare al lavoro. Nei prossimi giorni, tornerà a San Diego con noi." Non accennò alle cicatrici sul viso di Mozart e alla loro gravità. Sapeva che, probabilmente, Caroline si sentiva già abbastanza in colpa.

Caroline ebbe un tuffo al cuore nell'udire le parole di Hunter. Dunque, se ne sarebbero andati. Presto. Nel giro di qualche giorno. Lei lo aveva sempre saputo, ma aveva sperato di vedere Matthew, o almeno di parlargli prima della partenza. Cercò di farsi forza.

"Ne sono sicura," disse con una risata forzata. "Potete portargli i miei saluti?"

"Ma certo, Ice. Anche lui sarebbe qui, se potesse," disse Benny.

"Lo so. Sono solo felice che stia bene."

Nella stanza ci fu un momento di silenzio. Caroline non voleva chiedere dove fosse Matthew o perché non fosse venuto a trovarla. Ma avrebbe tanto voluto saperlo. Come se potesse leggerle nel pensiero, Cookie le disse in tono gentile: "Lui non sa che siamo qui."

Caroline annuì, anche se aveva la sensazione che qualcuno le avesse strappato il cuore dal petto. Matthew non voleva vederla e non voleva che i suoi amici la vedessero. Quello le faceva più male di quanto volesse ammettere.

Benny proseguì, cercando di farla sentire meglio: "Volevamo conoscerti... conoscerti *davvero*. È strano non conoscere una nostra compagna di squadra." Le sorrise.

Caroline cercò di ricambiare il sorriso, ma capì di aver fallito miseramente quando Kason non ricambiò. "Grazie, ragazzi, ma sapete che non faccio parte della squadra. Ho solo intralciato il lavoro della *vostra* squadra."

Nessuno dei tre uomini sorrise.

Cookie si infilò una mano in tasca e ne estrasse qualcosa. Prese una delle mani di Caroline, vi mise l'oggetto nel palmo e le chiuse delicatamente le dita attorno a esso prima che lei potesse vedere di cosa si trattasse. Quando l'uomo tornò a sedersi senza dire una parola, Caroline aprì la mano e abbassò lo sguardo. Era la sua spilla col tridente da SEAL.

"Tu *fai* parte di questa squadra, Ice," le disse. "Non

riesco a pensare a nessun'altra persona, maschio o femmina, che sarebbe stata tenace come sei stata tu nelle ultime settimane. Non hai ceduto, non hai esitato a fare quello che credevi giusto, nonostante avessi paura. Soprattutto, hai salvato le vite dei nostri commilitoni... più di una volta. Se hai bisogno di noi, tutto quello che devi fare è chiedere."

L'uomo infilò un dito sotto il mento di Caroline, le sollevò il viso per incrociare il suo sguardo e mise una mano sopra la sua mentre lei stringeva con forza la spilla. "Non so se conosci la spilla Budweiser e il suo significato." Quando Caroline scosse la testa, Cookie proseguì. "Ogni SEAL ottiene la sua spilla dopo aver terminato il BUD/S e aver completato l'addestramento di qualificazione; solo allora può definirsi ufficialmente un SEAL. La spilla simboleggia che siamo fratelli d'armi, che si addestrano assieme e combattono insieme. È ciò di cui la maggior parte di noi è più orgogliosa."

"Ma..." Caroline cercò di intromettersi, ma Cookie la interruppe.

"Tu sei una di noi. Ti sei guadagnata la tua spilla Budweiser. Te la sei *più* che guadagnata."

Caroline sentì una lacrima sfuggirle all'occhio gonfio e il suo labbro tremò. Non riuscì a far altro che annuire. Era davvero commossa dal gesto di Cookie. Avrebbe voluto buttargli le braccia al collo, ma sapeva che le avrebbe fatto troppo male. Probabilmente, avrebbe dovuto dire qualcosa di profondo, ma aveva un solo pensiero in testa. Sapeva che i ragazzi l'avrebbero aiutata.

"Potete portarmi via da qui?" implorò a bassa voce, trattenendo un singhiozzo. "Detesto gli ospedali."

———

Abe si sedette accanto a Wolf. Avrebbe voluto riempire il suo amico di botte, ma decise invece di cercare di farlo ragionare.

"Ho parlato con Mozart, ieri," disse a bassa voce.

Wolf annuì. Mozart stava bene. Si era finalmente svegliato e sembrava a posto. Il suo viso sarebbe rimasto sfregiato per sempre e ci sarebbe voluto ancora parecchio tempo prima che guarisse, ma tutto sommato aveva avuto fortuna. Avrebbe raggiunto la squadra al momento della partenza per San Diego.

"Abbiamo parlato di quello che è successo al capanno." Wolf ebbe un sussulto. Non si ricordava nulla. Ricordava solo il fuoco e la fatica di respirare, poi nient'altro. Dato che le uniche altre persone presenti erano Caroline e Mozart, lui non sapeva cosa avesse portato al rapimento di Caroline; sapeva solo che non l'aveva protetta. Non aveva fatto il suo lavoro. Stava facendo molta fatica a superare il senso di colpa.

Abe fece al suo caposquadra un rapido riassunto di quanto gli aveva riferito Mozart.

"Dopo che Mozart ha sparato a due dei terroristi che attendevano alla finestra per uccidere chiunque uscisse da lì, ha visto Ice. Ha cercato di portarla fuori, ma lei non voleva andarsene senza di te. Ti ha trascinato fino alla finestra e ha costretto Mozart a portarti via per primo. Lui le ha chiesto cosa diavolo avesse in mente e lei ha risposto che i SEAL non abbandonano i SEAL."

Abe lasciò che Wolf assimilasse le sue parole, quindi proseguì. "Era in una casa in fiamme. Invece di uscire il più velocemente possibile, si è assicurata che *tu* uscissi per primo. Non voleva abbandonarti. Ha combattuto il più duramente possibile e quando si è resa conto che l'unico modo per proteggerti era andare di sua spontanea volontà con quello stronzo... lo ha fatto."

Abe osservò il suo caposquadra per qualche istante, mentre questi si riprendeva dal colpo che era stato apprendere ciò che aveva fatto Caroline.

"Per come la vedo io, Wolf, se lei non ha voluto lasciarti solo in un cazzo di edificio in fiamme... perché tu la stai lasciando sola adesso? *Sai* che non le piacciono gli ospedali. Ti ricordi quando abbiamo cercato di convincerla ad andare da un medico dopo che si è fatta male in aereo? Ti ricordi come ha reagito? Cristo, Wolf, sappiamo tutti che voi due stravedete l'uno per l'altra. Sappiamo che lei è tua. Perché vuoi fare del male a Caroline e a te stesso?"

"Lei è in ospedale a causa mia," Wolf ammise per la prima volta ad alta voce.

"Stronzate," disse subito Abe, stupendo Wolf con quell'affermazione così enfatica.

"È in ospedale perché è una dura. La maggior parte

delle donne che conosco si sarebbe arresa e sarebbe morta. Cribbio, la maggior parte delle donne che conosco si sarebbe fatta piccola in quell'aereo senza muovere un dito. Pensaci. Se io trovassi mai una donna che mette me per primo, che si preoccupa per me prima di preoccuparsi per se stessa, me la prenderei e non la lascerei più andare. Se Ice non fosse dura com'è, sarebbe morta cinque volte. Ma non è successo. Lei è ancora viva e vorrebbe che tu fossi con lei. Hai una donna meravigliosa e la stai buttando via. Lei è fedelissima e non si lascia mettere i piedi in testa da nessuno. È proprio il genere di donna di cui hai bisogno. Non lo troverai mai un'altra come lei. È tua. Devi solo trovare il coraggio di prendere quello che vuoi per una volta nella tua stramaledetta vita. Non c'è nessuna garanzia che noialtri ci saremo, un domani. Potremmo cadere dalle scale o venire investiti da una macchina mentre attraversiamo la strada. Non ci sono certezze nella vita, ma io posso garantirti che, se non vai subito da lei, te ne pentirai per sempre."

Abe attese, lasciando che le sue parole facessero effetto. Poi proseguì: "Benny, Dude e Cookie sono andati a trovarla, ieri."

A quelle parole, Wolf sollevò subito lo sguardo. Non voleva chiedere, ma non era necessario. Abe sapeva quello che lui voleva sapere.

"Ha un aspetto bruttissimo. È pesta e depressa. Cookie le ha dato la sua spilla Budweiser. Le ha detto che fa parte di questa squadra."

Wolf strinse i denti. *Lui* avrebbe voluto essere con lei. *Lui* avrebbe voluto accoglierla nella squadra con la sua spilla. Ma non poteva. Era l'unico modo che gli veniva in mente per proteggerla.

"Poi ha chiesto loro un favore," gli disse Abe. "Voleva il loro aiuto per uscire dall'ospedale."

"Non può ancora essere dimessa!" esclamò furioso Wolf. "Cosa diavolo le è venuto in mente? Dimmi che non l'hanno fatto!"

Abe proseguì in tutta calma, ignorando lo scoppio d'ira di Wolf. "Ti ha mai detto perché non le piacciono gli ospedali?"

Wolf scosse la testa, ripensando al momento in cui Mozart aveva ricucito Caroline sull'aereo; era stato allora che lei aveva detto loro di non amare gli ospedali.

"Mentre tu cazzeggiavi, ho chiesto a Tex di fare qualche indagine per conto mio," disse Abe in tono seccato. "Quando aveva ventidue anni, Caroline è rimasta coinvolta in un incidente d'auto. Ha trascorso tre mesi in ospedale, in trazione. I suoi genitori non sono potuti andare a trovarla perché suo padre aveva appena iniziato un nuovo lavoro e non poteva chiedere delle ferie. Erano anziani e sua madre non si sentiva sicura a viaggiare da sola. E poi, Ice aveva detto loro di non preoccuparsi. Naturalmente, ha sminuito le sue ferite di fronte a sua madre. Sembrerebbe che abbia avuto molte complicazioni, ma l'ospedale era affollato e oberato di lavoro. Ha avuto *due* visite durante l'intero ricovero. Una da parte dell'avvocato dell'uomo che l'aveva investita e l'altra da parte di un uomo che frequentava all'epoca. Lui è andato a trovarla una volta sola e non è più tornato. Lei è rimasta immobile in quella stanza per giorni e notti, facendosi venire le piaghe da decubito e altri malanni "minori" perché non c'era nessuno a lottare per lei. A nessuno importava della donna single e ordinaria che trascorreva tutto il giorno nella sua stanza." Abe tacque, lasciando che le sue parole facessero presa.

Wolf serrò violentemente i denti. Non c'era da stupirsi che la sua Caroline fosse così forte. Doveva esserlo.

Abe vedeva bene che Wolf soffriva. Non era stata sua intenzione turbarlo, ma doveva fargli capire cosa stava buttando via.

"I ragazzi l'hanno fatta evadere dall'ospedale e l'hanno riportata nel suo appartamento. Lei ha detto loro che sarebbe andato tutto bene e loro se ne sono andati. Poi sono venuti da me." Abe fece una pausa. "Un SEAL non abbandona un SEAL. Mai. Wolf, davvero vorresti abbandonarla e tornare a San Diego pensando che lei non significhi nulla per te? Davvero vorresti lasciarla qui a pensare di essere stato un peso per te... per noi? Perché è questo che pensa Ice. Pensa esattamente quello che pensi tu: che è colpa *sua* se siamo rimasti coinvolti in tutto quello che è successo. Posso dirti una cosa: se tu non la vuoi, va bene, ma sappi che il resto della squadra rimarrà in contatto con lei. A noi piace. La rispettiamo. Ci prenderemo cura di lei, se tu non lo farai."

"Se non la voglio?" disse incredulo Wolf; non sopportava più quella paternale. Si alzò bruscamente e cominciò a camminare avanti e indietro. "Dio, non c'è nulla che io voglia di più. Ma..."

Abe lo interruppe. "Ma niente, Wolf. Se la vuoi, sarà meglio che tu ti alzi e vada a prenderla. Altrimenti, lei troverà qualcun altro."

Abe gli strinse una spalla, come si usava fra uomini, e se ne andò. Aveva detto quello che aveva da dire. Se Wolf non gli avrebbe dato retta, avrebbe chiesto di essere trasferito in un'altra squadra. Non poteva lavorare con un uomo che non fosse disposto a fare ciò che era meglio per se stesso e per la donna che amava.

Dieci minuti dopo, Abe guardò Wolf uscire dall'edificio e salire su un'auto presa a nolo. Sperava con tutto il cuore che Wolf sarebbe andato dalla sua donna. Lui aveva fatto tutto il possibile; stava a Wolf, ora.

———

Caroline udì il suono del campanello, ma lo ignorò. Si raggomitolò ancora di più sul divano. Non voleva vedere nessuno. Non voleva parlare con nessuno. Aveva persino evitato di chiamare il suo capo. Non aveva idea se avesse ancora un lavoro, ma non si sentiva abbastanza in forze per incontrare chicchessia. Voleva solo chiudere gli occhi e dimenticare le ultime settimane, o almeno buona parte di esse.

Il campanello che non la smetteva di suonare, Caroline si coprì lentamente la testa con la coperta. Probabilmente, era qualcuno che voleva venderle qualcosa, perché non riusciva a immaginare chi altri fosse alla porta. Perdiana, non *conosceva* nessuno a parte la squadra di SEAL, e aveva congedato fermamente Hunter, Kason e Faulkner il giorno prima. Aveva detto loro che stava bene, che si sentiva benissimo e che li avrebbe ricontattati.

Il fatto era che non stava bene per niente. Era depressa e aveva ancora molti dolori. Non aveva fame e non si era presa la briga di vestirsi. Finalmente, il campanello smise di suonare. Grazie a Dio. Caroline chiuse gli occhi; forse, se avesse dormito abbastanza lungo, il dolore emotivo e fisico sarebbe svanito.

Wolf scassinò rapidamente la serratura della porta di Caroline. Quella donna doveva proprio migliorare la sua sicurezza. Chiunque ne sapesse qualcosa di scasso, come lui, avrebbe potuto entrarle in casa. Non c'era da stupirsi che quel dannato terrorista fosse riuscito a entrare così facilmente. Wolf si chiuse la porta alle spalle senza fare rumore ed entrò nell'appartamento della donna. Era tutto tranquillo. Attraversò la cucina, entrò in salotto e vide Caroline raggomitolata sul divano. La coperta la copriva dalla testa ai piedi; tutto ciò che Wolf riusciva a vedere era la sommità del capo. La raggiunse e s'inginocchiò su di lei.

"Caroline," mormorò.

Caroline non era ancora completamente addormentata quando udì pronunciare il suo nome. Aprì gli occhi e si raddrizzò di scatto. Vide Matthew mentre la coperta le scivolava dal viso, poi gemette e ricadde sul divano. Porca miseria. Che male.

"Mi dispiace, tesoro," disse premuroso Wolf. "Non volevo spaventarti."

"Come hai fatto entrare? Come non detto," piagnucolò petulante. Matthew era un SEAL; una porta chiusa non poteva certo fermarlo. "Cosa vuoi?"

"Te," disse semplicemente Wolf. Era stufo di tergiversare.

Caroline aprì gli occhi e guardò l'uomo in ginocchio accanto a lei. "Cosa?" chiese, non credendo alle sue orecchie.

"Te. Voglio te," ripeté Wolf. "Sono stato un idiota. Tutti i giorni, da quando ti ho lasciata in quell'ospedale, mi sono preso a calci per la voglia di rivederti. Non sono l'uomo più romantico che tu possa incontrare, ma non ne conoscerai mai uno più devoto di me. Mi dispiace di aver fatto lo stronzo, ma ora sono qui e non voglio lasciarti."

Caroline rimase sbalordita. Matthew stava dicendo tutto quello che lei avrebbe voluto sentir dire a un uomo, ma era davvero serio? Certo che sì. Non lo avrebbe detto se non lo fosse stato.

"Pensavo che te ne fossi andato," mormorò mestamente, guardando Matthew negli occhi.

"Non potevo," disse onestamente Wolf. Si alzò e prese con cautela Caroline fra le braccia, si sedette sul divano e se la mise in grembo. Gioì quando lei non protestò, ma invece si accoccolò contro il suo petto e chiuse gli occhi.

Caroline pensò che Matthew aveva un profumo davvero buono e che lei era davvero stanca.

"Va tutto bene; dormi pure, piccina. Io non vado da nessuna parte."

Caroline si rese conto che doveva aver detto ad alta voce di essere stanca. Annuì e perse conoscenza nel giro di qualche istante.

Wolf rimase seduto con Caroline in grembo per circa un'ora, senza far altro che guardarla dormire e accarezzarle i capelli. Era molto grato che non lo avesse ancora cacciato, ma sapeva anche che Caroline era esausta e che probabilmente non pensava lucidamente. Alla fine, la fece sdraiare con prudenza sul divano, accarezzò con un dito il suo viso ancora convalescente, si tolse la giacca e si mise al lavoro in cucina.

Quando Caroline si svegliò, sentì un profumo delizioso. Si mise lentamente a sedere e gemette. Cristo, era stanca di sentirsi incapace di fare qualunque cosa. All'improvviso, Matthew ricomparve: era ancora lì.

"Devi mangiare qualcosa, Caroline," le disse premurosamente. "Ti ho preparato della zuppa."

"Sei ancora qui." Le parole le uscivano di bocca senza nemmeno che lei ci pensasse.

"Sono ancora qui. Ora, avanti. Alzati." La aiutò ad

alzarsi e a recarsi nella piccola zona pranzo fuori dalla cucina. La fece sedere e tirò fuori due antidolorifici.

"Non mi piace prendere quella roba," disse Caroline con tono impertinente.

"Non importa," ribatté lui. "Ne hai bisogno. Stai soffrendo."

"Mi fanno venire sonno e mi sento strana quando li prendo," piagnucolò Caroline, sentendosi nervosa e irritabile.

"Ice. Ne hai bisogno. Per favore. Io rimarrò qui con te; puoi dormire quanto voi."

"Che vuoi dire?" gli chiese nervosamente lei.

"Voglio dire che resterò qui fino a quando tu avrai bisogno di me."

"E poi?" chiese severamente Caroline a Matthew. "Cosa succederà quando io starò meglio e non avrò più bisogno della tua presenza?"

"Spero che tu avrai sempre bisogno di me quanto io ne ho di te."

Caroline cadde in un silenzio sbigottito. Il suo cuore si alleggerì un poco. Matthew *sembrava* serio, ma lo era davvero?

Wolf proseguì come se le sue parole non le avessero appena cambiato la vita. "So che dovremo giostrarci per quanto riguarda i nostri lavori, ma quel che è certo è che non voglio rinunciare a te. Voglio trascorrere tutto il mio tempo libero con te. Voglio tornare a casa da te e solo da te dopo ogni missione. Per favore, dimmi che ci proveremo."

Wolf tacque e attese. Caroline aveva il suo cuore fra le mani.

Una lacrima scivolò lungo il viso di Caroline. "Sì, Matthew. Anch'io lo voglio. Ho paura. So che quello che fai è spaventosamente pericoloso. Non voglio perderti."

"Non mi perderai. Non lo permetterò."

Caroline sorrise. Non aveva idea di come sarebbero riusciti a farlo funzionare, ma sapeva che lei avrebbe fatto tutto il possibile. Amava quell'uomo.

"Ti amo, Matthew." All'improvviso, si rese conto di non averglielo mai detto.

"Anch'io ti amo, Caroline. Restituisci a Cookie il suo dannato tridente. Se proprio devi tenere la spilla Budweiser di qualcuno, sarà la mia."

Caroline sorrise. Sapeva che la spilla era molto importante, ma era evidente che non si era resa conto di *quanto* lo fosse. "D'accordo, Matthew," gli disse felicemente. Sapeva che sarebbe andato tutto bene. Ci avrebbe pensato Matthew.

EPILOGO

"Hunter, seriamente, piantala. Non sono invalida. Posso portare qualche cosa."

"So che non sei invalida, Ice, ma questo scatolone è troppo pesante per te. Ci penso io."

Caroline sbuffò e permise a Hunter di toglierle la scatola dalle mani e lo guardò mentre la portava in casa. Non riusciva proprio a restare arrabbiata con gli amici di Matthew. Voleva bene a tutti loro. Non quanto ne voleva a Matthew, ma non sapeva cosa avrebbe fatto senza la squadra. Avevano fatto del loro meglio per assicurarsi che lei e Matthew potessero trascorrere del tempo insieme nel periodo in cui vivevano dalle parti opposte del Paese. Caroline sapeva che si erano sobbarcati alcuni degli incarichi che sarebbero spettati a Matthew, permettendogli di prendere del tempo in più per sé perché venisse a trovarla.

La prima volta che aveva visto il viso di Sam, era

scoppiata a piangere. Ma non per via dell'aspetto dell'uomo, non esattamente. Gli aveva detto a chiare lettere: "È colpa mia."

Mozart si era incazzato. Le aveva preso il viso fra le mani e aveva detto con voce dura: "Stronzate. Ice, non sei stata *tu* a farmi questo. Sono stati i terroristi. Se dovessi rifare tutto, non cambierei nulla."

"Ma la tua povera faccia..."

Sam non aveva detto nulla; si era limitato a incrociare le braccia e a fulminarla con lo sguardo.

Alla fine, l'uomo le aveva appoggiato due dita sulle labbra, vietandole di proseguire il discorso. "Davvero, sto bene. Sì, ho delle cicatrici. Sì, a volte le donne mi ignorano per questo, ma non me ne importa nulla, Ice. Non voglio più sentirti chiedere scusa per questo. Hai capito?"

Caroline non aveva potuto fare altro che annuire. "D'accordo, ma permettimi di procurarti un po' di quella crema che riduce le cicatrici. So che alcune donne la usano dopo i parti cesarei. Dovrai metterla tutte le sere fino a quando io non ti dirò di smettere." Aveva cercato di suonare autoritaria, ma non sapeva quanto ci fosse riuscita, soprattutto perché Sam aveva riso e l'aveva attirata a sé con una mano sulla nuca per baciarle la fronte.

In seguito, Caroline aveva tenuto d'occhio Sam, e sembrava che l'uomo avesse detto il vero: non sembrava curarsi del proprio viso e, col passare del tempo, esso era parzialmente guarito, ma l'uomo non sarebbe più stato "carino" come prima. Lei gli aveva dato il tubetto di crema che aveva minacciato di procurargli. L'uomo aveva brontolato, ma aveva promesso di usarla. Caroline sapeva che ciò non sarebbe mai bastato a far svanire il senso di colpa, ma si era ripromessa di non parlarne più.

Dopo cinque mesi di frequentazione, Caroline ne aveva avuto piene le tasche della relazione a distanza con Matthew. Una sera, mentre erano a letto, gli aveva detto che non voleva più perdere tempo. Aveva ricontattato il suo vecchio capo in California e questi aveva accettato di ridarle il suo vecchio lavoro. Non erano riusciti a trovare nessuno per sostituirla, per cui l'uomo si era detto entusiasta di riprenderla con sé.

Matthew non aveva perso tempo. Non appena gli aveva comunicato di voler tornare in California, aveva contattato un agente immobiliare e si era messo alla ricerca di un luogo dove potessero vivere insieme. Alla fine, avevano optato per una piccola casa con cantina. Non era la casa dei sogni di Caroline, ma lei era disposta a vivere ovunque, purché Matthew fosse con lei.

Avevano trascorso delle serate divertentissime con la squadra. Caroline pensava, proprio come la prima volta in cui li aveva visti, che quegli uomini fossero sesso allo stato puro, e a quanto pareva le donne della California erano d'accordo. Cambiavano tutti ragazza tanto spesso quanto lei si cambiava le scarpe, cioè *molto* di frequente. Persino le cicatrici di Sam non sembravano scoraggiare molte donne, con grande sollievo di Caroline. Dal canto suo, lei tollerava il più possibile quelle donnacce. Per fortuna, Matthew comprendeva i suoi sentimenti e, durante le uscite di gruppo, faceva sì che la coppia si congedasse molto presto.

Andavano a casa e facevano l'amore fino alle prime ore del mattino. Quella era una delle cose migliori dell'essere nella stessa città con Matthew: Caroline poteva averlo quando voleva. E lo voleva spesso. Erano una bella coppia in quanto a libido. Matthew non sembrava mai stancarsi di lei e la copriva sempre di complimenti. In cambio, Caroline gli permetteva di fare il bullo a letto. Ma quando lui faceva il bullo, lei non si addormentava mai insoddisfatta. Era uno scambio proficuo.

La vita di Caroline era splendida e lei non avrebbe potuto essere più felice. Era estremamente nervosa quando Matthew e la sua squadra andavano in missione, ma una sera, vedendola molto stressata, Matthew aveva cercato di rassicurarla.

"Caroline, so che non è facile stare con me, ma devi sapere che io farò tutto il necessario per tornare da te. Come potrei essere da meno quando tu hai lottato così duramente per restare viva fino a quando io non ho potuto trovarti e salvarti? Abbi fiducia in me. Abbi fiducia nella squadra."

Caroline aveva capito. Lei aveva *combattuto* per sopravvivere, per lui. Se non avesse avuto lui, avrebbe rinunciato molto prima di ritrovarsi nel bel mezzo dell'oceano a cercare di restare a galla.

Tutto andava bene nella sua vita. Aveva quasi tutto

ciò che voleva. L'unica cosa che le mancava erano delle amiche. Non aveva mai avuto amici intimi in vita sua, ma ne voleva. Tutto attorno a sé, vedeva madri fare shopping con le figlie, amiche che si godevano la giornata alla spa o donne che si sedevano a pranzare insieme nei giorni feriali.

Sperava che la squadra di Matthew avrebbe trovato delle donne da amare, donne con cui fare amicizia, ma stava perdendo la speranza. Le poco di buono che gli uomini frequentavano *non* erano decisamente il genere di persone a cui lei voleva associarsi. Non aveva idea di cosa ci vedessero loro... Va bene d'accordo, ne aveva qualcuna, ma sapeva che nessuna di loro era granché fuori dalla camera da letto.

Pensò a Christopher. Frequentava una delle donne peggiori del branco, una ragazza di nome Adelaide. Quella si dava un sacco di arie, come se fosse migliore di Caroline, e questo la faceva impazzire. Doveva essere *molto* brava a letto, perché il Christopher che *lei* conosceva meritava di molto meglio. Caroline conosceva in parte il suo passato; era ora che si trovasse una buona donna. Una persona che mettesse lui per primo. Sospirò. Tanto valeva desiderare la luna. Adelaide sapeva di essersi appiccicata a una persona sicuramente migliore di lei. Chissà cosa faceva per tenerselo?

Caroline si sentì abbracciare da dietro. Si appoggiò a Matthew.

"Sei felice?"

"Devi chiedermelo?" lo rimproverò Caroline.

Appoggiò la testa sulla spalla dell'uomo e lo sentì voltare la testa per baciarla sulla tempia.

"La casa non è troppo piccola per te?"

Caroline si voltò fra le braccia di Matthew. "Non m'importa dove viviamo. Voglio solo addormentarmi fra le tue braccia tutte le notti e svegliarmi fra le tue braccia la mattina. Ti amo. Rivivrei tutto pur di arrivare di nuovo qui."

Wolf non disse nulla; si limitò a chinarsi e a baciarla. Con trasporto.

"Ehi, voi due, piantatela! Venite ad aiutarci con gli scatoloni."

I due risero mentre Faulkner urlava loro contro. Caroline sorrise a Matthew. Non aveva idea di come avesse avuto la fortuna di trovare quell'uomo, ma non intendeva certo restituirlo. Era suo. Ora e per sempre.

*

Libro 2, Proteggere Alabama, Ora disponibili!

NOTE

PROLOGO

1. Il riferimento è al presidente degli Stati Uniti Abraham Lincoln (1809-1865, in carica dal 4 marzo 1861 al 15 aprile 1865), che era soprannominato "Honest Abe" (ndt).

CAPITOLO 1

1. Acronimo di "Physical Training" (allenamento fisico) (ndt).
2. Acronimo di "Commanding Officer" (comandante) (ndt).

CAPITOLO 2

1. "Basic Underwater Demolition/SEALS" (Demolizioni subacquee di base per SEAL); si tratta di uno dei corsi a cui devono sottoporsi i membri delle forze speciali (ndt).

CAPITOLO 9

1. Letteralmente "Ghiaccio" (ndt).

CAPITOLO 11

1. Acronimo di "Improvised Explosive Device" (ordigno esplosivo improvvisato) (ndt).
2. Acronimo di "Post Traumatic Stress Disorder" (disturbo da stress post-traumtico) (ndt).

Delta Team Two Series

Shielding Gillian
Shielding Kinley (Aug 2020)
Shielding Aspen (Oct 2020)
Shielding Riley (Jan 2021)
Shielding Devyn (May 2021)
Shielding Ember (Sep 2021)
Shielding Sierra (TBA)

Badge of Honor: Texas Heroes Series

Justice for Mackenzie
Justice for Mickie
Justice for Corrie
Justice for Laine (novella)
Shelter for Elizabeth
Justice for Boone
Shelter for Adeline
Shelter for Sophie
Justice for Erin
Justice for Milena
Shelter for Blythe
Justice for Hope
Shelter for Quinn
Shelter for Koren
Shelter for Penelope

SEAL of Protection: Legacy Series

Securing Caite
Securing Brenae (novella)

Securing Sidney
Securing Piper
Securing Zoey
Securing Avery
Securing Kalee (Sept 2020)
Securing Jane (novella) (Feb 2021)

SEAL Team Hawaii Series

Finding Elodie (Apr 2021)
Finding Lexie (Aug 2021)
Finding Kenna (Oct 2021)
Finding Monica (TBA)
Finding Carly (TBA)
Finding Ashlyn (TBA)

Ace Security Series

Claiming Grace
Claiming Alexis
Claiming Bailey
Claiming Felicity
Claiming Sarah

Mountain Mercenaries Series

Defending Allye
Defending Chloe
Defending Morgan
Defending Harlow
Defending Everly
Defending Zara

Defending Raven (June 2020)

Silverstone Series

Trusting Skylar (Dec 2020)
Trusting Taylor (Mar 2021)
Trusting Molly (July 2021)
Trusting Cassidy (Dec 2021)

Silverstone Series

Trusting Skylar (Dec 2020)
Trusting Taylor (TBA)
Trusting Molly (TBA)
Trusting Cassidy (TBA)

SEAL of Protection Series

Protecting Caroline
Protecting Alabama
Protecting Fiona
Marrying Caroline (novella)
Protecting Summer
Protecting Cheyenne
Protecting Jessyka
Protecting Julie (novella)
Protecting Melody
Protecting the Future
Protecting Kiera (novella)
Protecting Alabama's Kids (novella)
Protecting Dakota

BIOGRAFIA

L'autrice best seller del *New York Times*, *USA Today*, e *Wall Street Journal*, Susan Stoker ha un cuore grande come lo stato del Texas, dove vive, ma questa tipica ragazza americana ha trascorso gli ultimi quattordici anni vivendo nel Missouri, in California, in Colorado, e nell'Indiana. È sposata con un ex militare dell'esercito, che ora la segue in tutto il Paese.

Ha debuttato con la sua prima serie nel 2014, seguita dalla serie SEAL of Protection, che ha consolidato il suo amore per la scrittura, e la creazione di storie in cui i lettori possono perdersi.

Se ti è piaciuto questo libro, o qualsiasi libro, per favore considera di lasciare una recensione. Gli autori lo apprezzano più di quanto tu possa immaginare.

www.stokeraces.com
susan@stokeraces.com

www.ingramcontent.com/pod-product-compliance
Lightning Source LLC
Chambersburg PA
CBHW060248100726

47907CB00003B/805